LA RIVIÈRE DES ÂMES

DU MÊME AUTEUR
CHEZ POCKET

LE LIT D'ALIÉNOR (2 tomes)

LE BAL DES LOUVES

LA CHAMBRE MAUDITE
LA VENGEANCE D'ISABEAU

LADY PIRATE

LES VALETS DU ROI
LA PARADE DES OMBRES

LA RIVIÈRE DES ÂMES

MIREILLE CALMEL

LA RIVIÈRE
DES ÂMES

XO ÉDITIONS

Le Code de la propriété intellectuelle n'autorisant, aux termes des paragraphes 2 et 3 de l'article L. 122-5, d'une part, que les « copies ou reproductions strictement réservées à l'usage privé du copiste et non destinées à une utilisation collective » et, d'autre part, sous réserve du nom de l'auteur et de la source, que les « analyses et les courtes citations justifiées par le caractère critique, polémique, pédagogique, scientifique ou d'information », toute représentation ou reproduction intégrale ou partielle, faite sans le consentement de l'auteur ou de ses ayants droit ou ayants cause, est illicite (article L. 122-4). Cette représentation ou reproduction, par quelque procédé que ce soit, constituerait donc une contrefaçon sanctionnée par les articles L. 335-2 et suivants du Code de la propriété intellectuelle.

© XO Éditions, 2007
ISBN : 978-2-266-17759-7

*Et quand il eut dépassé le pont,
les fantômes vinrent à sa rencontre...*

Friedrich W. Murnau, *Nosferatu*, 1922
d'après *Dracula* de Bram Stoker, 1897

À mon père, Émile,
mon grand-père, Jean
À mamée Antonia,
À Yannick et Loriane
À Solange
À Jacques Bessière
À Pierre, dit Samuel,

Trop tôt disparus et cependant plus présents que
jamais à mes côtés

À ceux qui tant de fois ont refermé leurs bras sur
du vide en se disant qu'ils ne valaient peut-être
pas mieux que cela,

À ceux qui sont devenus esclaves de leur peur sans
jamais trouver la force de mener
un ultime combat,

À ceux, enfin, qui ont traversé l'enfer des jours dans la
solitude muette d'un espoir avorté,

Je dédie ces lignes et ma tendresse,
Parce qu'un sourire, parfois, peut faire renaître en nous
la lumière que l'on n'a pas portée...

Prologue

Déchirure.

Bien plus qu'un regret à l'idée de s'éloigner, c'était bel et bien une déchirure qu'éprouvait Victoria Gallagher, tandis qu'elle refermait la porte du vieux château de V., comme s'il lui appartenait depuis des siècles alors qu'elle venait seulement de s'en porter acquéreur la veille.

Derrière elle, indifférent à son trouble, son fils Willimond, la vingtaine prisonnière de sa débilité mentale, mimait un combat invisible dans les herbes folles de la cour, à grand renfort de grognements.

Le jour déclinait sur ce village de Vendée, ombrant la masse rectangulaire du donjon médiéval.

Victoria tourna résolument la clef massive dans la serrure. Il lui fallait rentrer à Paris ce soir, et, dès demain, régler les détails d'une nouvelle existence qui commençait pour elle à cinquante-cinq ans.

Déchirure.

Une nouvelle fois, elle lui poigna le cœur. Elle recula d'un pas, de deux, comme si tout en elle avait du mal à se libérer de l'empreinte laissée par les murs vétustes. Son regard accrocha la date sur la pierre de voûte.

1124.

Un frisson la saisit. Inexplicable.

Elle se détourna enfin à l'appel de son fils. Lassé de son jeu, Willimond avait ouvert la portière de la voiture, et lui faisait signe avec l'objet qu'il avait ramassé dans une des pièces de la demeure : le manche rouillé d'un ancien poignard dont la lame très effilée était brisée.

Victoria se glissa sur son siège, démarra et recula, laissant le vieux château à son mystère. Elle sortit de l'impasse, s'engagea dans la rue et gagna la sortie du village pour rejoindre l'autoroute à quelques kilomètres.

Sur le siège arrière, Willimond chantonnait, mais elle ne l'écoutait pas, tout entière obsédée par la disparition du portrait qu'elle avait découvert sur le manteau d'une des cheminées du château lors de sa précédente visite.

Le regard violet de cette femme aux longs cheveux roux, vêtue d'une robe médiévale, la hantait.

De nouveau Victoria se raidit. Impression de danger. Fugitive.

Elle se mit à rire nerveusement de sa bêtise. L'idée de son divorce, et ce qu'il aurait de conséquences, était seule responsable de son trouble.

Ce 15 avril 1994, elle allait enfin soustraire à la débauche de son époux son fils chéri, si différent des autres de son âge. Elle se mit à fredonner, s'accordant à la voix de l'homme-enfant, sans parvenir à reconnaître sa chanson. Elle s'apprêtait à lui demander qui la lui avait apprise lorsque cela se produisit.

Sans qu'elle pût savoir d'où et comment il avait surgi, un cheval noir se cabra à quelques mètres devant sa voiture, sur la route précédemment déserte. Elle poussa un cri de surprise, braquant instinctivement le volant pour l'éviter. La voiture fit une embardée.

Le temps pour Victoria de voir la hautaine silhouette couverte d'une armure noire jusqu'au heaume reprendre la maîtrise de sa monture en piétinant l'asphalte, elle percuta de plein fouet le platane en bordure de la départementale.

Willimond Gallagher, sanglé par la ceinture de sécurité, le moignon de poignard serré contre son cœur, n'avait pas même cillé.

1

« *12 février 2008.*

Je ne m'aime toujours pas.

J'ai essayé pourtant. J'ai échoué. J'ai gravi mot à mot les marches du succès en me disant que de là-haut, le miroir de mes peurs s'effriterait. Qu'à la place de la petite fille d'hier, je verrais l'écrivain d'aujourd'hui.

Je me suis trompée. Je ne suis pas guérie de mon passé.

J'ai toujours eu cette fierté imbécile. Se cacher pour pleurer. Ne rien laisser paraître. Vernis parfait, lisse. Alors que je me fissure. Il me serait si facile de me croire en dépression. Mais ce ne serait qu'un mensonge de plus, je le sens bien. Non, c'est autre chose. Quelque chose qui me bouffe de l'intérieur, qui gangrène ma chair, mon âme, au-delà du fardeau de ma propre histoire.

Je le sais parce que pour la première fois la page blanche me nargue, comme un linceul programmé.

Je dois rendre un livre dans quelques mois. Le meilleur de tous, espère mon éditrice. Elle ignore le vide qui m'aspire. Ce livre, je ne l'écrirai pas.

Je fais illusion auprès d'elle, auprès de mes lecteurs, auprès de tous. Mais les phrases ne viennent pas. Les idées s'effilochent..

Alors je griffonne ce cahier d'écolier, comme un journal offert à ma déchéance. En me disant que ce quelque chose aura un sens, peut-être. Demain... »

Maud laissa choir son stylo comme les héroïnes de ses romans déposeraient leur épée au pied d'un adversaire. Vaincues.

Ça ne leur ressemblait pas.

Ça ne lui ressemblait pas.

Elle s'étira sur son fauteuil de cuir, endolorie jusqu'à la racine des cheveux. Elle les chiffonna pour alléger sa migraine.

De l'autre côté de son bureau, par la fenêtre qui s'ouvrait sur le boulevard Saint-Germain, quelques lumières brillaient encore.

Pousse, son chat noir, releva une oreille et bâilla. Couché sur le plateau d'ébène, entre le plumier et la lampe style Arts déco, il la fixait d'un air dubitatif. Maud étira le bras pour déclencher son ronronnement. Une caresse. Juste une caresse. Un peu d'amour sur pattes. Ce soir pourtant, il se déroba et, sautant sur la moquette, sortit de la pièce, dans une majestueuse indifférence.

Maud ferma les yeux douloureusement.

– La liberté a un prix ! scanda-t-elle pour s'en convaincre.

– Mais la liberté est un leurre, lui répondit une voix sépulcrale.

Cette voix d'homme qui depuis quelque temps ne cessait de la hanter. Par intermittence. Inexplicablement.

Une nuit, elle avait rêvé d'un cavalier en armure noire dont la monture piaffait devant la herse baissée d'une forteresse médiévale. Du haut des remparts, des archers tentaient de repousser l'assaut qu'il avait ordonné. Au réveil de Maud, sans se présenter, la voix lui avait demandé de lui concéder une petite place dans sa tête, ajoutant que le moment venu, elle lui expliquerait les raisons de sa présence. Maud ne savait pas si elle avait un lien ou non avec son rêve. La voix n'avait pas voulu lui répondre. Peu lui importait en vérité. Maud l'avait adoptée, sans en réclamer davantage.

Abruptement, l'idée lui vint que cela pourrait être la voix intérieure de Pousse. Qu'elle était peut-être la compagne du seul chat dont on pouvait percevoir les pensées. Ce qui, tout en étant idiot, ne serait pas si bête. Puisqu'il savait tout d'elle. Partageait tout.

– Mais ce n'est pas le cas n'est-ce pas ? demanda-t-elle.

– Non, Maud, ce n'est pas le cas, lui répondit la voix.

– Tu me diras ?

– Oui. Mais pour cela tu dois retrouver confiance en ce que tu es.

Retrouver confiance...

Si seulement elle savait comment !

Le désespoir revint. L'écriture ne l'avait pas dompté. La voix non plus. Maud chercha instinctivement un coin de vie pour s'y réfugier, fouilla les lumières humides de la rue au travers des vitres. Le café de Flore comme les Deux-Magots venaient de s'éteindre. Paris s'était recroquevillé sur ses frimas. Ses doigts s'en glacèrent et elle se mit à trembler.

Elle tendit l'oreille, en quête d'un improbable bruit dans l'appartement. Rien. Elle était seule.

Elle arracha la feuille sur laquelle elle venait de s'épancher et la chiffonna. Des larmes d'impuissance noyèrent son regard noisette, qu'elle refusa de verser, les gommant d'un revers de manche. Maud en avait assez de les voir délaver son cahier.

Le téléphone sonna. Sur le cadran lumineux, le nom de Claude s'afficha. Comme une terre d'asile à portée.

Claude Grandguillet...

Financier. Belle quarantaine. Divorcé, père d'un petit Jérémy de six ans dont il avait la garde, la mère ayant quitté la France pour suivre son amant en Australie. Sportif, charmant, discret. À force d'entendre Claire, son éditrice, vanter les innombrables mérites de cet ami, Maud avait fini par accepter un dîner rencontre, puis un autre en tête à tête. Claude s'était révélé aussi parfait que décrit mais cela n'avait pas suffi pour qu'elle en tombe amoureuse. Certes, leur relation charnelle amenait un baume sur son quotidien, mais elle n'avait rien à lui offrir.

Face à ce constat, et refusant de le faire souffrir, elle avait évité de le rappeler depuis leur dernière rencontre.

Elle s'emmura dans un sursaut d'orgueil. Sa fierté était désormais sa seule cuirasse, son ultime alliée contre le renoncement.

Le répondeur déroula son annonce, et Maud crispa ses doigts sur le stylo.

Bip...

– C'est moi, Maud. Je sais que tu m'écoutes, Claire m'a assuré que tu étais chez toi...

Il y eut un blanc, un souffle. Maud retint le sien, comme s'il avait pu la trahir.

Claire, chère Claire...

D'un caractère entier, rebelle et gourmand, son éditrice avait peu à peu gravi les échelons du

18

monde de l'édition, avant de fonder sa propre maison. Derrière cette dame de fer qui gérait ses affaires avec la boulimie du succès se cachaient une sensibilité extrême, une générosité sans faille et l'être le plus humain que Maud ait jamais croisé.

Pour elle, dès le premier jour de leur rencontre, par le hasard heureux d'un manuscrit envoyé par la poste, elle était devenue plus qu'une éditrice ou une amie. Claire était cette mère qui lui avait tant fait défaut par le passé.

Maud aurait pu aller la trouver et tout lui avouer. Mais c'était au-dessus de ses forces. Décevoir Claire de la Bretonnière était la seule chose qu'elle était incapable d'envisager.

— Tu as certainement tes raisons pour refuser de me voir ou de me répondre, mais... tu me manques, insista Claude à l'autre bout du fil.

Nouveau blanc. Raclement de gorge.

Maud s'empara du combiné.

— Je ne suis pas le genre de femme auquel il faut s'attacher, martela-t-elle en affirmant le timbre de sa voix.

— Je ne parlais pas d'un manque affectif...

Maud sourit malgré elle. Claude mentait. À moitié.

— Ah non ? ironisa-t-elle.

— Non. J'ai envie de toi.

Maud prit le temps d'une gorgée d'oxygène avant de refermer son stylo plume. Claude était un amant tendre et attentionné, ce qui somme toute n'était pas si fréquent. Au moins, dans ses bras, arrivait-elle à se convaincre qu'une partie d'elle était encore vivante et décidée à le rester.

— J'arrive, dit-elle simplement avant de raccrocher.

*

— Vincent, tu es le mufle le plus séduisant qu'il m'ait été donné de rencontrer! affirma Charline dans un grand éclat de rire avant de lui claquer la porte au nez.

Vincent boutonna les pans de son manteau sur le palier de cette blonde charmante qu'il avait aimée avec talent mais sans envie de s'attarder.

Deux jours, parfois une semaine de passion, c'était tout ce qu'il était capable d'abandonner à ses conquêtes. Au-delà, invariablement, elles faisaient des projets, parlaient au pluriel et menottaient sa chère liberté. Cette fois au moins, Charline avait eu le privilège de prendre les devants. Anticipant l'inévitable rupture, elle lui avait offert son petit déjeuner d'adieu sans fioritures ni regrets.

Vincent s'arrêta sur le trottoir de l'avenue des Champs-Élysées, rattrapé par un crachin glacé. Il releva son col puis jeta un coup d'œil à sa montre-bracelet. Il ne reprenait son service à la Salpêtrière que dans deux heures, cela lui laissait le temps d'acheter cet album de Diana Krall que son ami Jean Latour lui avait conseillé.

Il s'engouffra dans le hall du magasin Virgin, lissant vers l'arrière sa chevelure grisonnante, hérissée de givre. Repris d'instinct par son appétit insatiable de chasseur, il ajusta un sourire carnassier sur son visage de quadra, de même que ses lunettes sur son nez. Peu des femmes qu'il trouvait à son goût lui résistaient. Ce matin du 13 février, comme tant d'autres depuis que son enfance s'était fracassée sur le cercueil de sa mère, il traînait l'implacable poids de sa solitude. L'oublier était facile. Neurologue réputé, Vincent Dutilleul se donnait corps et âme à son métier.

Il posa le pied sur l'escalator en se disant que le goût amer de son café lui offrait au moins l'avantage, cette fois, de ne pas s'être fait injurier.

Maud leva les yeux vers l'enseigne qui, sur l'avenue des Champs-Élysées, ouvrait son monde de médias, livres, musique et spectacle au plus éclectique des publics. Dans un réflexe de défense, elle resserra ses doigts autour de la bandoulière de son sac à main, comme s'il pouvait la retenir au présent. Certes, elle se sentait mieux que la veille, conséquence d'une nuit auprès de Claude, mais cela n'avait pas résolu son problème.

Rencontrer ses lecteurs, se gorger de leurs questions, de leur bonheur de lecture... Peut-être y trouverait-elle l'élan qui lui manquait pour se réconcilier avec sa plume.

Un de ses romans venant de paraître en format de poche, elle avait accepté cette séance de dédicace. Elle avait besoin du contact des anonymes. Pour se fondre en eux et donner, se donner au-delà des mots, en espérant qu'ils puiseraient en elle le courage d'affronter leur vie et, par là même, de lui rendre un peu de la sienne en sursis.

Maud franchit résolument le seuil pour s'annoncer à la réception.

Vincent tournait les talons, son CD en main, pour se diriger vers la caisse lorsque son œil accrocha la silhouette d'une jolie brune en tailleur pantalon qui s'avançait dans l'allée, escortée d'une vendeuse au sigle de l'entreprise épinglé sur la poitrine. D'instinct, il s'immobilisa.

Quelque chose d'ambigu émanait de l'inconnue. Un mélange de force et de fragilité dans un regard noisette qui balayait l'espace avec assurance, mais sans prétention.

Les deux femmes le croisèrent sans lui prêter plus d'attention qu'à un autre et s'engagèrent vers l'escalator. Est-ce cette indifférence qui, rajoutant ce matin à son orgueil malmené, lui fit leur emboîter le pas, Vincent n'aurait su le dire, mais il se retrouva soudain au milieu d'un groupe de gens qui se pressaient à l'étage supérieur.

Tandis que l'inconnue se frayait un passage en serrant des mains, Vincent vit de nouveau son visage, cette fois sur le papier glacé d'une affiche au-dessus d'un présentoir, lui dévoilant son identité.

Maud Marquet.

Elle s'installa derrière une table, affable, faisant face avec gentillesse à ceux qui l'attendaient.

Intrigué et agréablement troublé, Vincent attrapa un de ses ouvrages, puis se glissa dans la file.

— Ce livre-là n'est pas comme les autres, et pourtant croyez-moi, je suis une grande lectrice. C'est mon préféré de tous ceux que vous avez écrits. On a l'impression que l'héroïne est bel et bien vivante, à côté de soi. Et le plus étrange c'est que les gens à qui je l'ai prêté ont éprouvé la même chose, comme s'il était ensorcelé ! Ah vraiment, il me tardait de pouvoir vous le dire ! assurait la dame précédant Vincent.

Il ne put réprimer un rictus de condescendance. Le paranormal relevait pour lui de la psychiatrie.

— La magie est en chacun de nous, je suis heureuse que vous l'ayez rencontrée, répondit avec sincérité la jeune femme, tandis que son admiratrice reprenait l'ouvrage sur lequel Vincent avait lui-même jeté son dévolu.

Derrière lui, un groupe de plus en plus nombreux se pressait. Il se retrouva devant Maud Marquet, au moment où celle-ci répondait à l'appel de son téléphone portable.

– Excusez-moi, lui dit-elle en saisissant le livre que, bêtement désarçonné par cet intermède, il s'était mis à lui tendre.

Elle l'ouvrit, lui sourit avec dans le regard une tendresse infinie, et il bredouilla un « Vincent » pitoyable.

– Je suis en signature, Claude, et je ne sais pas à quelle heure j'aurai terminé. On se voit ce soir si tu veux, assura-t-elle tandis que ses doigts traçaient la dédicace demandée.

Elle raccrocha avant de tendre l'ouvrage à l'homme qui derrière ses lunettes la fixait avec gourmandise.

Et le neurologue tourna les talons, incapable seulement d'un mot, tant en lui, contre toute attente, une douceur sans âge avait pénétré.

2

Vincent caressa d'une main la couverture du roman de Maud Marquet qu'il gardait sans cesse à portée, comme un défi à relever.

Ce vendredi 15 février, sa permanence à l'Hôtel-Dieu tirait à sa fin et l'engourdissement le gagnait.

Il retira ses doigts. L'écriture de cette femme avait effectivement quelque chose de différent, qu'il aurait été incapable d'analyser mais qui le troublait plus intensément qu'il ne s'y était attendu. Depuis qu'il avait découvert le texte de sa dédicace, Maud Marquet l'obsédait. Il avait besoin d'un café, un vrai. Il décrocha son manteau de la patère, traversa la salle d'attente vide et s'approcha du comptoir administratif.

— Je vais faire un tour. Bipez-moi en cas d'urgence, annonça-t-il à la secrétaire médicale.

— Le brouillard s'est encore épaissi, monsieur, l'informa-t-elle.

— Bah, répondit-il en clignant de l'œil. Si je m'ouvre le crâne, mes confrères de la Salpêtrière seront ravis d'en sonder les mystères. Depuis le temps qu'ils en rêvent...

Son petit rire cristallin l'accompagna jusqu'à la sortie du service. Pas jolie mais efficace. Les

critères idéaux pour une collaboration professionnelle sans bavures. Il se surprit à siffloter en
franchissant l'enceinte de l'Hôtel-Dieu, sur l'île de
la Cité. Il se retrouva sur le parvis de Notre-Dame,
avalée par une brume épaisse et inhabituelle. La
jeune femme n'avait pas menti, on n'y voyait pas à
deux mètres devant soi. Vincent s'avança pour traverser la place, puis le bras de la Seine, se guidant
à l'instinct et aux phares des voitures qui trouaient
la blancheur laiteuse, lui indiquant la limite entre
le trottoir et la chaussée. La seule perspective du
breuvage à peine coloré et infâme du distributeur
de l'hôpital suffit à le convaincre de persévérer
jusqu'au café Notre-Dame, à l'angle du quai Saint-
Michel, où il avait ses habitudes.

Il posa le pied sur le Petit Pont, se guidant au
garde-corps de pierre. C'est en voulant relever son
col, la nuque mordue par le courant d'air qui
balayait le fleuve, qu'il s'aperçut avoir machinalement glissé le roman de Maud Marquet sous son
aisselle.

« Décidément, Maud Marquet, vous vous incrus-
tez », pensa-t-il.

Et cette idée-là était loin de déplaire à son instinct de prédateur.

*

Bien que connaissant par cœur son itinéraire,
Maud avançait prudemment sur le trottoir.

« My God ! What a fog ! » s'était exclamée Anna,
la responsable du service des droits étrangers, dans
son anglais natal. Elles étaient sorties ensemble de
l'immeuble des éditions DLB où Maud venait
régulièrement consulter son courrier. L'écrivain
avait l'habitude de marcher quel que soit le temps.

Les différents visages de Paris la comblaient d'atmosphères dont elle se servait pour ses romans. Anna avait frissonné en évoquant ce serial killer qui sévissait dans la capitale et la proche banlieue. Quatre victimes. Trépanées. Des femmes. La vingtaine. Deux points communs : toutes étaient des escort-girls. Et rousses. Anna, qui n'avait donc rien à craindre, avait émis l'hypothèse d'un Jack l'Éventreur prêt à surgir du brouillard comme autrefois. En bonne Anglaise, Anna adorait les fantômes. De préférence les plus sanglants.

– Il faudra un jour que tu écrives une histoire sur ces apparitions vengeresses dans le fog ! lui avait-elle suggéré dans un accent prononcé.

« Raison de plus pour m'en imprégner », avait décidé Maud avant de se lancer dans la brume.

Elle emprunta le Petit Pont pour quitter l'île de la Cité et rentrer chez elle, boulevard Saint-Germain, se colla au garde-corps et accéléra le pas. C'était bien la première fois qu'une telle opacité étreignait ce quartier de Paris.

Une ombre la croisa, grogna d'être obligée de s'écarter de la main courante. Une autre la bouscula sans s'excuser. À croire que tous les Parisiens étaient devenus bougons et grossiers en quelques secondes. De stressés d'ordinaire, ils lui apparurent angoissés.

– Pourriez faire attention ! grinça une voix derrière elle.

Maud se figea. Impression de déjà-vu. Palpitations. Non. De déjà-entendu. Elle se retourna vivement et scruta l'évanescente lueur blafarde que le réverbère au-dessus d'elle répandait. Du blanc. Du blanc troublé de mouvements furtifs. Elle avança d'un pas dans la direction de la voix. Deux. Son pied buta contre quelque chose. Elle s'immobilisa.

Une nouvelle ombre la frôla. Elle tendit le bras pour la retenir, mais il se referma sur du vide. Elle avait dû rêver. Évidemment qu'elle rêvait ! Elle lâcha un petit rire nerveux. Visiblement, les histoires d'Anna l'avaient impressionnée. Et quand bien même ? Cela pouvait arriver qu'une voix ressemble à une autre, non ?

Pour toute réponse, celle qu'elle avait cru reconnaître ordonna dans sa tête :

– Ramasse-le...

Tremblante, elle se baissa sur ses genoux, tâtonna, trouva une forme rectangulaire à ses pieds, s'en empara telle une voleuse et s'enfuit en courant presque le long de la rambarde de pierre, comme si le diable lui-même la poursuivait.

*

Ni date ni lieu. Juste sa propre écriture.

« À Vincent, parce que le plus beau visage de l'amour est celui que l'on porte au fond de soi, comme un secret. »

Maud ne comprenait pas. Il y avait un blanc dans ses souvenirs. Dans cette dédicace qui ne ressemblait pas aux traditionnelles amitiés de l'auteur. Et ce brouillard était entré partout, jusque dans les recoins de son appartement. Il était en elle, autour d'elle tandis qu'elle demeurait prostrée dans le vestibule. Couverte encore de son manteau de peau retournée et de son écharpe. Anormalement transie.

Pousse, qui se précipitait toujours pour l'accueillir en minaudant, s'était arrêté dans l'encadrement de la porte du salon où il prenait ses aises en son absence. Poils hérissés d'un coup, il avait réagi comme si quelque chose le menaçait.

Le regard de Maud était allé du chat sur la défensive, griffes sorties, miaulement dissuasif, à la couverture du livre ramassé sur le Petit Pont. Un vertige l'avait saisie. Sensation d'une présence à ses côtés. Impalpable. Inhumaine. Elle s'était appuyée contre le mur et s'était laissée glisser lentement sur ses jambes flageolantes. Jusqu'à s'asseoir. Incapable de réfléchir, d'analyser cette situation qu'elle aurait certainement dû trouver grotesque. Pousse ne l'avait pas reconnue avec ses cheveux hirsutes couverts de brume givrante. Sa réaction était normale.

Elle avait trouvé un exemplaire de son premier roman dans la rue. Bon. Quelqu'un dans une bousculade l'avait perdu. Et alors... Ce titre restait le plus vendu de ses œuvres, ses lecteurs se comptaient par milliers. Tout s'expliquait. Facilement. Même ses frissons. Avec ce temps, facile d'attraper un chaud et froid.

Pas de quoi fouetter un chat. Chat qui, d'ailleurs, avait amorcé la reddition, puisqu'il se tenait à présent à quelques pattes d'elle, se les léchant soigneusement l'une après l'autre.

Il avait pourtant fallu un bon quart d'heure à Maud pour en arriver à ces évidences. Elle les égrenait comme les perles d'un chapelet d'exorciste. Pas de démon, pas de sorcellerie. Juste l'emprise désagréable de la brume et peut-être, au fond, une santé mentale déficiente.

– Tu n'es pas en dépression, Maud, assura la voix sépulcrale.

Mais cette fois, elle eut le sentiment de l'entendre à côté d'elle, comme tout à l'heure sur le Petit Pont. Instinctivement, elle fouilla du regard la pièce, éclairée par un plafonnier sans originalité.

– Bon sang, qui es-tu ? demanda-t-elle.

Elle était épuisée. Nerveusement à bout. Il était inutile de se le cacher. Il avait suffi d'un concours de circonstances, d'un regain d'émotivité exacerbée, pour la mettre dans cet état. Elle pourrait passer nuits et week-ends avec tous les Claude Grandguillet du monde, cela n'y changerait rien.

— Aie confiance en toi, Maud. Bientôt, tu sauras, je te le promets, murmura la voix.

— Mais savoir quoi ? hoqueta-t-elle, spasmodique.

Non inutile de continuer à se leurrer. Si tout était rationnel, comme elle essayait de se le faire croire, alors pourquoi avait-elle ce sentiment incontrôlable que sa vie venait de basculer sur le Petit Pont, pourquoi cette dédicace évoquait-elle en elle quelque chose d'important, d'essentiel, qu'elle avait oublié ? Et de quelle manière, pour quelle raison surtout, cette voix y était-elle mêlée ?

Elle implora celle-ci une fois encore, mais seul l'écho de ses propres sanglots lui répondit.

*

Vincent avait arpenté le pont dix fois, vingt fois. Il ne comptait plus ni ses pas, ni ses engelures. Mais la nuit brumeuse gardait son mystère et le Petit Pont le livre de Maud Marquet. Il finit par se rendre à l'évidence : il ne le retrouverait jamais. Un coup de pied distrait l'avait certainement projeté sur la chaussée. Lorsque son biper sonna, il demeura indécis sur le trottoir. Déboussolé. Furieux. Contre celui ou celle qui l'avait violemment bousculé, au point de lui faire lâcher le roman tandis qu'il revenait du troquet. Contre lui-même pour être aussi malheureux de sa perte alors

29

qu'il lui suffirait d'en acheter un autre et de le faire dédicacer de nouveau. Contre ce maudit brouillard qui faisait de lui, Vincent Dutilleul, un des neurologues les plus réputés de Paris, un imbécile planté sur le pavé.

3

Maud avait finalement trouvé la force de sortir de son apathie pour prendre un comprimé de paracétamol suivi d'une douche brûlante. En passant dans sa chambre, elle avait abandonné le livre dédicacé sur sa table de chevet. L'appartement comptait six pièces en duplex : vestibule, salon, séjour avec cuisine américaine au premier niveau, bureau et deux chambres avec salle de bains à l'étage. Exposé idéalement. Une fortune. Son premier investissement. Sa revanche. En se séchant vigoureusement pour reprendre corps avec la réalité, anéantie mais apaisée, l'idée de le vendre l'avait rattrapée. Il était trop grand. Trop vide. De toute manière avant longtemps, si son chômage technique persistait, elle n'aurait plus les moyens de le garder. Le carillon de l'entrée sonna alors qu'elle venait de prendre sa décision. À son retour de week-end, elle contacterait une agence immobilière pour le faire estimer et s'en débarrasser.

Habillée et maquillée, Maud s'emmura dans sa carapace et ouvrit la porte pour inviter son amant à entrer.

Il demeura hésitant sur le seuil.

– Il y a comme un petit imprévu, lâcha-t-il embarrassé.

Maud n'eut pas le temps de s'interroger qu'un garçonnet se dressait entre eux en pouffant.

– C'est moi le petit imprévu de papa, assura-t-il, charmeur, en tendant à Maud une main franche. Je suis Jérémy Grandguillet. Très heureux de faire votre connaissance, madame.

Ça sentait la répétition à plein nez. Père et fils la fixaient avec des yeux de cocker. Maud se sentit piégée. Elle oscilla un instant entre l'envie de les jeter dehors et celle de fondre en larmes, avant de serrer la petite main en composant :

– Et que me vaut l'honneur de votre présence, monsieur Jérémy Grandguillet ?

– Tante Marthe ! lui assena-t-il avant de s'exclamer : Oh ! Tu as un chat ! et de s'élancer vers Pousse qui détala aussitôt dans le corridor.

Claude était mal à l'aise. Il rappela son fils à l'ordre, mais Maud intervint tout en refermant la porte derrière lui.

– Laisse-les faire connaissance. Ils auront le week-end pour s'apprivoiser.

– Je suis sincèrement désolé, Maud. Marthe est la colocataire de ma mère. Hier soir, Jérémy a badigeonné la queue de son caniche de peinture verte, et elle n'a pas vraiment apprécié. Ni pour son chien ni pour la moquette et les fauteuils où il s'est réfugié. Ce chenapan a eu beau promettre de ne pas recommencer et ma mère, jurer de le surveiller, rien n'y a fait. Le laisser quand même aurait provoqué un drame.

« Génial, songea Maud, je sens que Pousse et moi allons l'adorer ! »

– Jérémy n'est pas comme ça d'ordinaire. Je ne dis pas que c'est un ange, mais tante Marthe a le pouvoir de multiplier ses capacités imaginatives, comme s'il cherchait par tous les moyens à l'indisposer. Note qu'elle le lui rend bien. C'est une vieille fille et elle supporte mal sa présence.

Maud jeta un œil dans le salon. Ni chat, ni monstre. Aucun signe apparent de bataille rangée.

— On peut remettre, si vraiment ça t'ennuie. Je comprendrais, tu sais.

Maud fut tentée une nouvelle fois de couper court. Son reflet dans le miroir accroché à côté d'une patère lui révéla ses yeux gonflés malgré le fard, ses joues tristes. Changer d'air lui ferait du bien, c'était indiscutable. La Normandie n'était pas si loin. Au pire, elle les planterait sur place et prendrait le train pour rentrer.

— Pour l'instant, je n'ai rien à lui reprocher. Quant à Pousse, il sait se défendre, dit-elle en nouant ses bras au cou de son amant.

Elle déposa un baiser léger sur son sourire contrit. Claude l'enlaça tendrement.

— Je ne veux rien t'imposer, Maud, chuchota-t-il dans son oreille en la pressant contre lui.

— Il s'appelle comment ? les interrompit la voix fluette de Jérémy.

Maud s'écarta de Claude pour découvrir Pousse dans les bras de l'enfant, visiblement à son affaire puisqu'il ronronnait.

— Pousse. Il s'appelle Pousse.

— Pouce, comme mon doigt ? demanda Jérémy dubitatif.

« Allons bon ! songea Maud. L'âge des questions sans réponse ! Pousse comme pousse-toi de là, tu me gênes quand j'écris, quand je cuisine, quand je bricole, quand je suis au lit, seule ou non, parce que je ne voulais pas de toi, misérable chat descendu comme les Aristochats par la gouttière de l'immeuble pour venir pisser sans vergogne sur la ciboulette, l'origan et le basilic de ma jardinière. Pouce, comme ces pauses tendresse, aussi... »

Pour toute réponse, Maud hocha la tête. Oui, Pouce, comme le doigt de Jérémy caressant l'oreille de ce traître qui la narguait.

– Tu n'emportes que ce sac ? s'étonna Claude en avisant son nécessaire à week-end, mis en attente depuis le matin dans le vestibule.

– Faut pas croire tout ce qu'on raconte sur les femmes, lui répondit-elle en saisissant ses clefs.

Maud accrocha une laisse au collier du chat pour le cas où il s'aviserait de vouloir s'échapper. Sans conviction pourtant. Jérémy le tenait étroitement serré contre lui, les pattes de derrière battant ses genoux.

Claude enleva son sac et tandis qu'il appuyait sur le bouton d'appel de l'ascenseur, elle boucla sa porte sans regrets.

Quelques instants plus tard, ils s'installaient dans la berline miraculeusement garée au bas de l'immeuble.

– Moi j'aime pas monter devant. À la télé y disent que c'est la place du mort ! assena le garçonnet en posant Pousse dans sa corbeille, sur le siège voisin de son rehausseur.

– Jérémy ! grinça Claude en lui jetant une œillade incendiaire dans le rétroviseur.

Maud accrocha sa ceinture de sécurité. L'espace d'un instant, la fugace pensée : si ça pouvait être vrai...

Elle abandonna sa nuque contre l'appuie-tête et ferma les yeux tandis que Claude déboîtait pour enfiler le boulevard. Le parfum du cuir se mêlait à celui de son amant. Elle se laissa bercer par le ronronnement du moteur et le *Stabat Mater* de Vivaldi que Claude avait mis en sourdine. Oublier. Oublier sa migraine, ses angoisses, leurs mystères. Accepter l'augure de cette balade, de cette main qui, par instants, effleurait la sienne sur ses genoux. Le silence.

« On devrait s'en méfier, disait Claire. Il précède toujours les sentences. »

La sienne tomba. Jérémy, contrairement à ce qu'elle croyait, ne dormait pas mais réfléchissait.

– C'est vrai que t'aimes pas les enfants ?

Claude faillit en caler. Rien d'étonnant sur le plan mécanique, prisonnière du brouillard et de la densité de la circulation, la voiture faisait du sur-place.

– C'est Claire qui l'a dit, anticipa Jérémy devant l'orage qu'il entrevoyait dans le rétroviseur.

Si quelqu'un était à tuer c'était elle, pas lui. Maud serra les dents. Ils n'avaient fait que sept kilomètres. Il en restait cent cinquante. Ça faisait combien de questions à éluder ?

– Seulement ceux qui se curent le nez et tirent les moustaches de Pousse, grinça-t-elle en évitant le regard navré que Claude tournait vers elle.

– Alors ça ira. Je suis très bien élevé, sauf avec tante Marthe, et j'adorrrrre Pousse.

Un ange passa. Gardien sans doute. Jérémy l'adopta.

– De toute façon, je savais bien que c'était pas vrai. Personne déteste les enfants. C'est comme les bonbons. Les grands y veulent jamais en manger. Y disent que c'est pas bon mais c'est pas vrai. En vérité, y veulent pas grossir. Parce que les bonbons, quand on est grand, ça fait grossir. C'est comme les enfants. Y a la maîtresse, elle a mangé beaucoup de bonbons, du coup elle a un gros ventre avec un bébé dedans. Mais c'est pas les bonbons qui lui ont mis le bébé dedans, c'est M. Vabre, le jardinier de l'école, même qu'ils sont mariés...

La prise, l'interrupteur, la télécommande, n'importe quel engin pour le faire taire, implora Maud. À la limite, un fusil, un bazooka, des extra-terrestres... Pas pour l'anéantir lui, elle avait un reste d'humanité, pour la détruire elle, avant que sa carapace craque aux jointures, avant qu'elle le trouve désarmant, mignon, amusant. Non, horri-pilant, bavard, insupportable, tous ces adjectifs qu'elle avait appris par cœur pour ne pas s'atta-cher. Avant qu'elle explique tout haut ce que Claire traduisait par son dégoût des enfants. Comme si son éditrice ignorait la vérité. Comme si elle voulait l'obliger à se réconcilier avec la petite fille d'hier qui se cachait dans les armoires en ser-rant sa poupée de chiffon, terrorisée par la vio-lence autour d'elle. Cette petite Maud qui, un jour, recroquevillée dans une vieille malle au plus lugubre d'un grenier, s'était écorché le bras sur un vieux clou pour conclure un pacte avec son enfer. La maladie était venue. Mais même le diable ne l'aimait pas assez pour l'emmener. Maud s'était remise du tétanos. Pas de la vie. Elle était stérile. Blocage psychomoteur relevant de la psychiatrie. Elle avait refusé l'analyse. Elle n'avait pas besoin de s'allonger sur un divan pour en connaître la cause.

Le manque naissant de l'amour ou des regrets, elle s'était gardée loin des enfants, en s'enfermant dans son appartement comme dans les placards d'autrefois et en écrivant des romans qu'elle ne vivrait jamais. Et ce n'était ni Claude, ni Jérémy Grandguillet qui pourraient le lui faire avouer.

Pour couper court au flot de paroles que son amant ne parvenait pas à endiguer, elle monta le son du lecteur de CD et ferma les yeux. Vaincu par la musique, le petit monstre finit par se taire tandis qu'une autre voix, l'intruse, prenait le relais. Elle fredonnait, apaisant les vagues qui se cognaient aux rochers de ses tempes. Maud s'en remit au ressac que Vivaldi orchestrait et plongea dans sa torpeur bienfaisante.

« Repose-toi, chuchota une voix d'homme. Le voyage ne fait que commencer. »

Mais Maud n'aurait su dire cette fois à qui elle appartenait.

4

Smoking de rigueur. La moitié de la jet-set avait précédé Vincent à cette soirée de bienfaisance en faveur de la recherche contre la maladie d'Alzheimer. Cocktail dînatoire animé d'un concert offert par les artistes les plus plébiscités du moment accompagnés des anciens, ceux qui tenaient le cœur des Français depuis dix, vingt ou trente ans. Il ne manquait personne, stars du showbiz, de la mode, de la télé, du sport, de l'édition, de la presse. Un événement.

Ce samedi 16 février, épuisé par une journée difficile, Vincent n'avait trouvé la force de s'y rendre que dans l'espoir d'y croiser Maud Marquet.

Il enleva une coupe de champagne sur un plateau qui passait à proximité et l'avala d'un trait. Cela faisait à présent dix-sept heures qu'il était sur la brèche. Un grave accident de la circulation avait eu lieu au début de l'autoroute A13, peu après le tunnel de Saint-Cloud, quelques heures à peine après qu'il avait regagné sa permanence, agacé d'avoir perdu son livre dans la brume. Pas moins d'une vingtaine de voitures s'étaient imbriquées les unes dans les autres, écrasant le flanc d'un camion-citerne qui s'était renversé. L'incendie avait gagné malgré l'humidité ambiante. Odeur de goudron chaud, de caoutchouc et de corps brûlés asphyxiant les survivants. Les pompiers avaient réussi à maîtriser le feu, mais le bilan restait lourd en cette veille de week-end, en pleine heure de pointe. Une dizaine de morts, dont certains n'étaient pas seulement identifiables. Les blessés avaient été transférés dans plusieurs hôpitaux, dont celui où Vincent travaillait. Il se sentait las. Profondément las.

Il se laissa porter par le flot des invités, glissant, invisible, au milieu des groupes qui s'étaient formés, écoutant d'une oreille distraite ce qui se racontait, se grisant de ces parfums lourds, capiteux, griffés des plus grands noms.

Il s'interrogeait encore sur l'identité de la personne qui l'avait invité lorsqu'il remarqua une de ses relations, Matteo Anosti, neurologue éminent et auteur de nombreux ouvrages de vulgarisation sur le sujet. À ses côtés se tenait Willimond Gallagher, un chercheur brillant auquel on devait notamment les dernières découvertes scientifiques sur le cerveau. Il chercha des yeux d'autres connaissances. La salle était bondée. Un instant, il se demanda si tous ces gens étaient venus pour aider à la lutte contre la maladie d'Alzheimer ou pour se montrer. La charité était devenue un business, parfois même un argument électoral, à en juger par le nombre de ministres présents.

Vincent se renfrogna en s'emparant d'une autre coupe. Maud Marquet ne se montrait toujours pas. Un instant, il lui sembla que sa seule présence suffirait à le libérer du fardeau de sa fatigue. Il la surprendrait, la séduirait, lui donnerait de vive voix les arguments pour accepter un dîner en tête à tête. Quelque chose d'impérieux en lui réclamait cette rencontre. Quelque chose qu'il était incapable d'expliquer mais s'imposait n'importe où, n'importe quand depuis qu'il avait lu ce roman. Il lui arrivait même de s'éveiller le matin avec le sentiment d'avoir rêvé de scènes médiévales. Maud Marquet par sa seule plume avait attisé en lui plus de désir qu'aucune autre des femmes qu'il avait caressées. C'était pour lui d'autant plus déroutant que ce constat le troublait intensément. Il se mit à la chercher du regard. Quelques minutes d'elle. Le temps d'une ébauche de promesse. Ensuite il irait s'effondrer sur son lit. Il avait plus de vingt-quatre heures devant lui pour récupérer, avant son premier rendez-vous lundi matin à la Salpêtrière avec son ami le neurochirurgien Jean Latour, à propos d'un patient qu'ils avaient en commun et que Jean devait opérer.

Dans un glissement sur les parquets, la foule se recentrait vers la scène. Une voix nasilla dans les enceintes, réclamant poliment le silence : Willimond Gallagher. L'homme, dont l'intelligence n'était plus à démontrer, s'exprimait comme s'il craignait de déranger. Maladroit et timide, il ne faisait aucun doute pour Vincent que s'il explorait sans relâche les méandres du cerveau humain, c'était certainement pour comprendre la complexité du sien. Gallagher remercia protocolairement l'assistance, généreuse dans tous les sens du terme, puis passa la parole au ministre de la Santé, lequel, avec beaucoup plus de brio, s'attarda sur la perspective d'un avenir meilleur pour les malades. Vincent regretta de s'être fait piéger. Ces discours étaient interminables.

– Il prêche pour sa paroisse, chuchota une voix de femme à ses côtés.

Vincent tourna machinalement la tête vers elle, dubitatif. Elle lui sourit. Il ne la reconnut pas, mais la rivière de diamants qui se moquait des plis disgracieux d'un cou désespérément relâché lui donna à penser qu'il valait mieux ne pas lui en faire l'affront. Bien que visiblement âgée, elle était encore belle, affichant sous son fard épais un charisme enchanteur. Il lui rendit son sourire et la laissa se rapprocher de son oreille pour lui glisser en aparté :

— Étant donné le nombre de casseroles attachées au cul de notre cher ministre, il a fait d'Alzheimer un véritable copain de chambrée.

La remarque était si incongrue et déplacée dans le contexte qu'elle força les barrières de sa lassitude. Vincent retint son rire. Cette aimable vieille dame avait l'humour gaillard. Une envolée d'applaudissements salua la fin d'un discours qu'il avait à peine écouté. Sa voisine haussa le ton pour couvrir le claquement des mains :

— Escortez-moi, voulez-vous ? Je connais ces monologues par cœur et je suis fatiguée. Je ne perds pas la tête mais les jambes, se moqua-t-elle.

Vincent ne se fit pas prier. Il avait toujours eu un penchant pour cette sagesse qu'on qualifiait de troisième âge. De plus, il obtenait ainsi un prétexte pour s'éclipser en toute légitimité.

Il laissa l'inconnue enrouler son bras autour du sien. Tandis qu'ils fendaient la foule sans difficulté, elle salua de la tête quelques invités et serra avec effusion des mains tendues. Il se fût trouvé en présence de la reine d'Angleterre qu'il n'eût pas été plus regardé.

— Évidemment, vous méritez mieux qu'une vieille peau comme moi à votre bras, mon cher docteur, mais comme vous le voyez, s'afficher en ma compagnie peut encore valoir quelques jalousies assassines.

Il ne s'étonna pas qu'elle l'eût reconnu, mais davantage qu'elle le prenne sous son aile. Flatté, il le lui avoua sans fioritures.

Pour tout argument, elle dissimula un rire léger derrière un éventail de dentelle. « Cette femme est d'un autre temps », se troubla-t-il tandis qu'elle lui désignait un petit salon proche du vestiaire.

— Autrefois, dit-elle en s'installant sur une banquette recouverte de velours, je lisais peu mais vivais beaucoup. Aujourd'hui, mon cher, je me contente de ce qu'il me reste... mes yeux ! Ils sont demeurés fidèles à mes penchants et sont bien les seuls, d'ailleurs. Qu'importe ! s'amusa-t-elle d'un geste aérien. Je passe pour avoir un goût très sûr et je vous aurais remarqué, aujourd'hui comme hier, ajouta-t-elle en tapotant de son éventail fermé l'assise de la banquette pour l'y inviter.

— J'en suis flatté croyez-le, la remercia Vincent en prenant place.

De là, ils embrassaient la salle tout entière, marquant pourtant ostensiblement une différence qui plut à Vincent. Malgré le changement d'orateur, on se retournait régulièrement vers eux.

Leurs regards s'accrochèrent. Celui de l'inconnue brillait d'un éclat reconnaissant qui gêna le neurologue.

— Vous ne vous souvenez pas de moi, n'est-ce pas ? demanda-t-elle en posant sur la sienne une main soignée, baguée de diamants.

— Hélas, s'excusa-t-il.

— Il est vrai que vous n'étiez alors qu'un interne, commença-t-elle, et j'avais triste figure, abîmée par un accident de voiture. Opération chirurgicale difficile. Et cependant, tout novice que vous étiez, vous avez arrêté le geste qui allait me tuer.

— Quel geste ? s'étonna Vincent à qui cet épisode n'évoquait rien.

– Vous m'en demandez trop, mon cher. Je sais seulement que le professeur allait l'effectuer. Dr Ulma Markenstein. Une femme remarquable au demeurant.

Vincent acquiesça d'un hochement de tête. Ulma avait été son mentor jusqu'à ce qu'elle périsse stupidement dans un accident de plongée. Et soudain l'image lui revint.

Une seule fois il avait osé s'opposer à Ulma, écouter son instinct, s'élevant contre l'expérience de l'équipe auprès de laquelle il officiait. Son regard avait fouillé l'image de l'échographe, lui révélant ce que personne n'avait décelé. Un anévrisme en phase de rupture. Avant même que l'anesthésiste ait enregistré sur le moniteur les signes de l'hémorragie, il avait réagi, anticipant le déchirement de l'artère. Vincent avait montré tant de certitude qu'il avait retenu l'attention de tous. La minute d'après, l'électrocardiographe lui donnait raison. Le moment d'angoisse et d'action passé pour éviter les dégâts collatéraux, Ulma Markenstein n'avait plus eu qu'à féliciter son équipe. Sa patiente était sauvée. Vincent en était sorti auréolé de prestige. Ulma était une femme d'honneur, elle n'avait caché à personne l'aide précieuse qu'il lui avait apportée, servant ainsi sa carrière balbutiante.

– Ainsi donc c'était vous...

– C'était moi. Votre intervention a été providentielle.

– Je n'ai jamais compris ce qui s'était passé ce jour-là, avoua Vincent, retrouvant d'un coup la perplexité qui l'avait habité alors. J'ai agi sans réfléchir, guidé par une évidence qui aurait déplacé des montagnes. Je suis incapable de m'expliquer pourquoi.

– Disons que quelqu'un vous a aidé, s'amusa-t-elle.

Il fronça les sourcils.

– Je suis profondément pragmatique, et horriblement cartésien, assena-t-il pour couper court à toute explication divine.

– Tant mieux, dit-elle simplement. Celui qui ne croit en rien est capable de croire en tout. Ce fut et c'est encore mon cas, mon ami. Sachez seulement que je suis votre carrière pas à pas depuis lors, guettant l'occasion de vous remercier. Je suis heureuse aujourd'hui de pouvoir le faire avant de tirer ma révérence.

Un voile de tristesse passa dans son regard émeraude.

– Le crabe, ajouta-t-elle. Il me grignote les os et cette fois hélas, vous n'y pourrez rien changer.

– Je suis navré.

– Ne le soyez pas, mon cher. J'ai eu une vie riche d'expériences. Peu de gens peuvent en dire autant. Mon fils Willimond que vous voyez au côté du ministre...

– Gallagher est votre fils ?

– Pardonnez mon impolitesse, Vincent, s'amusa-t-elle en lui tendant la main. Je suis Mme Gallagher. Mais de grâce, appelez-moi seulement Victoria.

Rompant la coutume, Vincent porta sa main à ses lèvres. L'extrême douceur de cette peau parcheminée le surprit. Victoria avait dû être sublime.

Elle l'enveloppa d'un regard maternel. Dans la salle, on avait commencé à s'activer autour du buffet.

– Allons, vous vouliez vous retirer. Vos cernes me le disent, et les discours sont terminés. Allez vous coucher cher, très cher Vincent...

Il le lui accorda dans un sourire reconnaissant. La fatigue était là, même si la compagnie de Victoria avait réussi à l'alléger. Maud Marquet ne s'était pas manifestée. Tant pis. Dès lundi, il lui écrirait au siège des éditions DLB. Il trouverait bien un prétexte pour la convaincre au moins de déjeuner avec lui.

Tandis que Victoria se relevait aidée de son bras, il perçut la douleur qui, fugacement, déforma ses traits sans pour autant troubler l'étonnante vivacité de son regard. Une fois de plus, il ne put s'empêcher d'être subjugué par la force de sa personnalité.

– Bonsoir, Victoria.

La voix était profonde et belle, triste pourtant. Vincent se retourna vers elle, tandis que l'interpellée s'avançait pour étreindre Claire de la Bretonnière. Il connaissait cette femme pour l'avoir aperçue dans un magazine. C'était l'éditrice de Maud Marquet. Le cœur de Vincent s'affola dans sa poitrine. Elle venait de déposer son manteau au vestiaire, à en juger par le ticket qu'elle tenait encore distraitement.

Le hasard le servait. Il n'aurait peut-être pas besoin d'un courrier pour approcher l'écrivain...

– Quelles nouvelles ? demanda Victoria aussitôt après avoir embrassé Claire.

Pour toute réponse, celle-ci secoua la tête, l'œil désemparé. Une angoisse sourde s'empara de Vincent, irraisonnée, qui lui fit spontanément oublier son projet. Il s'avança à son tour.

– Vincent Dutilleul, se présenta-t-il.

Claire répliqua par un sourire poli, sans conviction. Visiblement, elle n'avait que faire des mondanités. C'est à peine si elle lui jeta un regard. Déjà, elle s'excusait auprès de Victoria :

– Je te vois plus tard. Je ne suis venue que pour attraper le ministre, injoignable depuis ce matin. Les médias ne relaient que ce que l'on veut bien leur autoriser, tu le sais.

– Va, va, ma chérie ! l'encouragea Victoria en lui pressant les mains avec effusion.

Vincent gardait les siennes ballantes. Dans son esprit, un brouillard épais semblait vouloir s'installer, empli de hurlements, de pleurs et de silhouettes gesticulantes transformées en brandons.

– Que se passe-t-il ? bredouilla-t-il, suivant comme elle la démarche pesante de Claire qui se frayait un passage au milieu des convives éparpillés.

– Un de ses auteurs a disparu depuis vendredi soir, lui assena Victoria.

– Lequel ?

– Maud Marquet.

Vincent eut le sentiment que le sol se dérobait sous ses pieds.

– Elle peut être n'importe où, tenta-t-il, refusant cette image qui le submergeait, ces corps en flammes qui se tordaient.

– Elle se rendait en Normandie, soupira Victoria. Oh, Vincent, s'apitoya-t-elle, en le découvrant bouleversé, je suis navrée.

– Je ne la connais pas, bredouilla-t-il. C'est juste... juste que... que je sais...

Victoria emprisonna sa main glacée dans la sienne et aussitôt, se raidit à son contact. Une prémonition. Comme elle en avait souvent depuis cet accident quinze ans plus tôt. Cet accident causé par la mystérieuse apparition du cavalier en armure noire. Cet accident qui les avait emprisonnés elle et son fils dans le plus terrifiant des secrets. Sans qu'il le soupçonne, Vincent Dutilleul en faisait partie, il était une des clefs qui pouvait les en libérer.

46

Il n'était hélas pas la seule. Depuis des années Victoria Gallagher cherchait l'identité de la seconde. Refusant d'aborder Vincent avant de l'avoir trouvée. Seule l'avancée fulgurante de son cancer l'avait contrainte à se faire connaître du neurologue, afin qu'il se souvienne d'elle au moment où il prendrait connaissance du terrible héritage qu'elle lui laissait.

— Pardonnez-moi. Je dois vous quitter, s'excusa Vincent en se dégageant.

Il manquait d'air, étouffait sous le poids de ce regard qui fouillait le sien. Incapable de le supporter davantage, il gagna la sortie d'un pas vif, héla un taxi et s'engouffra dans le premier qui daigna s'arrêter, les membres raidis de froid, mais le cœur calciné.

Victoria Gallagher s'attarda en retrait de la foule plus que nécessaire, infiniment troublée par sa prémonition, incapable de chasser de son esprit l'image de Maud Marquet et de son crâne, transpercé de lumière.

5

Vincent s'éveilla la bouche pâteuse, le cœur au bord des lèvres. Chiffonné. Hagard. Sursaut d'une lucidité qu'il avait submergée de cognac la veille.

La nuque prise dans un étau, il plissa les paupières en ramenant le dos de sa main devant ses yeux. Le jour, blanc, tombait par flocons derrière la baie vitrée du salon, recouvrant lentement les étages supérieurs de la tour Eiffel, face à lui. Il tâtonna de la main, cherchant la télécommande qui manœuvrait les volets. Il la posait toujours sur la table basse à côté du canapé sur lequel il était affalé. Il ne rencontra qu'une bouteille qu'il fit chuter dans l'épaisse moquette grège. Il se résigna, refusa de se souvenir de ce qui avait causé sa déchéance et tourna le dos à la lumière pour se rendormir presque aussitôt. Il n'avait rien de mieux à faire de sa journée.

Les flammes montaient haut dans une fumée noire et âcre. De toute part, l'on gesticulait, hurlait. Il ne pouvait distinguer autre chose que des ombres mouvantes cernées par le feu. Lui même étouffait, toussait, crachait, sans parvenir à s'en extraire. Il se baissait, retournait des corps, appelait en vain. Aude? Maud? Il n'était sûr de rien, sinon de la nécessité de la rejoindre dans ce chaos. Une petite fille en larmes vint s'accrocher à ses chausses. Il baissa les yeux sur elle. Elle était terrorisée. Il l'enleva dans ses bras. Partout, dans un craquement sinistre, des toitures de chaume crépitaient, s'effondraient, les murs de bois des habitations s'embrasaient, dressant devant ses yeux un labyrinthe dantesque. Des gens se figeaient dans leur fuite, rattrapés par la morsure d'un trait enflammé. Il ne comprenait pas. Il s'était cru dans l'accident de l'autoroute. Mais il n'y avait ni voiture ni camion, seulement une tour carrée en face de lui, une tour par les meurtrières de laquelle des archers tiraient, remplaçant ceux fauchés sur la ronde d'enceinte. Visiblement, il se trouvait dans un château assiégé. Accrochée à son cou, l'enfant hurlait, réclamait sa mère. Quel âge pouvait-elle avoir ? Deux ans à peine ? Hébété, il tourna sur lui-même. La herse se releva, et un cavalier noir en jaillit dans un tourbillon de poussière. Vincent fut soudain convaincu de ce qu'il devait faire. Il se précipita dans le donjon dont la porte venait de s'ouvrir devant lui, amenant un hurlement de rage au travers de la fente du heaume noir. La porte, protégée par des hommes d'armes, se referma sur eux. Il dévala l'escalier qui s'offrait à lui. Tout en bas, dans la salle aux murs aveugles, une femme aux cheveux cuivrés priait, entourée d'un cercle d'opales...

La sonnerie, stridente, continue, finit par avoir raison de son cauchemar. Quelques minutes supplémentaires à l'écouter lui vriller les tympans, le cerveau et le corps tout entier, le temps d'analyser le bruit et d'en trouver la source. Une voix d'homme l'accompagna, forte, inquiète.

– Vincent ! Est-ce que tout va bien ?

De nouveau la sonnerie. Il posa un pied par terre, froissa ses cheveux poivre et sel, rajusta ses lunettes sur son nez. Aucune envie de visite. Mais cet imbécile était bien capable de défoncer la porte. Il tituba jusqu'à l'entrée et déverrouilla, avant de s'effacer.

Jean Latour, la cinquantaine fringante et sportive, analysa d'un œil stupéfait sa décrépitude et lâcha tout de go :

– T'es malade ? T'aurais pu prévenir ! avant de reculer d'un pas sous l'effet d'un bâillement alcoolisé.

Pour toute réponse, Vincent retourna se vautrer sur le canapé, plissant des paupières. La migraine était moins dense, mais il se sentait tout autant nauséeux.

Le sifflement admiratif de Jean stridula comme une agression. Il se retourna pour lui lancer une œillade incendiaire.

– Ben mon salaud, je comprends pourquoi tu es injoignable depuis hier, grimaça son confrère en ramassant la bouteille de cognac vide.

Du XO, quarante ans d'âge, que Vincent faisait venir directement de la propriété d'un ami en Charente. Mais il était impossible qu'il en ait bu autant. Il se souvenait de quelques verres, c'est tout. Pour se réchauffer. Juste après s'être aperçu devant la porte de son immeuble qu'il n'avait pas son manteau, abandonné à la soirée de gala. Pas ses clefs non plus. Il avait sonné chez la concierge. Longtemps. Elle avait fini par grogner dans l'interphone, lui ouvrir, puis l'accompagner jusqu'au cinquième avec son passe et grincer des dents un « bonne nuit » sur un « merci » sans pourboire. Sa monnaie avait disparu dans la main du chauffeur de taxi. Il se souvenait d'avoir téléphoné pour signaler son oubli, donnant son numéro de vestiaire, demandant qu'on lui fasse porter ses affaires dans son service à la Salpêtrière lundi matin, avant de s'effondrer sur le divan gris, la bouteille à proximité. Hier.

Il jeta un œil curieux à sa montre. Elle affichait dix heures trente. Pas de quoi s'affoler. Décidément Jean vieillissait. Le bruit de la machine à espresso amena bientôt une odeur de café qui, loin de lui plaire, réveilla en lui un spasme de dégoût. Il se leva aussi prestement qu'il en était capable et alla s'enfermer dans les toilettes. Pour cela au moins son confrère avait raison, il tenait une sacrée gueule de bois.

Lorsqu'il réapparut dix minutes plus tard, livide mais soulagé, Jean avait eu la prévenance de descendre les volets de moitié, tamisant la lumière que le manteau neigeux déposé sur Paris accentuait. Sur la table basse, à côté d'une tasse fumante, la bouteille vide se tenait droite et digne, comme un reproche. Vincent se gratta la tête, perplexe, en s'installant au milieu des coussins verts que Jean avait remis à leur place sur le canapé. Son ami l'attendait, assis dans un des fauteuils, face à lui. Il le laissa avaler une gorgée d'arabica, volontairement corsé.

– C'est la première fois que je te vois dans cet état. Il doit bien y avoir une raison, non ?

Vincent reposa la tasse. De nouveau cette boule dans sa gorge. Jean, les mains posées à plat sur ses genoux, le fixait avec sa perspicacité habituelle. Dix ans qu'ils s'appréciaient malgré leur différence d'âge. Qu'ils se complétaient dans le service de neurologie de la Salpêtrière où Jean était un professeur émérite, mais néanmoins suffisamment humble pour prêter à son cadet une oreille attentive. Marié, fidèle et aimant, Jean était à l'inverse de Vincent, ce qui, contre toute attente, avait renforcé leur complicité.

– J'ai perdu quelqu'un dans l'accident. Une femme. Tu ne la connais pas, débita-t-il d'un trait avant d'ajouter : Moi non plus, d'ailleurs.

– Attends, répliqua posément Jean en joignant ses doigts devant ses lèvres, t'es en train de me dire qu'une inconnue s'est plantée sur l'autoroute vendredi soir et que c'est sa disparition qui est la cause de ce foutoir ?

– C'est un peu ça, oui. Mais ne me demande pas d'explication. Je n'en ai pas. Tout ce que je sais, c'est que la seule idée de sa mort me fait si mal que je ne me souviens même pas de ce que j'ai pu avaler.

Jean sortit une cigarette d'un paquet récupéré dans sa poche et l'alluma. Quelques ronds de fumée se dispersèrent dans l'élégant volume de l'appartement.

– Si tu me racontais depuis le début, réclama-t-il enfin devant le désespoir flagrant de Vincent.

Celui-ci n'oublia rien, depuis son entrevue éclair avec Maud Marquet jusqu'au gala de la veille.

– J'ai reposé le téléphone et me suis affalé là, pour oublier cette image qui me poursuivait. Il est encore en moi, Jean. Le feu. Il continue de brûler.

– C'est ton estomac, diagnostiqua le chirurgien. Il n'y a pas de quoi s'étonner ! Depuis le temps que tu n'as rien avalé. Rien de solide, j'entends.

Vincent gratta sa joue qui le démangeait, se piqua sur une barbe naissante, mais n'eut pas le temps d'être surpris par sa dureté que déjà Jean ajoutait :

– Je pense que tu as fait un transfert. Cette nana est morte, tu la vénérais et tu n'as pas pu la sauver. Ça ne te rappelle rien ?

Vincent scruta le regard sombre de son ami.

– Je ne vois pas où tu veux en venir, décréta-t-il.

– À ta mère.

Il accusa le coup. L'idée ne l'avait pas effleuré. Il haussa les épaules. C'était absurde. Même en imaginant qu'il ait pu tomber amoureux de Maud Marquet. Ce qui était inconcevable puisqu'il voulait seulement la rencontrer. Oui, seulement la voir, dîner, la séduire, la posséder comme tant d'autres et... Sa gorge se noua de nouveau. Et quoi ? Rien. Un rien qui incompréhensiblement lui flagellait l'âme.

— Autre chose, Vincent, l'acheva Jean. Nous ne sommes pas dimanche, mais lundi.

*

Les yeux cernés d'un noir profond, Victoria Gallagher s'appesantit sur son fauteuil au cuir usé par des heures de méditation. Elle n'en sortait plus que pour assouvir des besoins primaires. Le sommeil la fuyait, malgré la morphine. Il est vrai qu'elle avait réduit les doses au minimum nécessaire pour que la douleur, permanente, reste supportable. Elle savait néanmoins que peu d'êtres auraient toléré ce qu'elle endurait. Elle n'en tirait aucune gloire. C'était son choix. Consenti. Assumé. Pour garder l'esprit vif et clair. Pour ne rien regretter. Même si elle entrevoyait la fin comme une délivrance, elle n'était pas prête.

Son cœur amorça une arythmie qui lui fit plaquer les mains contre sa poitrine et inspirer bruyamment. Une alerte, encore. Elle sentait qu'une autre viendrait qu'elle ne pourrait apaiser. C'était ainsi qu'elle espérait sa fin. Loin de ces tubes de plastique plantés comme des pieux dans son nez, dans sa bouche, dans ses bras.

Quelques minutes passèrent. Victoria porta son regard sur le balancier de la pendule, entre deux bibliothèques surchargées de livres. Coordonner les battements sur le rythme de ce temps qu'elle défiait en permanence. Soixante secondes en une minute. Soixante battements pour se maintenir au présent. Onze heures sonnèrent au carillon.

Toute au cheminement de ses pensées, Victoria se leva douloureusement, forçant ses jambes ankylosées à se tenir droites, bien que pour la médecine, elles eussent dû être paralysées.

Claire de la Bretonnière, dont la mère était une amie de longue date, lui avait parlé de cette intuition que Maud Marquet possédait face à sa feuille. Sa façon de raconter, si vivante, si présente, au point que l'on se demandait dans ses livres quelle était la part du faux, du vrai. Comment Victoria n'avait-elle pas fait le rapprochement plus tôt ? La réaction de Vincent face à l'annonce de sa disparition, la vision qu'elle avait eue à son contact. Tout prenait un sens désormais.

Victoria se crispa sur le pommeau de sa canne. Une part d'elle jubilait. L'autre s'épuisait. Tenir. Jusqu'au bout d'elle-même.

Pour en trouver la force, elle se dirigea vers la chambre de son fils, dans cet appartement du XVIe arrondissement qu'ils partageaient depuis la mort de son mari. S'attarda sur le seuil. Sur des peluches et jouets en bois relégués sur une étagère, sur une photo accrochée au mur. Elle et Willimond, quinze ans plus tôt. Willimond. Un sourire et des yeux d'enfant sur sa vingtaine superbe. L'innocence personnifiée. Son cœur se serra. Elle lui rendrait cette innocence. Elle devait la lui rendre.

Victoria avait appelé Claire en se levant ce matin. L'éditrice avait enfin eu des nouvelles de l'auteur durant le week-end.

Victoria s'en était rassérénée. Maud Marquet était forcément celle qu'elle avait tant et tant cherchée.

Elle ouvrit un des tiroirs du chevet de son fils, surmontant son appréhension. Le poignard brisé était là, avec son manche à tête et long cou d'oiseau, relié à un morceau de lame très fine. Le moignon d'arme que son fils avait trouvé dans le château de V. avant l'accident. L'œil de rubis sembla s'animer sur la tête du volatile et Victoria referma le tiroir, de nouveau oppressée. Tenir. Utiliser ces moments sans Willimond.

Lorsqu'il rentrerait de sa journée à l'Institut de recherche neurologique qu'il avait fondé avec l'héritage de son père, elle reprendrait le masque placide d'une mère aimante, et profiterait avec lui, prévenant et inquiet, du temps qui leur restait. Puis il fermerait la porte de son antre et elle se mettrait à prier, comme elle le faisait depuis vendredi soir, pour qu'il n'ait rien perçu en elle de changé. Qu'il ne devine pas entre eux l'existence de Maud Marquet.

Titubant sous le poids de sa lassitude, elle quitta la chambre et s'en fut dans son bureau. Dans un angle de la pièce sombre, aux fenêtres occultées par d'épais rideaux carmin, un ordinateur dernier modèle affichait une nuée d'étoiles sur son écran de veille. Victoria Gallagher tapota quelques lettres et la page d'accueil d'un site de librairie en ligne s'afficha. Elle commanda tous les romans de Maud Marquet.

Quelque part entre leurs lignes se trouvait le moyen de rendre à Willimond cette paix que le cavalier noir lui avait enlevée.

6

La sensation d'une présence rattrapa Maud sitôt la porte de son appartement refermée sur les souvenirs de son week-end prolongé. Au même instant, le chat poussa un miaulement agressif en direction du séjour. Contrairement à la logique qui eût dû le faire fuir pour se terrer quelque part, il se réfugia entre ses jambes. Abandonnant sa valise dans le vestibule, Maud fit prudemment le tour des pièces. Elle ne vit rien d'anormal. Pousse sur ses talons gardait pourtant le poil hérissé et l'œil inquiet. Le fait que l'animal partage son trouble la rassurait sur son état mental, mais n'expliquait rien.

Et pourtant, loin de ce qu'elle avait pu imaginer, elle revenait de ces trois jours en Normandie plus démunie encore. Son histoire avec Claude était terminée, même si la tendresse qu'ils éprouvaient l'un pour l'autre demeurait intacte. Le petit Jérémy avait été partout, au point de tuer le désir entre les deux amants. Malgré sa carapace, Maud s'était laissé piéger par le petit monstre. Par sa complicité avec Pousse, par son extraordinaire joie de vivre. Demain matin, elle avait rendez-vous au siège d'Europe 1 pour un portrait en direct. Parler de

56

son enfance après un tel week-end lui semblait plus difficile que jamais.

Pousse se mit à grogner plus intensément comme elle s'approchait de l'escalier. L'angoisse s'insinua en elle, sournoise. Elle se souvint de sa réaction l'autre soir, après avoir ramassé ce livre dans la brume. Décidée à ne pas se laisser une nouvelle fois prendre au piège de ses illusions, Maud posa la main sur la rampe et monta à l'étage. Elle s'immobilisa devant la porte fermée de sa chambre, retenue par un ultime miaulement de défense.

Battements désordonnés dans ses veines.

Peur. Besoin de savoir. Peur. Besoin de savoir...

Elle appuya sur la poignée et poussa le battant, faisant détaler le chat en sens inverse.

Deux yeux ourlés de cils épais crevaient l'écran noir du mur en face d'elle. Deux iris violets pailletés d'or suspendus dans le vide, tel un hologramme à la fois effrayant et fabuleux. Deux yeux sans visage qui imploraient Maud.

Elle demeura fascinée sur le seuil. Longtemps. Incapable d'un mot, d'un geste, tandis qu'emprisonnée par la douceur de ce regard fantôme, sa crainte s'estompait. Lorsqu'elle comprit que rien de plus ne se passerait, elle implora la voix de lui donner une explication à ce qu'elle voyait. Sans succès. Elle fit un pas en direction de l'apparition. La pièce se retrouva aussitôt baignée d'une violente lumière. Maud détourna les yeux pour s'en protéger, les fixa sur sa table de chevet. Posé bien en évidence là où elle l'avait laissé et cependant ouvert sur la dédicace, le roman trouvé sur le Petit Pont semblait l'attendre.

« Le plus beau visage de l'amour est celui que l'on porte au fond de soi, comme un secret », lut-elle.

La lumière décrut, comme si elle avait seulement voulu lui rappeler l'existence de cette phrase. Elle n'avait rien d'anodin. Maud en fut de nouveau persuadée.

Qui était ce Vincent à qui elle l'avait offerte, quand, pourquoi ? Elle ne parvenait pas à s'en souvenir. Elle referma le livre et gagna son lit pour s'y asseoir, abruptement épuisée.

Calant ses omoplates contre un coussin, elle s'abandonna à l'émotion qu'elle sentait poindre en elle. Peu importait le temps que cela prendrait. Elle avait besoin de comprendre. Renversant sa nuque en arrière, elle accepta de lire dans ces yeux violets tout ce qu'on ne pouvait lui dire.

Peu à peu, leur expression changea. De joyeux, tendres et aimants, ils se firent tristesse, lassitude, puis crainte, souffrance. Et encore souffrance. De plus en plus souffrance, tétanisant Maud sur son lit, broyée de l'intérieur par celle qu'ils lui communiquaient. Au moment où le regard se révulsa d'effroi avant de disparaître, la douleur qui vrilla les tempes et le cœur de Maud fut telle qu'elle hurla avant de perdre connaissance.

Le bip du réveil la ramena à la conscience à six heures trente. Maud se dressa en sursaut. Il ne subsistait plus rien de l'apparition. Pousse avait dû la rejoindre dans la nuit, car il dormait, comme à son habitude en boule à ses pieds. La tête douloureuse, elle se leva. Tandis qu'elle se préparait pour son rendez-vous à Europe 1, l'idée de revivre pareille expérience la glaça. Elle se sentait incapable de l'assumer une fois encore. C'était comme si la mort était entrée en elle par effraction, l'avait sondée pour mieux s'affranchir de ses faiblesses et jouir de son sursis. À défaut des réponses tant espérées, c'était le sentiment d'une exécution qui lui restait au cœur.

58

Elle en était là de ce constat, lorsque la voix sépulcrale, discrète depuis vendredi soir, s'excusa dans le lobe intérieur de son oreille :

– Je te pensais prête. Je me suis trompé. Lorsque, au fond de toi, tu auras retrouvé ce que tu as oublié, alors je reviendrai.

Elle accepta la nouvelle de sa disparition avec reconnaissance. Elle n'avait plus envie que d'oublier. Tout oublier. Ce qui lui restait d'énergie, elle le plaça à recomposer sa cuirasse, dans une attitude, un look. En espérant de toutes ses forces qu'elle serait capable de répondre à la journaliste sans s'effondrer.

Lorsque, à sept heures quarante-cinq, elle descendit du taxi rue François-Ier, Maud avait retrouvé un peu de confiance en elle. Elle s'avança vers son attachée de presse qui referma son téléphone en l'apercevant.

– Tu es tout bonnement superbe ! affirma Véra Lavielle en l'embrassant avec chaleur, avant d'ajouter :

– C'était Claire, toujours fébrile avant un direct, comme tu sais.

– Je sais, répondit Maud, rassérénée par son compliment.

Sourire aux lèvres, maquillage impeccable, vêtements adaptés. Restes d'attitudes, de techniques de séduction acquises des années auparavant. Si une quelconque trace de sa décrépitude morale et physique avait été visible, Véra, avec laquelle Maud entretenait une belle complicité, n'aurait pas manqué de le lui faire remarquer. Elles franchirent le seuil de concert et s'annoncèrent aux portes du studio, d'un pas pressé, les embouteillages ayant quelque peu entamé l'avance de Maud.

– Ravie de vous recevoir, les accueillit Frédérique Chamond d'une voix joviale et sincère en lui tendant une main franche.

Maud la serra avec courtoisie.

– Le plaisir est partagé, croyez-le.

Sur un geste de la journaliste, elle la devança dans le studio.

– Désirez-vous un café, un thé ?

– Un verre d'eau, merci, répondit Maud en s'installant à la table, devant le micro qu'on lui désignait.

– Moi, je veux bien un café, intervint Véra qui sans vergogne s'installait sur une chaise.

Tous appréciaient cette petite brune piquante dont le nez retroussé constellé de taches de rousseur préservait un air d'adolescence à ses quarante-cinq ans. Divorcée, maman de jumelles de seize ans, Véra conciliait vie familiale et professionnelle avec une énergie peu courante. Sa connaissance antédiluvienne des studios de radio et de télé, son professionnalisme, sa gentillesse et son grain de fantaisie lui valaient toutes les faveurs.

– Super. Au moins, je ne me sentirai pas la seule accro à la caféine... C'est vrai que vous êtes tisane ? demanda Frédérique en tendant un gobelet à Maud.

– Eh oui ! J'adore faire des trucs de grand-mère !

– Ce n'est pas ce que je voulais dire ! Grands dieux non, se mit à rire Frédérique. Je trouve ça magique de pouvoir confier aux plantes nos désordres intérieurs. Et je vous envie, Maud. Vous êtes rayonnante. Preuve que cela marche mieux que la clope ou le café.

– Antenne dans une minute ! l'interrompit une voix.

De l'autre côté de la vitre, la régie son se préparait pour le direct, utilisant leur échange anodin pour régler les micros.

60

– Prête, Maud ? demanda Frédérique en prenant place devant le sien tandis qu'une assistante apportait les cafés.

– Prête ! mentit celle-ci.

Avaler une gorgée d'eau. S'attarder sur le décompte au-dessus de son visage. Coup d'œil à Véra achevant de couper son portable. Échange de sourires. Sensation furtive de pénétrer dans l'arène. Se retrouver à la merci des autres. Émotionnellement. Surtout, ne pas penser au regard fantôme.

Jingle de l'émission. Nouvelle gorgée d'eau. Raclement de gorge. Légèreté du timbre de Frédérique.

– ... Et pour nous accompagner sur ce sujet difficile, notre invitée du jour, le célèbre auteur de best-sellers, Maud Marquet. Bonjour Maud.

– Bonjour à tous. Heureuse d'être parmi vous ce mardi matin, lança Maud aux auditeurs qui l'écoutaient.

Courbaturé, Vincent Dutilleul s'étira avant d'enfiler son manteau. Il avait six heures devant lui pour redevenir aussi opérationnel que possible. À peine Jean l'avait-il quitté la veille qu'il s'était rendu à sa permanence avant d'enchaîner à la nuit tombée sur une garde de dernière minute. La vérité était qu'il avait eu besoin de s'abrutir de travail pour ne pas réfléchir à ce qui lui était arrivé. Il refusait d'accepter l'idée qu'il ait pu tomber amoureux de Maud Marquet à travers sa plume. Et cependant, quelque chose de viscéral le renvoyait à cette évidence. Pouvait-on faire le deuil d'une histoire mort-née ? Pour l'heure Vincent s'en sentait incapable, balayé de sentiments contradictoires dans lesquels l'instinct de survie prenait le dessus. Il longea les couloirs immenses de l'hôpital de la Salpêtrière, gagna la sortie pour se diriger vers le parking. Son Audi ronronna au premier tour de clef. Il enclencha la marche arrière en bâillant, et gagna la sortie tandis qu'un artiste cubain déroulait sa complainte dans les enceintes du lecteur de CD.

– À quel moment avez-vous pris conscience de ce qui vous entourait ? poursuivait Frédérique Chamond, la voix grave, après avoir récapitulé à l'antenne le parcours chaotique de Maud, révélant à ses auditeurs, comme dans un roman à suspense, des bribes d'enfance.

Mécanique dans l'esprit de Maud. Répéter des phrases avec l'intonation adéquate mais refuser les images, les sensations.

– J'avais huit ans, répondit-elle. Mon père venait d'avoir un accident de travail. Sa moelle épinière avait été touchée. Il lui a fallu une greffe. Ce fut long, douloureux, insupportable à son orgueil de chef de famille.

– À cette époque, votre famille vivait dans l'harmonie, n'est-ce pas ?

– Oui. Ma sœur était toute petite. Nous avions six ans d'écart. Tout était serein, malgré cette épreuve qu'il nous fallait traverser. Je me souviens d'une mère aimante, soumise déjà aux querelles du couple, mais à ce moment-là, tout s'inscrivait dans la normalité. J'étais une enfant gaie, heureuse.

– Votre mère travaillait ?

– Non. Elle s'occupait de la maison, et, après l'accident, de mon père plus que de toute autre chose. Je crois qu'elle aurait cent fois préféré être à sa place que de l'écouter se plaindre, souffrir. Elle l'aimait, au-delà de ce que l'on peut aimer.

– Si je ne m'abuse, c'est à cause de cet accident que vos vies, à toutes les trois, ont basculé... Votre père s'est mis à boire.

– Non, il est devenu alcoolique. Pour moi ce n'est pas la même chose.

– Quelle est la différence ?

– La fréquence, la quantité, les raisons. Dans son cas, ce fut un cheminement incontrôlable. Un mélange de beaucoup de causes.

– Comme ?

– La désillusion, le sentiment d'injustice, la sensation d'être fini... Ces deux années ont été un cauchemar dans lequel il s'est englué jusqu'à ne plus pouvoir revenir en arrière.

– Jusqu'à la mort de votre sœur...

– Oui.

– Vous pouvez nous raconter ?

– Témoigner, oui. Raconter, non. Je l'ai fait, il y a cinq ans, parce que je pensais pouvoir l'exorciser. Égoïstement. Je n'ai pas pris la mesure de ce que cela impliquait pour les miens. Ils ont assez souffert. Moi aussi.

– Je comprends. Mais je pense à tous les auditeurs qui vous écoutent, vous lisent, tous ces gens qui espèrent trouver dans vos mots le courage d'affronter leur propre détresse. Que pouvez-vous leur dire ?

– Mes parents étaient des gens simples et sains. Le malheur leur est tombé dessus avec cet accident. Mon père s'est vu diminué, incapable de subvenir aux besoins de sa famille. Soumis à des doses de plus en plus massives de substances chimiques censées lui faire oublier ses peurs, sa déchéance. Ce vin qu'il buvait à table comme tout fils de vigneron, ces cigarettes qu'il fumait l'une après l'autre, ce café qu'il avalait à longueur de journée pour garder

63

l'esprit clair, tout ça, ajouté au reste, a fait de lui une victime. Il n'était pas méchant. Je me souviens de sa tendresse, de ses caresses dans mes cheveux, de son rire contre ma joue. Ce n'était pas un monstre.

– Vous n'avez pas le sentiment que c'était votre mère, plutôt, la victime ? Et votre sœur surtout !

– Nous avons tous été les victimes de quelque chose qui nous a dépassés. Mon père est devenu schizophrène, dépendant des drogues qu'il ingérait jour après jour. Il a peu à peu perdu la notion de la mesure. Les querelles sont devenues des affrontements. Ma mère cédait systématiquement. Comme elle l'avait toujours fait. Mais de plus en plus souvent sous les coups.

– Jusqu'au jour où votre sœur s'est interposée...

– Oui. Elle avait quatre ans. Elle s'est jetée entre eux, au moment où le geste partait. Elle a été projetée contre l'angle d'une table. C'était un accident. Elle est morte sur le coup.

– Vous n'étiez pas chez vous à ce moment-là, je crois ?

Maud prit le temps d'une inspiration. Elle était Maud Marquet, écrivain. Elle était Maud Marquet. Pas la petite fille qui s'en voulait de n'avoir rien pu empêcher.

– Non. J'étais hospitalisée.

– Pour le tétanos ?

– Oui.

Frédérique Chamond n'insista pas, enchaîna sur une autre question :

– Que vous a dit votre mère, lorsqu'une fois votre guérison acquise, elle est venue vous récupérer à l'hôpital ?

– Que mon père s'était suicidé.

Le trafic était dense malgré l'heure matinale, mais Vincent n'y prêtait plus attention. Lorsque la radio avait pris le relais du CD, quelque chose dans ce témoignage avait capté son attention. Brutalement. Il était pourtant blindé contre le malheur d'autrui et détestait ces émissions où tout le monde s'épanchait pour émouvoir l'audimat. Et cependant, tandis qu'il longeait les quais de Seine pour gagner son immeuble, peut-être en réponse à la sienne sourde, muette, il avait la gorge nouée de la souffrance qu'il sentait prisonnière des mots de cette femme. Et plus encore de son silence dans sa respiration saccadée.

Ce silence qui s'éternisait dans le studio. Maud tremblait. Véra la fixa d'un œil inquiet. Frédérique Chamond avança une main sur celle de son invitée pour la ramener au présent.

Maud sursauta. En finir. Elle sourit à la journaliste pour l'encourager à poursuivre. Avant que le vernis cède et qu'elle s'effondre en direct. Avant qu'elle accouche, dans un hurlement, de cette terreur qui revenait la hanter, avant qu'elle bascule dans un monde d'ombres qui la rapprocherait de son père et lui ferait perdre toute notion de réalité.

– Vous avez toujours écrit, n'est-ce pas ? reprit Frédérique.

– Depuis ce jour, oui.

– Vous vous sentiez responsable de ce qui est arrivé ?

– D'une certaine manière. Si j'avais été présente...

– Vous auriez empêché votre sœur d'intervenir ?

– Lorsque je sentais arriver les crises, souvent, je l'emmenais avec moi jouer chez les voisines.

– Votre mère était enceinte au moment du drame. Comment l'avez-vous surmonté, toutes les trois, puisqu'elle a accouché d'une petite fille quelques mois plus tard ?

– En reniant ce passé. C'était devenu tabou. Nous avons déménagé en Vendée. Ma mère nous a élevées comme elle l'a pu, en travaillant de-ci de-là. Elle n'avait aucune formation. Elle est finalement devenue comptable et a décroché un poste dans une association d'aide aux victimes de la violence conjugale. Elle y travaille encore, je crois.

– Vous croyez, Maud ?

– Je n'ai plus de contacts avec ma mère et ma sœur depuis cinq ans.

– Depuis que vous avez transgressé la loi du silence qu'on vous avait imposée ?

– J'estimais que ma sœur avait droit à la vérité. Toute la vérité.

Nouveau silence. Dans la voiture garée sur une place de parking au bas de l'immeuble de Vincent, près du pont d'Iéna. Dans la radio qu'il écoutait en retenant son souffle. Dans le studio où les larmes de Maud s'étaient mises à couler.

– Votre premier roman commençait par cette phrase : « Je ne m'aimais pas. » Qu'en est-il aujourd'hui, Maud Marquet ? demanda Frédérique Chamond d'une voix troublée.

Le cœur de Vincent se serra à l'étouffer. Celui de Maud explosa en sanglots dans un murmure avorté.

7

Vincent s'était mis à trembler nerveusement, les deux mains crispées sur le volant de cuir. Maud Marquet était vivante. Fragile, déroutée, mais vivante !

Des images lui venaient qu'il était incapable de contrôler. Maud et son regard de lumière accrochant le sien au-dessus d'un livre, Maud et son regard de tempête qui n'en pouvait plus de traîner son fardeau. Il lui semblait relire ses aveux, telles des phrases en apparence anodines, accrochées au hasard des pages, éparpillées dans son roman. Des petits bouts d'elle, dilués pour être imperceptibles au plus grand nombre. Combien d'appels au secours avait-elle lancés au gré de ses livres, donnant à ses héroïnes la force qu'elle cherchait en vain depuis l'enfance ?

C'était cela, tous ces fragments d'elle qui l'avaient touché, lui, Vincent Dutilleul, sans qu'il s'en aperçoive. Le regard de Maud Marquet. Le petit détail qui détonne dans la perfection du masque. La marque de sa souffrance. L'attente d'en guérir au travers de celui qui saurait la reconnaître.

Il secoua la tête. Pourquoi se sentait-il à ce point concerné par elle ? Rationnellement, cela n'avait aucun sens. Il se fustigea pour reprendre pied dans sa réalité. Il était un prédateur, un être impossible à aimer, se répéta-t-il une fois encore, comme si cette seule vérité pouvait le sauver, lui Vincent Dutilleul, de cette dépendance affective qui l'avait tant crucifié, enfant. Ses doigts se crispèrent davantage. Sa cuirasse lui semblait soudain si étriquée qu'elle lui fit mal aux jointures. Accepter qu'elle éclate, qu'elle balaie le raisonnable. Le visage de sa mère dansa devant ses yeux. Il le balaya d'un revers de main. Laissa celui de Maud le remplacer. Il ne voulait plus être un prédateur. Non. Plus un petit garçon effrayé et seul devant le monde qui s'ouvrait à lui. Le moment était venu de l'affronter parce qu'il était amoureux de la seule femme qui pouvait le comprendre et l'amnistier.

Résolument, il composa un numéro sur son téléphone portable et demanda à sa fleuriste de faire livrer un bouquet de roses rouges aux éditions DLB à l'attention de Maud Marquet.

*

– Ça va, Maud ? s'inquiéta Véra en pianotant des phalanges contre la porte des toilettes.

Quittant hâtivement le studio en s'excusant, Maud s'y était engouffrée cinq minutes plus tôt.

La porte s'ouvrit et celle-ci parut, bras ballants, serrant dans chacune de ses mains une boule de mouchoirs en papier. Elle avait essayé, elle n'avait pas pu endiguer le flot d'images. Son envie de mourir dans le grenier, la fièvre, la raideur de ses membres, la grosseur de ses ganglions, la sensation d'un autre monde, empli de gargouilles qui ricanaient en entraînant le linceul dans lequel elle était empêtrée. La lumière aveuglante et scintillante d'une étoile qui les avait chassées et, l'instant d'après, les cheveux roux d'une dame à ses côtés qui la maintenaient en apesanteur au-dessus d'un lit d'hôpital où une petite fille se mourait. Maud avait reconnu son propre visage blafard et entubé, ses lèvres diaphanes. À son chevet, un homme pleurait en lui tenant la main. Il lui demandait de se battre, de vivre, et d'écrire, d'écrire surtout. Un homme qui se haïssait de ce qu'il était devenu, de ce qu'il avait provoqué : son père. Elle avait abandonné la protection de la dame, réintégré son corps de chair, décidé de se sauver pour le sauver, lui. Mais il ne l'avait pas attendue. Non, il ne l'avait pas attendue. Il n'y avait pas eu de miracle.

Véra lui ouvrit les bras et les referma sur sa peine.

— Bon sang, Maud, qu'est-ce qui t'arrive ? demanda-t-elle en lui caressant les cheveux.

— Je ne sais pas, mentit encore celle-ci en cherchant son reflet dans le miroir qui lui faisait face.

La petite fille d'autrefois l'y narguait. Elle avait gagné.

— Je suis fatiguée, je crois.

Nouée, Véra l'écarta pour fouiller ses traits ravagés.

— Frédérique s'en veut. Elle pense que ses questions étaient trop appuyées. Moi, je ne crois pas. Tu as eu pire en intensité, en introspection. T'es vraiment au bout du rouleau, hein ?

Maud ferma les yeux pour hocher la tête. Elle n'avait plus la force de lutter.

— OK. Ça reste entre nous. Mais si tu veux donner le sentiment que c'était passager, tu dois te reprendre rapidement. Tu t'en sens capable ?

— Oui, décida Maud dans un sursaut d'orgueil.

— Donne-moi ta version, insista Véra, professionnelle.

— Le décès d'un proche ? hasarda Maud.

— Je prépare le terrain, tu n'auras rien à ajouter. Juste à t'excuser.

Elle déposa une bise affectueuse sur sa joue, essuya d'un doigt le sillon d'une larme et ajouta dans un sourire :

— On sort de ce merdier et ensuite on crève l'abcès, OK ?

— Donne-moi deux minutes, demanda Maud, avant d'inspirer une grande bouffée d'oxygène et de se planter devant le lavabo.

La porte des toilettes se referma dans son dos. Maud affronta son double dans la glace. Maintenant elle savait à qui appartenait le regard violet qui était venu la hanter la veille.

« S'il te plaît, implora-t-elle silencieusement la voix dans sa tête, accorde-moi d'y arriver. Ensuite, quoi qu'il advienne, je me soumettrai. »

Pas un mot échangé dans le taxi qui les conduisit au boulevard Saint-Germain. Véra s'appliquait à ne pas rompre le silence, servie par le mutisme du chauffeur. Consciente qu'il suffirait d'un rien pour que Maud s'effondre, consciente que sa dignité tenait tout entière dans son regard obstinément tourné vers la vitre, fouillant un paysage qu'elle ne voyait pas.

Véra avait accompagné bon nombre d'auteurs depuis plus de dix ans. Elle avait connu le fonctionnement de plusieurs maisons d'édition avant de travailler chez Claire. Pourtant, rarement elle avait entretenu une relation aussi privilégiée que celle-ci. Comme Claire, Véra avait intuitivement compris que ce qui faisait vivre Maud, ce qui la faisait respirer, c'était écrire. Pas ce qu'il advenait du livre après. Elle se souvenait de leurs premières discussions au cours desquelles Maud lui expliquait qu'elle devait relire son roman une fois terminé pour savoir ce qu'elle avait rédigé. Véra s'était plus d'une fois moquée de ce qu'elle imaginait alors être une coquetterie d'écrivain. Avant de se rendre compte que Maud ne mentait pas. Pas de synopsis, pas de fil conducteur. Juste des émotions, des ressentis que Maud vérifiait au fur et à mesure que l'histoire déroulée sous ses doigts amenait des questions, appelait des vérifications dans l'Histoire. Étonnée chaque fois de découvrir la véracité des images dans sa tête. Véra l'avait aimée pour ça. Protégée aussi quand elle s'était rendu compte que Maud cachait une fragilité hors norme.

Véra attarda son regard sur ce profil volontaire. En cet instant, nul n'aurait pu en découvrir l'abîme. Combien d'années avait-il fallu à Maud pour ériger cette carapace ?

Le taxi s'arrêta de l'autre côté de la rue, entre le café de Flore et les Deux-Magots. Maud en descendit la première, avec un merci léger à l'intention du chauffeur. Véra régla et la rejoignit dans le hall de l'immeuble, en se disant que quoi qu'elle entende de Maud, elle allait devoir l'accepter et l'entourer.

– Je vais faire du café, décida-t-elle, sitôt la porte refermée derrière elles.

– Il doit rester de la tisane pour moi, annonça Maud, plantée dans le vestibule, les yeux roulant de gauche à droite, comme un animal traqué.

Pousse s'avança vers elle, l'allure sereine, et Maud s'apaisa. Elle l'enleva dans ses bras et se glissa à pas comptés vers le salon. Véra la vit s'installer dans le divan, recroquevillée, comme si tout n'était que menace autour d'elle. Elle renonça à son café, récupéra une tasse et la tisanière qui trônaient sur la table de la cuisine puis s'en fut la rejoindre.

Maud lui laissa le temps de s'asseoir et de lui servir l'infusion. Elle avait eu peur en entrant. Peur d'une nouvelle apparition. Mais ses fantômes semblaient vouloir lui accorder une trêve. Pousse ne tremblait pas, même s'il demeurait fidèlement à ses côtés. Profiter du répit. Évacuer. Le plus vite possible. Elle se mit à éructer la bile de ses jours sombres, sans rien oublier. Ni la page blanche, ni son journal intime et raturé, ni les Grandguillet père et fils. Ni sa décision de vendre cet appartement qu'elle ne pouvait plus supporter. Elle raconta enfin ce regard suspendu dans le vide semblable à celui de la dame rousse de son passé, cette voix d'homme dans sa tête et ses rêves récurrents dans lesquels surgissait un mystérieux cavalier noir.

Lorsqu'elle eut terminé, Véra n'osa aucun commentaire. Elle se contenta de secouer la tête, désarmée.

Le silence de Maud se prolongea dans la caresse qu'elle prodiguait au chat, à ses côtés.

— Je m'occupe de contacter les agences pour l'appartement. Jusqu'à ce qu'on t'ait trouvé quelque chose dans lequel tu te sentes bien, tu vas t'installer chez moi, décida enfin Véra. Le temps d'y voir plus clair, de te détendre, de te reposer. Le temps de comprendre aussi pourquoi toutes ces choses arrivent. On va s'occuper de toi, tu vas voir.

— Je vais vous déranger, protesta Maud.

— Penses-tu ! Les filles t'adorent.

Un soupçon de sourire sur les lèvres de Maud. Un vrai sur celles de Véra.

72

— Tu crois que je suis irrécupérable, n'est-ce pas ?

— Nooooon, pas plus que d'habitude. Et quand bien même, je suis sûre que Claire va adorer. D'ailleurs...

Véra sortit son portable et composa un numéro avant que Maud ait eu le temps de rechigner. Au point où elle en était, mentir à Claire n'aurait servi qu'à aggraver les choses. Maud se mit à siroter sa tisane de fleurs d'oranger. Elle se sentait mieux d'avoir enfin crevé l'abcès. Dans le combiné, Véra synthétisait son mal-être en termes rationnels. Maud lui en sut gré. Elle avait si souvent eu le sentiment de passer pour une cinglée avec ses intuitions hors normes.

— Elle veut te parler, lâcha finalement Véra en lui tendant son portable.

Maud le colla contre son oreille. La voix de Claire se fit maternelle, confiante :

— Je m'en doutais depuis quelques semaines, Maud. Je sais combien écrire est important pour toi, mais je ne suis pas aveugle. Lâche du lest. Je ne suis pas à six mois près, tu le sais. Cesse de te tourmenter. Je me fous de ce livre, c'est toi qui comptes, tu entends ?

— Oui, répondit-elle, libérée soudain de sa culpabilité.

Claire savait. Elle avait toujours su.

— Et si je n'arrivais plus à écrire ?

— Oublie ça. Véra m'a parlé d'un journal. Les auteurs secs ne remplissent pas un journal, ils deviennent amers, aigris. Toi, tu es larguée, avec une enfance de merde à expurger, c'est tout.

— Mais je t'ai menti.

— Tu n'auras qu'à réciter trois Pater et deux Ave, dédramatisa Claire en riant.

— Tu me détestes, non ? insista Maud pour l'entendre dire le contraire.

Elle se détendait. Enfin. De la cuisine où Véra s'était discrètement réfugiée, montait une odeur de café. Pousse ronronnait à ses pieds ramenés sur le divan.

— Si je devais détester tous les auteurs comme toi, je changerais de métier. Et puis cesse d'ergoter.

— Je n'ergote pas, je me répands.

— Eh bien cesse de te répandre, ça m'inonde et je déteste ça. Alors prends quelques jours pour faire du tri dans ce que tu sais, veux savoir, as oublié et n'oublieras jamais. Ce sera déjà un bon début. Pour le reste, je ne me fais pas de souci.

— Merci, lâcha Maud tandis que Claire reprenait son souffle. Et même en faisait des réserves...

— Tu me remercieras quand tout ça sera fait. Moi, pendant ce temps, je vais aller allumer des cierges pour ta dame rousse aux yeux violets. Et lui dire que si elle veut devenir une belle héroïne de roman, elle ferait mieux de te raconter ce qu'elle faisait avant de trépasser et de devenir un ange. Amen.

Claire raccrocha sur ces vœux pieux. Véra passa la tête par l'entrebâillement de la porte du séjour.

— Prépare tes affaires, dit-elle simplement. Moi je vide ton frigo. Je te donne cinq minutes pour quitter cet endroit sinistre. Pas étonnant que tu déprimes là dedans. Pas un grain de poussière, pas un truc qui traîne. Faut vraiment qu'on s'occupe de ton cas ! Et vite !

Maud se leva. Véra avait raison. Tout était ordonné. Trop. Partout. Sauf dans sa tête. Par contraste.

Elle monta l'escalier. L'angoisse la reprit sur le palier. Elle se glissa dans sa chambre et fourra

quelques affaires dans un sac de voyage, fébrilement, sursautant au moindre craquement de plancher. Son regard accrocha le roman trouvé sur le
Petit Pont. Il était de nouveau ouvert sur la dédicace. La terreur la fit dévaler les marches sans se
retourner. Ce ne fut qu'en bouclant sa porte, Véra
serrant Pousse dans ses bras, qu'elle eut vraiment
le sentiment d'être en sécurité.

8

Victoria Gallagher s'extirpa sans bouger d'un de ces sommeils médicamenteux qui vous empâtent l'organisme.

Au rai de lumière qui ourlait les tentures épaisses devant la fenêtre de sa chambre, la vieille dame sut qu'il faisait jour. Depuis qu'elle était enfant, sa première pensée était un pari : doser l'intensité lumineuse pour déterminer la météo. Au fil des années, elle avait pris l'habitude de le gagner. Pendant quelques minutes, elle retardait le moment d'écarter le tissu, visualisant Paris sous ses différentes facettes. Elle les aimait toutes, de la plus grise à la plus colorée, du poisseux de la brume automnale au clinquant des zingueries sous la chaleur de l'été. Ensuite, elle ouvrait grand les vitres pour s'enivrer de parfum. Ce n'était jamais le même. Peu importaient le jour, l'heure, l'année. La chimie d'un instant volatile obéissait au hasard. Qu'il lui pique les narines ou les embaume d'un soupçon de pain tiède, pas une seule fois, d'aussi loin que remontait son souvenir, elle n'avait eu envie de commencer une journée sans ce rituel.

Soleil. Il faisait soleil dehors. Ce matin, comme hier, elle écarterait les rideaux pour le vérifier mais

76

dans ses narines, ce qui dominerait serait sa propre odeur de pourriture.

De tous les petits bonheurs dont elle s'était nourrie, c'était celui-là qui lui causait le plus de regret. Pas de tristesse, non, juste du regret. Victoria referma les paupières pour se concentrer sur les bruits ambiants. Le claquement d'un marteau-piqueur, le grincement des mâchoires du camion-poubelle et jusqu'aux roucoulements d'un pigeon posé sur la corniche sous sa fenêtre. La vie. Dehors. Le tic-tac tranquille d'une antique pendule à balancier, chinée aux puces, le craquement du plancher soumis aux lois de la dilatation, le ronflement régulier de Willimond dans sa chambre. Le temps en suspension. Dedans.

Elle aurait pu appeler, réclamer l'aide de son fils pour se lever plus facilement, mais elle ne voulait pas le déranger. Pour gagner quoi ? Quelques minutes d'un semblant d'existence à ses côtés ? L'écouter respirer lui suffisait. Elle n'était plus qu'une caricature de mère dès lors qu'elle quittait ce lit. Là, elle pouvait tricher, le laisser imaginer dans ses rêves qu'elle s'offrait une grasse matinée.

Dans l'attente qu'elle avait de lui le matin, Willimond lui appartenait encore. Elle le guettait, comme autrefois, dans la lumière électrique qui caressait le bas de sa porte, le frottement de ses pieds nus sur le sol, le bruit de la chasse d'eau au bout du couloir, le parfum du chocolat, celui du pain grillé. Oui, comme autrefois. Puis, la porte s'ouvrirait sur le plateau d'un petit déjeuner et Willimond viendrait s'asseoir à son chevet.

Parfois elle pensait à ce jour où il franchirait le seuil, où le plateau lui glisserait des mains et où il se mettrait à pleurer. Ce jour où elle aurait cessé de l'attendre. Des larmes lui piquaient alors les

77

yeux pour anticiper les siennes, déborder d'un chagrin qu'elle ne consolerait plus. Elle avait beau essayer de se déculpabiliser en arguant de la fin de toute chose, de tout être, elle ne pouvait empêcher le remords de la tordre, la souffrance de l'orphelin de lui broyer le ventre. Aucune douleur en elle n'était plus vive, plus sournoise. Face à cela, elle serrait les dents, les poings aussi fort que sa faiblesse le lui permettait pour produire de la colère, ajouter une dose d'adrénaline à ce cœur qui s'essoufflait. Repousser l'échéance. Le plus longtemps possible. Pour laisser le temps aux choses de s'organiser dans l'espace et à lui de se préparer. Tout en sachant combien le moment venu tout cela semblerait futile. Émotionnellement Willimond n'avait pas grandi. C'était un enfant qu'elle abandonnerait.

Le pigeon roucoula de nouveau. Les romans de Maud Marquet étaient arrivés la veille. Victoria avait jeté son dévolu sur celui dont la couverture reproduisait une dame aux longs cheveux cuivrés. Les premières lignes l'avaient bouleversée.

Dehors, elle en était certaine, le printemps s'annonçait. La montée de la sève, les corps trop usés la supportaient rarement. Elle s'endormirait dans un parfum de mimosa. Elle avait toujours détesté le terme de « fin de vie » qu'on accroche aux êtres en partance. Le dernier regard n'a rien d'une fin. Le sien retracerait plus de huit cents ans d'attente, d'espoir et d'amour.

L'homme-enfant qui venait de s'éveiller dans la chambre à côté ne savait pas encore ce que son salut allait lui coûter.

*

Maud s'étira dans le lit d'une des filles de Véra. Elle avait perdu l'habitude d'être autant à l'étroit, mais finalement se sentait plus à l'aise que dans le sien, trop grand, trop vide. Son regard accrocha le cadran lumineux du radio-réveil : neuf heures trente. Elle n'avait pas entendu les filles se lever, se préparer et partir au lycée. Pas davantage Véra. Elle tendit l'oreille. À l'exception du souffle régulier de Pousse sur l'édredon, le plus grand silence régnait dans l'appartement. Un sursaut d'angoisse lui étreignit le cœur qu'elle réprima dans un bâillement forcé. Si elle ne se reprenait pas très vite, Claire la traînerait de force chez un médecin. Inconcevable.

D'autant qu'elle n'avait aucune raison de s'inquiéter. Les yeux et la voix spectrale n'avaient pas reparu la veille au soir. Elle avait mis du temps à s'endormir mais ne se souvenait d'aucun cauchemar. Ici elle était en sécurité.

Elle écarta résolument les draps pour poser un pied à terre et se dirigea vers la cuisine après avoir enfilé un peignoir sur sa peau nue. Pour le cas où une des filles rentrerait sans prévenir ou la femme de ménage ou le plombier, comme l'en avait gentiment prévenue Véra qui distribuait ses clefs.

Sur la table où traînaient encore les bols du déjeuner de la maisonnée, trônait une grande feuille de papier décorée de cœurs au stabylo et de livres ouverts sur des pages blanches. Parmi les bisous fluorescents des filles, Véra avait dressé une liste de directives :

« L'accès aux éditions DLB t'est interdit jusqu'à nouvel ordre. Va nourrir les pigeons de Notre-Dame, récurer à la brosse à dents la face cachée des gargouilles, marchander un des manuscrits de la mer Morte chez un bouquiniste, prendre des cours de macramé, ou de tags (pour t'entraîner évite juste les murs de la préfecture de police et ceux de ma chambre STP), bref, fais ce que tu veux, mais les filles et moi voulons prendre l'air à travers celui que tu auras respiré à la fin de notre dure et laborieuse journée.

PS : On t'aime.

RE. PS, entouré de cœurs : Yes ! Gavé !

RE.RE.PS : Puisque t'es toujours allergique à la cigarette, j'ai décidé d'arrêter de fumer. »

Pousse se frotta aux jambes de Maud. Il ronronnait. Maud l'enleva dans ses bras et le brandit en témoin devant son nez.

– Tu as vu ça, le chat, murmura-t-elle, on dirait bien que je n'ai pas le choix. Va falloir se remuer.

Pour toute réponse, Pousse s'agita. Il avait faim. Elle le reposa à terre, ouvrit le réfrigérateur qui comme le reste de la maison aurait eu besoin d'être rangé et finit par y trouver une bouteille de lait. Quelques minutes plus tard, Pousse et elle déjeunaient de concert.

La première journée de la nouvelle vie de Maud Marquet venait de commencer.

*

Victoria Gallagher sursauta en entendant la porte d'entrée claquer. Elle jeta un rapide coup d'œil à sa montre. Il était plus de dix-huit heures. Elle n'avait pas vu le temps passer.

– Tu es là, maman ?

Willimond.

S'arrachant brutalement et douloureusement à sa lecture, elle glissa le roman de Maud Marquet sous le plaid. Faire mine de dormir. Le temps que les battements désordonnés de son cœur s'apaisent. Elle ferma les yeux, croisa les mains sur son trésor afin que Willimond ne puisse en deviner la présence, et abandonna sa tête contre le dossier. Elle l'entendit approcher. Feignit un ronflement. Pour qu'il ne s'inquiète pas. Les pas s'immobilisèrent sur le seuil, quelques secondes, puis s'éloignèrent. La porte de la chambre de son fils s'ouvrit puis se referma délicatement au fond du couloir.

Victoria Gallagher releva les paupières. Ses mains étaient moites. Elle était encore là-bas, dans l'ombre d'Aliénor d'Aquitaine, avec l'héroïne du premier roman de Maud Marquet. Le doute n'était plus possible. Cette histoire que l'écrivain avait fait renaître sous sa plume ne pouvait pas ne pas lui avoir été inspirée.

Elle repoussa la couverture, après s'être assurée de l'absence de mouvement dans le corridor. Un simple regard sur ses jambes gonflées lui confirma ce que son immobilisme venait de lui coûter. Elle refusa leur verdict et les étira en retenant un gémissement. Il fallait qu'elle se lève, qu'elle trouve en elle la force. Elle poussa sur ses poignets, s'extirpa du fauteuil péniblement, le plus silencieusement qu'elle put. Surtout ne pas alerter Willimond. Elle parvint à se mettre debout, à réactiver la circulation sanguine ralentie par ces heures de lecture au cours desquelles elle n'avait pas seulement bu ou mangé. Elle finit par se tenir droite. La jupe longue retomba sur ses mollets. Elle allongea un pied, puis l'autre, une main crispée sur le dossier du fauteuil, la seconde sur le roman. Soustraire ces lignes à la vue de son fils. Là était l'essentiel. Elle se glissa jusqu'aux rayonnages de la bibliothèque. Quelques pas seulement.

Elle achevait d'insérer le livre entre deux autres lorsque la voix de Willimond la cueillit comme une caresse dans son dos :

– Je ne voulais pas te réveiller, mais puisque tu l'es...

Victoria se retourna et lui fit face en souriant, un autre livre à la main, comme si elle venait de le choisir sur l'étagère. Verlaine.

Willimond l'étreignit avec tendresse.

— Comment te sens-tu ce soir ? s'enquit-il, le nez dans sa chevelure argentée.

— Comme une vieille, se moqua Victoria.

Se vider la tête. Ne plus penser qu'à lui, le petit Gallagher. Celui d'avant.

— J'ai rêvé du seigneur de V. cette nuit, murmura-t-il en la berçant doucement contre lui. Peut-être parce qu'il ne nous a pas appelés là-bas depuis longtemps ?

Victoria s'écarta de lui, s'efforçant de ne pas lui transmettre sa bouffée d'adrénaline.

— Les fantômes du vieux château ont sans doute eu pitié de moi, se moqua-t-elle encore.

Dédramatiser.

— Les fantômes de V. n'ont aucune pitié, tu le sais bien. Nous sommes leurs esclaves, ricana Willimond.

Victoria perçut sa détresse comme une punition. Elle avança une main aimante sur sa joue.

— Bientôt, j'en suis certaine, murmura-t-elle, oui, bientôt, ils nous laisseront en paix.

Willimond la toisa d'un regard douloureux teinté de suspicion. Les traits de Victoria s'alourdirent. Ne rien laisser paraître de ces images que son âme avait absorbées dans les phrases du roman. S'appuyant sur l'avant-bras de son fils, elle regagna son fauteuil. La douleur était en ses os, sourde, active. Après l'avoir aidée à s'installer, Willimond s'agenouilla sur le parquet et posa sa tête sur ses genoux, comme il le faisait autrefois. Victoria égara ses doigts dans la chevelure épaisse et sombre. Ce reste d'innocence-là, cette fragilité prouvaient que tout était encore possible, qu'il restait de la lumière là où désormais régnaient les ombres.

— J'ai besoin de toi, tellement besoin de toi, murmura-t-il.

— Il y a des choses contre lesquelles nous ne pouvons rien, Willimond. Pense à tout le bien que tu rends à l'humanité à travers tes recherches, pense à ce qui t'a été donné. Cela seul doit compter. Ma maladie n'est rien au regard du reste.

Il se redressa et, une fraction de seconde, le regard d'encre s'enflamma. Les traits se creusèrent. Victoria puisa dans l'amour d'une mère la ressource nécessaire pour affronter l'intrus. Ce cavalier noir qui venait de reprendre le contrôle de l'esprit de son fils.

— Pourquoi ai-je le sentiment que tu me caches quelque chose ? demanda-t-il. Il ne faut rien me cacher, maman, tu le sais.

Feinter.

— Tu as raison. J'ai beau essayer, cela me devient de plus en plus difficile. La mort s'approche, Willimond, et je suis désemparée de te laisser avec ces questions sans réponse. J'aimerais tant que tu puisses retrouver la paix.

Willimond se redressa brutalement, comme si la fourche du diable l'avait transpercé.

— Pardon, murmura-t-elle, consciente de crucifier son fils pour mieux tromper l'autre.

Willimond serra les poings à en avoir les jointures des doigts marbrées. Mais Victoria ne céda pas. Ne baissa pas la tête. L'affronter restait le seul moyen de protéger Vincent Dutilleul et Maud Marquet. Le bousculer restait le seul moyen de sauver le petit Gallagher, qui, dans les tréfonds de la mémoire de Willimond, implorait sa mère de

83

le délivrer de cette emprise maléfique. Celui-ci tourna les talons sur sa colère désespérée et entra dans sa chambre. Elle l'entendit ouvrir avec violence le tiroir de son chevet. Elle étouffa un sanglot dans sa gorge. Elle attendit qu'il quitte l'appartement, le pas lourd, comme si l'armure du cavalier noir le couvrait en entier. Ensuite seulement Victoria Gallagher se mit à pleurer.

Elle ne se ferait jamais à ce qui allait arriver.

9

– Bonjour mademoiselle, je suis Vincent Dutilleul...

– Oh ! monsieur Dutilleul, je suis ravie, s'exclama la jolie bouche arrondie tandis qu'un regard velours détaillait le neurologue avec gourmandise.

Visiblement, la jeune hôtesse des éditions DLB n'avait pas froid aux yeux. Avant même que Vincent ait pu décliner le motif de sa visite, elle ajoutait dans un sourire :

– La troisième porte à gauche. Je vais annoncer votre venue.

« C'est plus facile que je ne le pensais. Mes bouquets ont dû avoir leur effet ! » songea Vincent en la remerciant poliment avant d'emprunter le long corridor qu'elle lui désignait d'un doigt verni. Depuis une semaine, il inondait Maud Marquet de roses rouges, insistant par les messages joints pour qu'elle l'appelle.

Non seulement elle n'en avait rien fait, mais elle n'avait pas jugé bon de le remercier. Malgré des journées harassantes, il n'avait cessé de penser à elle. Obsédé par l'attente, le doute, l'espoir. Il s'en était ouvert à Jean qui cette fois l'avait encouragé à poursuivre sa démarche, certifiant qu'au pire, elle

85

lui serait thérapeutique. Au matin de ce lundi 26 février, il en avait eu assez de se trouver une sale gueule dans son miroir et d'être incapable de désirer une autre femme. Il avait décidé d'agir. C'est la raison pour laquelle il se trouvait là, devant cette porte, désarmé comme un adolescent à son premier rendez-vous, bien décidé à forcer tous les barrages et à rencontrer Maud Marquet. Sa vie tout entière en dépendait. Il inspira une large bouffée d'air climatisé et toqua avant d'entrer.

– Ton mec vient d'arriver, annonça Clarisse en pouffant.

Véra marqua un temps de pause dans sa journée surbookée, pour demeurer suspendue au combiné qu'elle avait décroché dans le bureau de l'assistante de direction, récupérant sur le poste de celle-ci l'appel qui lui était destiné.

– Mon mec ? demanda-t-elle sous le coup d'une réelle surprise.

– Pourquoi, tu en as plusieurs en ce moment ? renchérit Clarisse moqueuse. Vincent Dutilleul.

– Merde ! lâcha Véra, avant de s'élancer en courant dans le couloir.

Claire allait arriver d'une seconde à l'autre et il ne fallait surtout pas que Dutilleul tombe sur elle.

Vincent demeura un instant le cœur battant dans un grand bureau vide encombré d'un ordinateur, de fax, de casiers, et d'une table de travail surchargée de dossiers, avant de se dire qu'un tel capharnaüm ne pouvait s'appliquer ni à Maud, ni à son éditrice.

Soit il s'était trompé de porte, soit la jeune hôtesse l'avait dirigé chez la mauvaise personne. Il ressortit de cet antre empesté de fumée de cigarette froide et vit s'avancer dans le corridor Claire de la Bretonnière. Il allongea son pas vers elle. Pour se retourner presque aussitôt sur l'appel d'un « Vincent » comminatoire.

Courant presque à sa rencontre, avec l'énergie de jambes finement galbées, une petite brune lui lançait un regard désespéré. Il ne la reconnut pas mais demeura pourtant planté comme un if entre ces deux femmes, pressentant à l'allure de leur précipitation mutuelle tout l'intérêt qu'il représentait. À ce constat, son angoisse disparut comme par enchantement.

Véra se planta devant Vincent, distançant Claire de quelques pas et grinça comme une menace :

– Je suis Véra. Laissez-moi parler ou vous ne saurez rien concernant Maud. Puis en haussant le ton : Tu aurais dû m'appeler avant de monter.

Vincent releva les sourcils de surprise, avant d'accepter d'emblée toutes les options qui pouvaient se présenter. Il n'était plus à une étrangeté près. C'est donc avec complaisance qu'il se laissa accoster par Claire, le bras de Véra menotté au sien en une tenaille affectueuse.

– Claire, laisse-moi te présenter Vincent Dutilleul, lança celle-ci, le regard pétillant. Vincent, Claire de la Bretonnière.

– Enchanté, déclina-t-il en acceptant la main qu'on lui tendait autant que le regard acier qui le détaillait.

Visiblement, Claire l'avait oublié. Rien d'étonnant, dans le contexte de leur brève rencontre.

– Tout le plaisir est pour moi, assura Claire, Véra ne tarit pas d'éloges sur vous.

— Vraiment ? s'étonna Vincent.

— Vraiment. Je serais ravie que vous veniez dîner un soir prochain.

— Oui, bon, on en reparlera, lâcha Véra, embarrassée. Pour l'instant tu nous excuses, nous avons deux, trois petites choses à régler, Vincent et moi.

— Rien de grave, j'espère ? insista Claire curieuse.

Véra la fusilla du regard avant d'entraîner Vincent vers le bureau qu'il venait de quitter.

— Vous m'expliquez ou je demande à votre patronne de le faire, exigea poliment Vincent.

Véra referma la porte pour s'y adosser et lui faire face. Dutilleul la toisait avec une curiosité légitime. Séduisant. Très. Maître de lui malgré ce qu'elle venait de lui imposer. Au milieu des choses en retard qu'elle devait boucler avant ce soir, il avait fallu ce grain de sable.

— C'est à cause des roses, amorça-t-elle, ennuyée.

Véra ne pouvait quand même pas lui avouer qu'elle se servait de lui pour dissuader Claire de lui trouver dans ses relations un énième candidat au mariage, comme elle le faisait régulièrement avec Maud.

Vincent la jaugea un instant.

— Je prendrais bien un café, décida-t-il en débarrassant une chaise des livres qui l'encombraient pour s'y installer.

— J'allais vous le proposer, mentit Véra, ravie de cet intermède qui lui laissait le temps d'avoir une idée pour ne pas lui assener l'autre vérité, à savoir qu'elle n'avait pas l'intention de parler à Maud du harcèlement dont elle était l'objet.

Elle enclencha la machine à espresso posée sur un meuble bas.

88

Il allait falloir jouer serré.

— Vous l'ignorez sans doute, mais Maud Marquet est allergique aux roses, se lança-t-elle.

— Vraiment... se moqua Vincent dans une moue sceptique.

— Ce qui n'était au départ chez Maud qu'une allergie olfactive est devenu une allergie visuelle. Pour une raison qui en amène une autre : rose égale allergie potentielle. Allergie égale hôpital. Hôpital égale mort, donc rose égale mort. Vous me suivez ou mon schéma vous paraît trop haché ?

— Même un enfant de trois ans vous suivrait. Alors un homme de mon âge ! ironisa-t-il.

Véra se crispa. Elle avait vu juste à travers les courriers de cet individu. Il correspondait idéalement à la description de l'emmerdeur patenté. Quelle idée idiote elle avait eue d'en faire son amant imaginaire ! Elle aurait dû se douter qu'il finirait par débarquer. Elle lui tendit sa tasse tandis qu'il poursuivait :

— Ce que je ne comprends pas dans votre schéma, c'est votre raccourci : hôpital égale mort. Il arrive parfois qu'on y sauve des vies, vous savez !

— Écoutez, monsieur Dutilleul...

— Vincent... Puisque vous avez commencé.

— Vincent... rectifia Véra, agacée. Pour des raisons différentes, Maud et moi supportons mal tout ce qui touche de près ou de loin au domaine médical. Dans le cas très précis qui nous intéresse, sachez que je n'ai pas transmis vos roses à Maud.

— Je vois, se renfrogna Vincent. Et qu'en avez-vous fait ?

— Je les ai gardées.

— Ah ! Et donc ? la força à enchaîner Vincent, après avoir reposé sa tasse vide sur le bureau.

— Et donc, il se trouve que, ne sachant pas que ces roses ne m'étaient pas destinées, quelqu'un a

89

répandu le bruit que vous et moi... Enfin vous comprenez...

— D'où l'attitude de Claire de la Bretonnière.

— Exactement.

— Vous pouviez démentir.

— Certes. Tout comme j'aurais dû vous appeler et vous dire de laisser tomber. Croyez bien que je comprends l'importance que peut avoir pour vous une entrevue avec Maud Marquet, mais c'est impossible.

Cette détermination lui fit l'effet d'un boulet d'injustice reçu en plein cœur. Loin de l'abattre, elle amena en lui un sursaut de colère. Se dépliant d'un bond, Vincent franchit l'espace qui les séparait et lui crocheta le bras.

— Je doute que vous puissiez comprendre. Et j'aimerais que Maud Marquet soit au moins informée de ma démarche. Elle me semble assez grande pour se faire sa propre opinion, non ?

— Lâchez-moi, monsieur Dutilleul. Vous me faites mal, ordonna Véra.

Douche froide. Les bras de Vincent retombèrent. Il recula de deux pas, fouilla ce visage qui courageusement le bravait malgré sa pâleur soudaine.

— Excusez-moi, bredouilla-t-il, je ne voulais pas. J'ai entendu son interview sur Europe. Donnez-moi seulement de ses nouvelles.

— Ce que j'en sais doit rester confidentiel, grinça Véra.

— Vous avez ma parole... Je vous en prie.

— Maud Marquet était en deuil l'autre jour. En professionnelle qu'elle est, elle a refusé d'annuler l'interview, mais son chagrin l'a rattrapée.

Leurs regards s'affrontèrent. Véra ne baissa pas le sien.

90

– Vous voulez savoir pourquoi ce barrage ? Pour la protéger dans ce moment difficile, monsieur Dutilleul, mais pas seulement. Je suis navrée de devoir briser vos attentes, mais Maud n'acceptera ni vos bouquets ni vos rendez-vous. Elle se marie dans quelques semaines et je doute fort que son fiancé apprécie votre acharnement à la séduire.

Vincent chercha un souffle qui lui manquait, le trouva en serrant les poings. Envie de cogner à nouveau. Absurde. Il n'avait jamais été violent, pas même à l'adolescence. Au moment où il avait perdu sa mère, peut-être. Il ne s'en souvenait pas.

– Laissez-la tranquille, Vincent, s'il vous plaît, l'enveloppa la voix redevenue enjouée de Véra.

Elle avait posé la main sur la poignée de la porte. L'entretien était terminé. Il connaissait le code. Reste d'éducation dans le chaos de son être.

– Je vous raccompagne, ajouta-t-elle tandis qu'il lui emboîtait le pas, emmuré dans un mutisme désespéré.

Elle mentait. Pour le mariage de Maud. Elle mentait dans l'espoir de le voir lâcher prise. Forcément.

– Qui est-ce ?

– Je vous demande pardon ?

– L'heureux élu.

– Un financier. Claude Grandguillet.

Ses ongles pourtant courts s'enfoncèrent dans ses poings tétanisés. Elle mentait.

En face de lui, Claire de la Bretonnière s'avançait en compagnie d'un homme. S'éclipser. Avant de renouer avec le vaudeville de son entrée en scène. Vincent tourna les talons. Besoin de personne pour trouver l'ascenseur.

Véra hésita à le suivre, y renonça en entendant le rire de Claire dans son dos.

— Tu connais Claude Grandguillet, l'ami de Maud ? l'accosta l'éditrice joyeusement.

Coup d'œil vers la sortie. Vincent Dutilleul s'était immobilisé. La voix de Claire avait porté. Quelques pas auraient suffi pour le ramener vers eux. Puisque le hasard s'en mêlait...

— Vous tombez bien, Claude, dit Véra en haussant la voix. Je voulais justement vous voir. Vous êtes pressé ?

— Pas le moins du monde, accepta celui-ci. D'ailleurs moi aussi je voulais vous rencontrer.

— Je vous laisse, ponctua Claire. Merci de ta visite, ton client a bien fait de se décommander. Embrasse Jérémy pour moi.

— Tu peux y compter ! assura-t-il, avant de s'engouffrer dans le bureau de Véra.

La porte se referma sur eux.

Devant l'ascenseur qu'il n'avait pas appelé, Vincent Dutilleul demeurait figé, les paumes rougies du sang des crucifiés.

10

Il flottait dans Paris ce 27 février un souffle printanier.

Au pied de Notre-Dame, deux musiciens faisaient vibrer violon et guitare, attirant quelques pièces dans un chapeau mité.

Maud avait le cœur poète, le manteau au bras, un sourire aux lèvres, et les yeux barrés d'une main. La tête renversée en arrière, face à Notre-Dame, elle imaginait Quasimodo dansant sur la coursive et Victor Hugo chagriné de la folie qu'il lui prêtait.

La première image qu'elle avait eue de Paris était celle que l'écrivain lui avait offerte. Elle aimait cette place envahie de touristes, d'amants enlacés. Elle se laissait avaler par l'ombre des tours de la cathédrale, jusqu'à se sentir petite devant l'orgueil de ses bâtisseurs, le talent de ses maîtres.

L'esprit vide, tel ce benêt de Quasimodo, elle se nourrissait de l'instant présent.

Ses fantômes l'avaient désertée. Plus de voix dans sa tête, de regard violet suspendu dans les airs, de dame rousse ou de cavalier noir dans ses rêves.

Chaque jour un peu plus elle se sentait revivre.

Les jumelles et Véra y contribuaient beaucoup. Elles l'entouraient de la chaleur d'un vrai foyer.

Leurs soirées étaient animées de commentaires et de débats sur des sujets de cours ou d'actualité. Celui préféré des filles étant la traque de ce tueur en série qui venait de faire une nouvelle victime, avec l'envie de donner à Maud matière à un nouveau livre. Toutes quatre riaient aussi beaucoup. De tout, de rien. D'un potin, d'une anecdote de lycée, de rue, de bureau, des hommes que Véra ne parvenait pas à trouver à son goût, des « mecs » pour lesquels les deux adolescentes se pâmaient désespérément.

Maud quant à elle avait reçu un message de Claude, quelques jours plus tôt, sur son portable :

« Claire m'a tout raconté. Prends soin de toi, Maud. Quelle que soit la nature de notre relation, je ne veux pas te perdre. Tu comptes beaucoup pour moi. »

Ils s'étaient revus. Avaient décidé d'un accord commun que seul l'instant déciderait de leur degré de complicité. Amis. Amants. Des parenthèses sans conséquences. Sans engagement autre qu'une vraie tendresse leur laissant à tous deux une chance de rencontrer l'âme sœur.

Maud y trouvait son compte. Malgré son attachement rapide au petit Jérémy, elle ne se sentait pas capable de jouer les mamans de substitution dans l'esprit de l'enfant. Elle savait trop bien la déchirure qu'il avait dû combler au départ de sa vraie mère. Pour rien au monde elle ne voulait lui faire du mal.

Le soleil disparut derrière les tours de la cathédrale. Reprise par l'humidité de la Seine toute proche, Maud enfila son manteau et allongea son pas pour rentrer au logis des Lavielle, sur le quai Saint-Michel, juste à côté du café Notre-Dame.

Elle s'engagea sur le Petit Pont, promenant son regard sur le bronze du fleuve que le déclin de la lumière patinait. Devant elle, les mains posées sur la rambarde de pierre, un homme semblait perdu lui aussi dans sa contemplation. Son profil retint l'attention de Maud. Dans sa poitrine son cœur s'accéléra. Elle passa pourtant son chemin.

« Beau gosse », songea-t-elle en traversant la rue pour gagner son immeuble. Elle se sentit légère. Visiblement, tout en elle se réveillait. Vraiment.

*

Vincent venait de prendre sa permanence aux urgences médico-judiciaires de l'Hôtel-Dieu. Le travail qu'il y faisait l'éloignait de la neurologie, et même du contexte hospitalier dans lequel il évoluait depuis le début de sa carrière. Il existait peu d'endroits semblables en France, tous répondaient pourtant aux mêmes charges : les médecins étaient là pour examiner les victimes d'une agression en vue de leur délivrer une Interruption Temporaire de Travail. Ils recevaient de même toute personne interpellée par la police avant son placement en garde à vue. Le rôle de Vincent et de ses confrères consistait à établir un diagnostic quant à l'aptitude de ceux qui leur étaient amenés à supporter une incarcération. Sans traitement médical adapté à leur pathologie, certains détenus encouraient un risque clinique qu'on se devait d'évaluer. Vincent aimait ce service. Le contact avec les gens. Victimes ou criminels. Parfois les deux se mélangeaient. Il lui arrivait fréquemment de rencontrer des personnages banals, prisonniers des circonstances plus qu'auteurs d'un authentique méfait. Souvent ahuris, voire choqués de se retrouver là, ils avaient besoin de toute l'attention et l'écoute dont Vincent avait fait un sacerdoce en même temps qu'un métier.

Il venait d'examiner une jeune femme enceinte qu'on avait arrêtée pour détention de stupéfiant. Elle était presque à terme et toxicomane de surcroît. Il avait demandé à ce qu'elle soit dirigée vers la salle Cusco de l'Hôtel-Dieu après lui avoir délivré du Subutex, un substitut de l'héroïne. Il ne voulait pas prendre de risque. Dans les conditions souvent sordides de la mise en détention provisoire, en état de manque, il n'était pas certain que le travail ne se déclenche pas. Cette femme lui était apparue plus pitoyable et paumée qu'autre chose, mais il ne devait pas s'arrêter aux sentiments qu'il pouvait éprouver pour les gens. Il avait dû se blinder contre la fatalité pour accepter la noirceur de son quotidien. Contrairement à se qu'il avait prétendu à Véra Lavielle, il comprenait sans peine que Maud Marquet ait fait de la mort un synonyme d'hôpital. Lui-même se battait contre elle sans relâche, mais il lui arrivait aussi de rentrer chez lui le cœur lourd de l'avoir vue gagner. Preuve indiscutable, comme aurait dit Jean, qu'il n'était pas guéri de son passé.

Il se leva et se dirigea vers la fenêtre. Au-delà du jardin, le parvis de Notre-Dame s'égayait de couleurs vives. Le gris, le noir des manteaux avaient laissé la place aujourd'hui à des tenues plus légères. Comme d'ordinaire, des touristes s'y promenaient. Il fouilla dans la poche droite de son pantalon, en sortit le billet sur lequel il avait griffonné le contact que Marac, un lieutenant de la police criminelle de ses relations, lui avait donné. Tout entier obsédé par l'enquête sur ce tueur en série qu'il menait depuis plusieurs mois, Marac n'avait pas cherché à savoir pourquoi Vincent avait besoin d'un détective privé. Vincent ne s'était pas étendu de son côté sur le sujet. Il était peu fier de ses intentions. Au point de n'avoir pas encore pris de décision. Depuis qu'il avait rencontré l'attachée de presse de Maud Marquet, il dormait mal. Il ne parvenait à accepter l'idée du mariage de l'écrivain avec ce financier. C'était absurde. Il avait croisé ce Grandguillet, avait mis un visage sur les mots de Véra. Tout concordait. Sauf son intuition. Quelque chose d'incohérent qu'il ne parvenait à faire taire l'empêchait de se résoudre, d'accepter. Il tourna et retourna le morceau de papier entre ses doigts. Savoir. Juste savoir. Ensuite, s'il était convaincu qu'elle était heureuse, il s'effacerait. Il ne voulait rien abîmer.

Il sortit son portable et composa le numéro. Une voix d'homme, chaleureuse lui répondit.

— Monsieur Duval, je m'appelle Vincent Dutilleul. J'ai besoin de vos services pour une affaire délicate.

— Je vous écoute, répondit le détective.

Vincent lui raconta tout sans tricher, s'accordant une confession qu'il espérait libératrice. Le privé n'émit aucun commentaire.

Lorsque la porte s'ouvrit dans le dos de Vincent pour faire entrer une nouvelle urgence judiciaire, il le remerciait d'agir avec la plus grande discrétion. Le bruit des menottes dont on libérait le prisonnier coïncida avec le claquement de son portable. Il se retourna pour voir la porte se refermer sur un uniforme et demeura bouche bée devant Jean Latour qui, visage défait, se frottait les poignets.

— Ne fais pas cette tête-là, grommela Jean, c'est déjà assez pénible comme ça.

— Tu peux m'expliquer ? s'étrangla Vincent devant l'évidence que son ami venait d'être arrêté.

– Je peux, mais tu ne vas pas aimer, lâcha Jean en se laissant tomber sur le siège, face au bureau de Vincent.

Celui-ci refusa de se glisser derrière. Il pressentait à la détresse dans le regard de Jean que quelque chose de grave venait de se produire. Assez en tout cas pour justifier les conditions dans lesquelles on l'avait amené. Vincent s'installa à ses côtés sur la deuxième chaise. Intrigué. Inquiet.

– Tu te souviens de ce tueur en série, celui qui trépane ses victimes et que les flics tentent désespérément d'arrêter...

– Oui, répondit machinalement Vincent.

– C'est moi, grinça Jean.

Une fraction de seconde et Vincent eut l'impression que le décor de son univers basculait.

– C'est du moins ce que la police a pensé en retrouvant mon nom et mon numéro de téléphone sur les agendas des escort-girls qui ont été assassinées, ajouta Jean.

Les pensées de Vincent étaient désordonnées. Il se força à réagir. À analyser l'improbable. Il se trouvait en face de Jean Latour, professeur en neurochirurgie, marié et amoureux comme au premier jour de son épouse, père de deux enfants sans problèmes. L'être le plus transparent qu'il ait jamais croisé, sans aucun vice ni reproche, à la vie parfaitement réglée, dénuée de surprise.

– Qu'est-ce que tu me racontes, se rebella-t-il, toi et ces filles, mais enfin, je te connais depuis dix ans et je sais bien que...

Le regard coupable et navré de Jean faucha tel un couperet la suite de ses allégations.

S'ensuivit un silence gêné. Jean décida de le rompre.

– Je sais, j'aurais dû t'en parler, mais c'était mon jardin secret. Et je n'en suis pas très fier en vérité.

T'imagines surtout pas des trucs salaces, vulgaires ou SM. Juste le plaisir d'un corps parfait à l'écoute du mien.

Vincent hocha la tête. Il ne parvenait pas à reprendre pied. Sensation de vertige. De nausée. Normale sans doute, après un choc pareil. D'ailleurs, comme pressé par la nécessité d'une confidence, Jean enchaînait.

– Depuis sa ménopause, Jeanne c'est plus vraiment ça. Non que je sois un foudre de guerre comme toi, mais j'ai besoin de sensualité. C'est con le mariage. Vingt-cinq ans d'attouchements, de complicité, mais plus de sensualité. On fait l'amour de la même manière qu'on regarde la télé. Il y a dix ans, c'était encore comme une partie de bridge. Un soupçon de jeu pour quadras posés. Depuis dix-huit mois, c'est la débandade des sens, et pas que des sens.

– T'as pas essayé le Viagra ?

– Je te parle pas d'érection, je te parle de désir. Ne me dis pas que tu ne sais pas faire la différence.

Vincent s'abstint de commentaires. Quand on a la réputation de collectionner les conquêtes comme d'autres les porte-clefs...

– Bref, poursuivit Jean, la fille qu'ils viennent de trouver trépanée à son domicile dans les Yvelines est une de celles avec qui j'ai fauté.

Vincent esquissa un sourire. D'autres auraient dit « couché ». Jean Latour fautait. Au moins quelque chose de rassurant dans ce chaos.

– Et c'est pas tout, les cinq autres aussi.

– Aussi quoi ?

– Assassinées.

Cette histoire n'avait aucun sens. Une question, une seule avant de remuer ciel et terre et de sortir Jean Latour de ce bourbier.

– Évidemment, tu n'y es....

Jean ne le laissa pas achever, dardant sur lui un regard d'enfant blessé :

– Dis pas de conneries, s'il te plaît. Le peu que j'ai fait est déjà assez douloureux à assumer. Jeanne et les enfants étaient là quand ils sont venus pour m'embarquer.

11

Maud avait l'âme guillerette. Cette journée du 29 février s'avérait aussi radieuse que les précédentes.

Elle terminait le chapitre du livre que Véra lui avait conseillé lorsque le téléphone sonna. Elle laissa se dérouler l'annonce du répondeur enregistrée par les jumelles. Pour tout le monde, Maud avait quitté Paris et était injoignable. C'était mieux pour sa tranquillité, avait assuré Véra. Elle n'avait donc aucune raison de répondre.

Elle se précipita pourtant sur le combiné à l'appel comminatoire de son amie.

— Décroche, décroche, décroche, répétait celle-ci en boucle, d'une voix excitée.

— J'ai décroché, l'interrompit Maud dans le haut-parleur.

— Oh pardon. Je viens de recevoir un coup de fil de l'agence immobilière.

— Ils ont trouvé un acheteur ? s'étonna Maud qui ne pensait pas que son appartement partirait aussi vite. L'estimation que l'agence avait donnée à Véra lui avait paru indécente.

101

– Ils ont des visites, mais rien de sérieux. Non, ils m'ont appelée parce qu'ils ont quelque chose à te faire visiter. Devine où ? Allez, devine où ?

Même à distance, vu le ton de la voix de Véra et son exubérance, Maud aurait pu jurer qu'elle battrait des mains comme une enfant si par hasard elle trouvait la bonne réponse.

– Je donne ma langue à Pousse.

– Mais si, allez, essaye. Et puis non, tu trouveras jamais. Ouvre la porte d'entrée.

– Que j'ouvre la porte d'entrée, répéta Maud. On livre les appartements à domicile maintenant.

– Presque, couina Véra. Allez ouvre.

Maud se rendit jusqu'au vestibule et obtempéra.

– Je ne vois aucun vendeur au charme ravageur.

– Non, mais tu vois l'ascenseur.

– Oui.

– C'est là ! Ton nouveau chez-toi, c'est là ! C'est pas génial ça ? Dis, c'est pas génial ?

– Non, c'est pas génial. Un ascenseur de trois mètres carrés, c'est pas ce qu'on peut espérer de mieux comme habitation principale. En plus, monter et descendre toute la journée, j'ai peur d'avoir la nausée, se moqua Maud.

– Mais qu'est-ce que tu racontes ! Tu le fais exprès. C'est ça. Tu te fiches de moi. Bien sûr que tu te fiches de moi. Mais je suis tellement contente. T'imagines ?

– Pas pour l'instant, assura Maud, mais si tu précises où cet ascenseur pourrait me mener, peut-être.

– Je t'ai pas dit ? Au temps pour moi. L'appartement du dessus, tu sais, celui qui a la grande baie vitrée en encorbellement. Mes voisins divorcent. Non vraiment je suis trop contente.

– Ils en seront ravis, s'amusa Maud devant la réaction enfantine de Véra, preuve que la complicité mère/ados pouvait avoir des effets pervers.

– Et toi, t'es pas ravie ? s'inquiéta Véra.

– Qu'ils divorcent non, c'est pas drôle, qu'ils vendent oui.

Véra ne releva pas, focalisée sur son but.

– Bon, c'est d'accord alors.

– Ça dépend du prix.

– J'en ai discuté avec la comptable, c'est dans tes moyens.

Maud referma la porte. Décidément quand Véra gérait...

– On a rendez-vous à dix-huit heures. Enfin, Maud. C'est pas un signe ça ? Toi qui aimes les signes ? Toi et moi dans le même immeuble ?

– Non, Véra, se moqua de nouveau Maud, non, non et non, inutile d'invoquer les astres ou toute coïncidence heureuse. Non, non et non, cette proximité ne me fera pas troquer ma plume contre un balai. Ton capharnaüm restera ce qu'il est.

Véra éclata d'un rire sonore à l'autre bout du combiné.

– Tu sais quoi ? Je vais aller de ce pas dire à Claire que tu vas beaucoup mieux, décida l'attachée de presse avant de raccrocher.

Maud s'apprêtait à se faire un thé lorsqu'on sonna à la porte. Elle s'en fut ouvrir avec du baume au cœur. L'idée de vivre au-dessus des Lavielle lui plaisait, infiniment. D'abord parce qu'elle garderait ainsi ce lien privilégié avec elles, mais aussi parce que l'appartement en question offrait une vue magnifique sur Notre-Dame et la Seine. Installer son bureau face à l'île de la Cité était l'idéal pour lui permettre de rêver à de nouvelles héroïnes.

103

Elle déverrouilla et se retrouva face à un livreur chargé d'un bouquet de lys blancs.

— Maud Marquet, c'est ici ?

— C'est ici, assura Maud, en enlevant dans ses bras les fleurs qu'on lui tendait.

— Si vous voulez un conseil, gardez-les dans un endroit aéré, sinon vous en serez entêtée.

— Entendu, le remercia Maud avant de refermer la porte.

Elle posa les fleurs sur la table du séjour et arracha l'enveloppe qui avait été agrafée sur l'emballage transparent, supposant déjà l'écriture de Claude.

« Pardonnez-moi d'avoir forcé la discrétion de Claire. L'amitié qu'elle me porte et ma tristesse de vous apprendre ainsi fatiguée en sont responsables. Puisse ce modeste témoignage de mon affectueuse admiration vous aider à vous rapprocher de celle que vous avez été, et que vous êtes encore, au plus secret de vous. Vous m'êtes chère, Maud, bien plus que vous ne l'imaginez. Je vous embrasse. »

C'était signé : Victoria Gallagher.

Sa surprise passée, Maud dut fouiller longuement dans ses souvenirs avant d'y retrouver la silhouette de cette femme. Elle ne l'avait croisée qu'une fois, dans un cocktail, chez Claire. Elles avaient conversé quelques minutes, agréablement, de tout, de rien, avant que Maud soit appelée par d'autres invités, mais elle se souvint d'avoir été impressionnée par son port de tête et la douceur sans âge de son regard.

L'attention la toucha.

Le bouquet mis en eau dans un vase, Maud retourna à la cuisine pour savourer son earl grey. Elle avait très envie de se rendre à la librairie historique de la rue Saint-André-des-Arts où elle avait coutume de chiner lorsqu'elle faisait ses recherches. Pour le plaisir de caresser le papier vieilli et les reliures de cuir. Pour se réapproprier aussi un peu de son univers en miettes.

Une bonne heure plus tard, revêtue d'un gros pull sur son jean, elle avalait deux comprimés pour enrayer sa migraine avant de refermer la porte sur le parfum capiteux des fleurs qui, déjà, flottait dans l'appartement.

Elle longea le café Notre-Dame, remonta la rue du Petit-Pont en se disant que Véra avait raison : elle récupérait à vue d'œil. Preuve que ce qui avait le plus manqué à son équilibre ces derniers mois, c'était l'entourage d'une vraie famille. La nostalgie de la sienne lui étreignit le cœur, mais elle la chassa d'un pas décidé. C'était terminé. Elle ne voulait pas se laisser rattraper.

*

Willimond Gallagher achevait de boucler sa valise, l'esprit en proie aux contradictions les plus grandes. S'il n'avait été contraint d'animer ce colloque à Montréal, il aurait renoncé à son voyage. D'une part pour ne pas laisser sa mère seule dans l'état où elle se trouvait, même si l'infirmière et la femme de ménage étaient la plupart du temps à ses côtés, d'autre part, parce qu'il ne pouvait s'enlever de l'idée qu'elle lui cachait quelque chose d'essentiel. Il ne voulait pas admettre la fatalité de sa mort prochaine. Il avait tenté de l'évacuer dans le sang, mais il sentait bien que cela avait été inutile. Une puissance implacable s'était mise en route, à son insu. Il en était persuadé.

La preuve en était que cette nuit encore ses cauchemars avaient été peuplés des réminiscences de la vie du seigneur de V. Celui qui, au XIIᵉ siècle, avait eu l'initiative d'une chasse aux sorcières massive et officieuse. Pour l'accomplir, il revêtait haubert et heaume noir, et devenait le sinistre cavalier noir. Dès que ses rabatteurs lui signalaient une suspecte, il s'empressait de l'assassiner avec un stylet, un poignard à lame très fine, spécialement forgée pour la circonstance. Son zèle n'avait de sens que dans la jouissance qu'il prenait à aspirer leur dernier souffle, héritant ainsi d'un peu de leur pouvoir magique. Jusqu'à ce printemps 1124 où le cavalier noir avait découvert que la châtelaine d'un fief voisin, celle qu'il convoitait en secret depuis des mois, était l'une de ces diablesses. Il aurait dû la sacrifier comme les autres. Il n'avait pu. Il l'avait enlevée, puis enfermée, imaginant qu'elle finirait par l'aimer. Mais il s'était trompé. Elle ne songeait qu'à sa fille, à son époux, que les hommes de main du cavalier noir n'avaient pas trouvés dans leur donjon au moment où il l'avait assiégé. Furieux, il avait juré à la sorcière de traquer et d'exterminer les siens si elle continuait de le repousser. Elle s'était alors emparé du stylet pour lui balafrer le visage. Refusant de céder à son envie meurtrière, le cavalier noir avait tourné les talons, du sang plein la chemise. N'était revenu que le lendemain, décidé cette fois à la prendre de force. La chambre était vide. Seul le manche du stylet gisait à terre. Sa lame avait été brisée. Comme la dame rousse aux yeux violets, le morceau sectionné avait disparu. Il l'avait traquée des mois durant, tout en poursuivant son impitoyable massacre parmi ses consœurs. En pure perte. Elle n'avait jamais reparu.

Tout cela Willimond Gallagher le savait depuis que sa mère avait acheté le château de V. sur un coup de tête. Depuis qu'il avait trouvé le stylet brisé dans la poussière. Depuis qu'il assouvissait la perversité de l'âme errante du cavalier noir, en échange de l'intelligence dont elle avait empli son cerveau lésé. Victoria cherchait depuis quinze ans le moyen de le libérer de ce fardeau. Et voilà que pour la première fois, il avait le sentiment que cette femme, la seule qu'il chérissait, voulait le trahir. Pourquoi ? Pour le protéger ? Ou parce qu'elle avait découvert quelque chose d'impossible à révéler ? Quelque chose que le cavalier noir devait à tout prix ignorer ?

Le souvenir des chevelures rousses engluées d'encéphale et de sang amena en ses reins une pulsion brûlante. Et si la quête du cavalier noir n'était pas terminée, s'il y avait une raison à sa perversité ?

Willimond ouvrit le tiroir de son chevet et en extirpa l'arme en question. Il la caressa amoureusement avant de la glisser dans un coffret, puis dans son attaché-case.

Ensuite il s'avança jusqu'au chevet de sa mère, qui semblait s'être assoupie, les mains croisées sur son plaid. Il osa un baiser léger sur sa joue, raviva en lui l'âme du petit Gallagher qui était terrorisé à l'idée de la quitter, puis sortit de l'appartement sans un bruit, en se disant qu'à son retour, il faudrait bien qu'elle lui révèle ce qu'elle savait.

*

Dans la salle de garde de l'hôpital de la Salpêtrière, Vincent Dutilleul achevait de boire son café, le front barré d'une ride soucieuse.

Trois jours plus tôt, face à l'inspecteur Marac, il avait confirmé l'alibi de Jean qui, à l'heure du dernier crime, se trouvait à ses côtés pour l'étude du dossier d'un patient commun. Vincent s'était ainsi retrouvé impliqué dans une affaire dont il se serait bien passé. Il détestait les faits divers. Et celui-ci était particulièrement macabre. D'autant que Marac avait demandé à Jean de lui donner son avis professionnel sur la trépanation dont l'escort-girl avait été victime. Refusant d'abandonner son ami, Vincent leur avait emboîté le pas.

Une heure plus tard, ils étaient à l'Institut médico-légal, devant un corps qui avait été autopsié et attendait la mise en bière.

— L'assassin lui a fait ça dans la baignoire, nettoyant l'intérieur de la boîte crânienne au jet. On a retrouvé des cheveux roux et des résidus de matière méningée dans la bonde d'évacuation. Ce qu'il a fait du reste du cerveau, nous l'ignorons. La fille a été droguée avec un anesthésiant qui lui gardait sa pleine conscience, violée, puis trépanée, vivante je suppose, avait commenté Marac.

Écœuré par un tel carnage, Jean s'était détourné. Marac l'avait longuement fixé et Vincent n'avait pu s'empêcher de deviner que cette confrontation n'était pas innocente pour le lieutenant. Il avait voulu le tester.

— Comment avez-vous eu leurs coordonnées ? avait finalement demandé l'inspecteur au neurochirurgien.

— Sur le net. Elles faisaient partie d'un réseau en ligne, avait répondu Jean.

— Les Dames de la lune rousse. Je sais. Mais on ne peut les rencontrer sans avoir été coopté. Qui vous a fourni leur code d'accès ?

— Un ami qui dirige une société de marketing. Il passe souvent par leurs services pour satisfaire ses clients et ses propres envies. Ça s'est fait sans que je le cherche, on s'est croisés dans un dîner. En fin de soirée, on s'est retrouvés entre hommes autour d'un whisky et d'un cigare. Il a évoqué le sujet à propos d'un contrat important qu'il venait de signer, j'ai posé des questions, par curiosité. Sur les tarifs, les filles, la confidentialité. Ce n'était pas mon univers, lieutenant. Je n'avais jamais trompé ma femme en vingt-cinq ans de mariage. Mon couple s'étiolait depuis quelques mois. Je me suis dit que peut-être, un peu de fantaisie...

– Pourquoi as-tu changé de fille ? l'avait interrogé Vincent à son tour.

– Pour deux raisons, la première pour ne pas m'attacher, ça me déculpabilisait vis-à-vis de Jeanne. La seconde, parce que c'est la règle du réseau. En fonction de l'heure et du jour du rendez-vous, celle qui est disponible te reçoit, c'est tout.

– Chez elle ? s'était étonné Vincent.

– Dans le logement mis à sa disposition pour ce faire, avait répondu Marac. En réalité, cette fille était une étudiante qui se prostituait pour payer ses études. On trouve de tout sur ce site, des femmes mariées, des mères de famille. À condition qu'elle ait les mensurations requises, moins de vingt-sept ans et, dans ce réseau, qu'elle soit rousse, n'importe quelle femme peut devenir escort pour une heure, une journée. Le changement régulier de lieu leur permet de protéger leur anonymat. On a recensé une cinquantaine de maisons et d'appartements qui servent à ça.

– Vous vous êtes renseignés sur les gérants du site ? s'était enquis Jean en s'écartant du tiroir réfrigéré.

Marac avait refermé ce dernier d'un geste blasé avant de les entraîner vers la sortie.

– Tout y est transparent. Cette vague de crimes leur fait une très mauvaise publicité. Ils ont décidé de collaborer. Ils y ont intérêt. Si ce que vous venez de voir vous évoquait le souvenir de quelque chose, appelez-moi. Car je demeure persuadé que l'assassin fait partie du milieu médical. Mon instinct me trompe rarement, vous savez. Tôt ou tard, il fera une erreur. Ils en font tous.

Ils s'étaient quittés là-dessus. Mal à l'aise.

Vincent avait ramené Jean chez lui. Le cœur déchiré, ce dernier en était ressorti avec une valise trente minutes plus tard. Vincent l'avait installé sur le canapé-lit de son salon.

Depuis, il tentait de le maintenir en réanimation, par la seule présence de son amitié. Il se sentait aussi amer que lui devant ces vies brisées.

Vincent reposa sa tasse. Vide. Leva les yeux pour découvrir son ami planté devant lui, le visage fermé, l'œil ourlé d'un cerne profond. Une de leurs relations était avocat. Il avait accordé au neuro-chirurgien un rendez-vous en urgence et Vincent avait proposé de l'accompagner. Par solidarité.

– Allons-y, implora Jean, discrètement. Qu'on en finisse. Vite.

Ils quittèrent la salle en silence. Jeanne avait demandé le divorce.

12

– Garez-vous sur le côté et attendez-moi, voulez-vous ? Je n'en aurai pas pour longtemps.

– Comme vous voudrez, madame, assura le chauffeur de taxi qui descendit de la voiture et la contourna pour ouvrir la portière à Victoria Gallagher.

Elle n'avait plus la force nécessaire pour conduire jusqu'à V. Prendre l'avion ou le train aurait laissé une trace. Or elle ne voulait pas que Willimond puisse apprendre son escapade. Elle l'avait appelé à son hôtel, à Montréal, pour le rassurer sur son état, mais aussi pour vérifier qu'il s'y trouvait bien et qu'elle avait le champ libre. La compagnie de taxis qu'elle employait régulièrement n'avait fait aucune difficulté pour la conduire jusqu'en Vendée. Victoria s'était approvisionnée en espèces. Willimond ne saurait rien. Lorsqu'il reviendrait, le lendemain, ce serait trop tard. Ses jambes la portaient difficilement. La lymphe les dilatait odieusement. Ses orteils étaient glacés. Victoria sentait qu'elle se paralysait. Ce n'était plus qu'une question d'heures.

Déterminée, elle s'avança jusqu'à la grille du vieux château, lourdement appuyée sur sa canne. Elle inséra la clef dans le cadenas et en fit jouer la serrure, poussa le portail, longea les ruines de la vieille chapelle, le corps effondré du bâtiment rajouté au xvᵉ siècle, et ouvrit la serrure de la porte du donjon. Lorsqu'elle referma celle-ci derrière son dos, elle eut vraiment la certitude que tout ce qui avait commencé, là, dans ce qu'elle avait cru être le hasard, devait ici s'achever.

Des images lui revinrent en mémoire, comme un kaléidoscope dans lequel les morceaux dispersés achevaient de retrouver leur place.

À cette époque, elle était encore mariée avec Charles Gallagher, dont les industries pharmaceutiques étaient parmi les mieux cotées en Bourse. Son époux n'aimait personne. Seuls le profit et le pouvoir trouvaient grâce à ses yeux. Victoria avait toujours été l'opposé. Elle avait été séduite, jeune, par sa prestance, par le train de vie qu'il lui avait offert, elle que la guerre avait rendue orpheline, sans mémoire, choquée par un bombardement qui lui avait ravi ses parents. Qui était-elle, avant ? Elle ne l'avait jamais su. Charles Gallagher avait juré de faire des recherches, de la mettre entre les mains des plus grands spécialistes. Ce n'était qu'une promesse parmi tant d'autres qu'il n'avait pas tenues. Elle avait vite appris à survivre dans son monde d'égoïsme, de cynisme et de cruauté. Elle s'était adaptée. Willimond était né sur le tard. Mal. Accouchement difficile. Manque d'oxygène. Le petit Gallagher était devenu un cas clinique de débilité mentale. Charles Gallagher avait cru s'étrangler de rage.

Il avait cessé de la toucher, de la voir, de la respirer. Avait de même rejeté Willimond. Dès lors, Victoria avait construit son univers autour de son fils.

Lorsqu'il eut vingt ans, son père commença à le malmener, à vouloir le déniaiser, comme il disait,

112

histoire de mettre quelque chose dans ce cerveau vide. Victoria avait supplié. Dans sa tête, Willimond avait dix ans à peine. Rien n'y avait fait. Charles avait emmené l'homme-enfant et elle n'avait pas eu de leurs nouvelles plusieurs jours durant. Quand ils étaient revenus, Charles ricanait et Willimond tortillait ses doigts en souriant. Elle n'avait pas voulu savoir. Son fils n'avait pas été battu, c'était tout ce qui lui importait. Le lendemain, Charles était parti en voyage d'affaires.

Victoria avait laissé Willimond à la garde d'une amie en qui elle avait confiance, la mère de Claire de la Bretonnière, et s'était mise en quête d'un endroit où vivre, bien décidée cette fois à divorcer. L'avocat lui avait conseillé de mettre de la distance entre Charles et eux. Elle avait toujours eu envie de descendre au sud. Sa voiture était puissante. Victoria avait une semaine devant elle pour tout organiser. Elle avait pris l'autoroute.

À la hauteur de l'échangeur des Herbiers, sur la route de Nantes, sa voiture avait manifesté des soubresauts inquiétants. Ses connaissances en mécanique étant très limitées, Victoria s'était enfoncée dans les terres, à la recherche d'un garagiste. Elle s'était retrouvée à V.. Victoria avait longé la grand-rue, puis, sans savoir pourquoi, avait bifurqué sur la gauche, dans une impasse. Elle s'était garée devant le vieux château, impressionnée par sa prestance, incapable de faire autrement que de descendre de sa voiture et de s'avancer sur le seuil de sa porte grande ouverte. Victoria était entrée dans la bâtisse désertée.

Elle avait longé le corridor et s'était arrêtée devant une cheminée monumentale. Sur le manteau se trouvait un portrait. Peint sur une toile de cuir. Visiblement de facture très ancienne. La seule chose qu'elle en retint fut le visage de la dame aux longs cheveux roux qui lui souriait. Et le regard de celle-ci, à nul autre pareil, ce regard violet pailleté d'or.

– Vous venez pour la visite sans doute ? Je ne comprends pas, personne ne s'est présenté à part vous ! On y va ?

Victoria s'était arrachée à sa contemplation, avait suivi l'homme qui avait parlé. Il lui avait expliqué que la vente aux enchères se tenait dans une heure à Cholet, que ce château datait du XIIᵉ siècle, qu'il avait été maintes fois racheté. Les derniers propriétaires en date avaient été saisis. Faillite. C'était une affaire pour qui aimait les vieilles pierres. A la salle des ventes, Victoria avait validé les documents qu'on lui avait présentés, puis était rentrée à Paris sans avoir vraiment pris conscience de ce qu'elle avait fait. Sa voiture avait cessé ses caprices.

Le lendemain, elle était revenue à V. Avec Willimond qui riait, courait dans chacune des pièces, jouant à cache-cache. Victoria, pendant ce temps, cherchait le portrait au regard violet, une déchirure dans le cœur. Il avait disparu, et elle se sentait démunie. Descendu de l'étage, son fils avait surgi, l'œil animé d'une étincelle qu'elle ne lui connaissait pas. Il lui avait montré ce qu'il avait trouvé dans la poussière. Le reste d'un stylet couvert de rouille. Il s'était mis à la poursuivre en riant, disant qu'il était le seigneur et elle la méchante sorcière.

Essoufflée, elle avait fini par l'attraper dans ses bras. L'avait bercé contre elle, en lui jurant qu'elle ne serait toujours pour lui qu'une bonne fée. Ils avaient repris la route. C'est alors que le cavalier en armure noire avait fait irruption devant sa berline.

114

Lorsqu'elle s'était réveillée à l'hôpital, Victoria n'avait à l'esprit que la peur panique d'avoir tué son fils. Elle avait crié.

– Je suis là, maman, tout va bien, avait articulé une voix posée.

Elle avait tourné la tête. Willimond était assis à son chevet, un livre sur les genoux : Lacan. Il souriait. Son tyran d'époux était mort d'une crise cardiaque dans l'intervalle, leur laissant sa fortune. Elle avait cru à un miracle. Un vrai. Jusqu'à ce que le démon de V. lui apprenne le prix de leur changement de vie.

Les premières images du destin de la dame rousse lui étaient apparues en même temps que se manifestaient celles de son bourreau en Willimond. Elle avait vite compris que leur destin était lié. Elle avait failli en parler à son fils, mais un impérieux sentiment de danger l'en avait empêchée. Elle s'était contentée d'accepter les dons de médium dont elle venait d'hériter et de les mettre au service de la dame rousse ainsi que celle-ci l'exigeait.

Victoria avait pensé que l'amour éprouvé pour son fils viendrait à bout du cavalier noir qui le possédait. Elle s'était trompée. Willimond n'avait cessé de tuer. Depuis quinze ans. Aux quatre coins de la planète qu'il avait visitée, toujours plus avide de connaissances. Elle savait qu'il trépanait ses victimes, qu'il mangeait une partie de leur cerveau pour s'approprier leur âme. Elle avait eu un geste de recul la première fois qu'elle en avait eu la vision. Puis elle l'avait découvert, lui, le petit Gallagher d'autrefois, prisonnier sous son crâne, sous le diktat du monstre, hébété de son acte, l'appelant au secours. Elle s'était tue, avait toléré l'inacceptable et cherché le moyen de le sauver, comme autrefois, elle le savait maintenant, la dame rousse au regard violet avait voulu sauver sa fille. Aujourd'hui, Victoria avait compris que ce salut passait par Maud Marquet.

Elle se planta devant la cheminée sur le manteau de laquelle, au travers du portrait, la prisonnière de V. s'était présentée à elle. Victoria enclencha le mécanisme d'ouverture du passage secret.

Il céda sans peine et Victoria sentit monter en elle, fugacement, un parfum d'éternité.

*

À l'exemple de Pousse, Maud s'étira généreusement en ce matin du 1er mars. La veille, elle avait passé une soirée exquise. L'appartement qu'elles avaient visité avec Véra correspondait exactement à ce que Maud cherchait. Elle n'avait pas hésité une seconde pour signer le compromis de vente. Toutes deux avaient fêté ça au restaurant.

« La Chaumière » était une bonne table, ses patrons chaleureux. Ensemble, elles s'étaient grisées du champagne offert par la patronne. C'est en revenant chez Véra que le parfum des lys les avait saisies, au point que cette dernière avait décidé de les mettre sur le palier pour la nuit. Dans un geste irréfléchi, Maud en avait gardé une tige, qu'elle avait posée sur le radio-réveil dans sa chambre, avant de se coucher en chantonnant. La tête lui tournait. Elle s'était endormie. Elle avait rêvé.

Elle s'avançait au bord d'une falaise. L'odeur des lys l'y avait guidée. Assis sur la frange escarpée, les pieds en suspens dans le vide, une cithare posée à ses côtés, un homme lui tournait le dos. Elle savait sans aucune hésitation qui il était et où elle se trouvait : dans une des scènes de son premier roman, là où tout avait commencé.

116

Maud se leva, la bouche pâteuse de son ivresse de la veille, mais les souvenirs aux abois. Elle froissa ses cheveux pour apaiser l'omniprésente douleur en son crâne, aggravée ce matin par l'alcool. Aggravée tous les matins, d'ailleurs. Elle chercha la bouteille d'eau. En avala plusieurs gorgées. Laissa venir les images. Quinze ans auparavant, elle avait rendu visite à une amie, à Blaye, en Gironde. Marie Darnay. Toutes deux s'étaient connues en fac. Elles avaient quitté Nantes en même temps, et gardé le contact. Marie s'était mariée, avait eu deux enfants. Maud se souvint de leurs pas nonchalants au long des remparts de la citadelle de Blaye, de leurs rires et mots échangés, du plissement de leurs paupières sur le bronze du fleuve, face aux îles marécageuses. En face, le Médoc et ses crus bourgeois. Quelques moments heureux d'un passé retrouvé, le plaisir d'une journée de juin. Radieuse.

Puis soudain, face aux ruines d'un château médiéval, Maud avait basculé dans une autre fraction du temps. La voix de sa compagne avait été engloutie dans les notes d'une musique jaillie du fond des âges, et ces tours, un instant plus tôt écorchées par les siècles, s'étaient dressées devant elle, droites et fières, fanions au vent. Maud avait eu le sentiment violent de faire partie de cette terre qu'elle découvrait. Au point d'en éprouver un vertige et de se raccrocher au panneau qui contait la légende de Jaufré Rudel, seigneur du lieu et troubadour mort dans les bras d'une dame de Tripoli, au XIIe siècle.

Elle avait été incapable d'expliquer pourquoi tout son être s'était révulsé à cette lecture. Non, Jaufré Rudel n'avait pas agonisé dans les bras d'une princesse lointaine ainsi que Rostand l'avait décrit. C'était faux. Ce n'était pas elle sa muse. Elle le savait. Oui elle le savait. Avec une telle certitude qu'elle s'était acharnée à traquer la vérité historique, s'installant à Blaye pour pouvoir écrire dans les ruines de la citadelle.

Il lui avait fallu sept années de recherches, d'obstination, pour rendre une âme de plume au troubadour, sans parvenir à découvrir l'identité de son amante. Elle avait fini par la créer, par recoupement, par analyse de la situation politique, lui prêtant un nom, celui inventé pour ses premières poupées. Jusqu'au jour où elle avait découvert aux Archives nationales, par le hasard d'un parchemin maladroitement classé que non seulement ce nom fabriqué avait existé mais que la dame en question avait bel et bien été la muse du troubadour.

Maud saisit la fleur de lys entre ses doigts et la porta à ses narines. Troublée. Elle n'avait jamais rien écrit qui ne soit venu d'une intuition, d'une sensation, d'un ressenti. A l'exception de ce roman sur lequel elle avait essayé de travailler ces derniers mois, encouragée par Claire.

Non que son éditrice lui eût imposé le sujet, à peine suggéré à partir d'un article dans un magazine. C'était elle et elle seule qui avait décidé de se l'approprier, comme un défi à relever, un moyen de repousser ses limites, d'aller au-delà de sa propre perception des choses.

– Idiote, se fustigea-t-elle à haute voix devant l'évidence.

Voilà pourquoi ses rêves étaient venus prendre corps, pour lui rappeler sa façon d'explorer les mots. Dès lors le syndrome de sa page blanche s'expliquait. La dame rousse était revenue pour lui raconter une histoire, peu importait laquelle. Cette histoire faisait partie de Maud depuis toujours. Il n'y avait pas de quoi en être terrifiée.

118

– Je suis prête cette fois, décida-t-elle. Viens.

Et pour bien montrer sa détermination, Maud s'adossa à ses oreillers. Quelques secondes seulement s'écoulèrent. La lumière perça l'ombre, comme si elle s'était infiltrée au travers des volets toujours clos. Les yeux apparurent d'abord, puis l'ovale du visage, puis le nez, puis la bouche, puis enfin telle une rivière, les longs cheveux cuivrés. Maud renversa la tête en arrière, planta son regard dans celui qui l'invitait à son voyage, et accepta cette fois de laver le reste de ses peurs dans ce qu'il lui montrait.

13

– Je l'ai revu.

– Qui ? demanda Véra en empilant deux oranges sanguines dans le presse-agrume.

Maud venait de la rejoindre dans la cuisine où elles étaient seules, les filles étant parties au lycée. Maud aimait ces trop rares moments où elles se retrouvaient toutes deux, autour d'un café pour Véra, d'une chicorée pour elle, et d'un nombre conséquent de tartines beurrées et confiturées.

– Le regard violet dont je t'avais parlé.

– Aïe... grimaça Véra.

– Tu t'es coupée ? s'étonna Maud en la voyant porter son index à ses lèvres et de l'autre main lui tendre sa ration de vitamine C.

– Meuh non, c'est du jus, répliqua Véra en haussant les épaules. Comme si on pouvait se blesser avec une orange ! Je disais « aïe », comme j'aurais dit « zut ».

Maud récupéra son verre. Véra s'installa devant son petit déjeuner et mordit à pleines dents dans le pain frais. Même au lever du lit, après avoir joué au « maman je cocoone » en préparant le thé de ses filles chéries, les cheveux hirsutes et l'œil ombré d'un rimmel rébarbatif au démaquillage du

120

soir, elle dégageait une jolie sensualité. Véra considéra Maud d'un air suspicieux tout en mâchouillant sa tartine, une trace de myrtille à la commissure des lèvres.

– Non je ne fais pas une rechute, si c'est ce qui t'inquiète, s'amusa Maud.

– Je m'inquiète pas, j'attends la suite.

– Ce regard appartient bien à la dame rousse de mon enfance. Mais cette fois elle m'a offert son visage en entier.

– Et ?

– Et c'est tout. Enfin presque tout. Au début, elle avait l'air heureuse, puis peu à peu elle est devenue mélancolique, triste... Angoissée. Des cernes noirs sont apparus. La peur, la souffrance. Elle a ouvert la bouche comme si elle voulait parler, mais c'est un cri que j'ai perçu dans ma tête. J'ai fermé les paupières sous sa violence. Lorsque je les ai rouvertes, elle avait disparu. Même scénario que la première fois sauf que je n'ai pas perdu connaissance.

Véra fixait Maud par-dessus son bol immobilisé contre ses lèvres. Douceur de la faïence chaude. Elle le reposa sans boire.

– Pas de rechute, c'est ça... ironisa-t-elle.

– Non, je t'assure. Je me sens bien. C'était douloureux, déroutant, inexplicable, mais je me sens bien.

– Bon, d'accord, elle s'incruste alors que tu vas mieux. Au fond c'est bon signe, ça veut dire que tu n'es pas plus cinglée que d'habitude.

– J'en suis arrivée au même constat. J'ai de nouveau envie d'écrire, et pas sur mon journal.

– Alléluia ! s'exclama Véra avant d'avaler une gorgée de café.

– Pourtant ce n'est pas si simple, modéra Maud en négligeant sa tartine. Parce qu'un visage qui flotte dans une chambre à coucher, c'est un peu mince comme synopsis.

– Ça !

– Et puis, je crois qu'il y a aussi Jaufré Rudel dans son histoire.

– Jaufré ? Le troubadour de Blaye ? Celui de ton premier roman ?

– J'ai rêvé de lui cette nuit.

– Oublie, la réconforta Véra. C'est à cause des lys. C'est immonde ce que ça pue, ce truc, le matin au réveil. Quand je pense que tu fais tout un fromage pour l'odeur du tabac froid !

– Je ne trouve pas, moi. C'est entêtant je te l'accorde, mais pas si désagréable que ça. Et puis très prisé comme fragrance au Moyen Âge.

– Eh bien je laisse ça à tes dames du temps jadis, parce que moi, je ne me vois pas sortir avec un mec qui porterait un truc pareil.

Véra demeura bouche bée devant son bol, qu'elle y avait de nouveau accolé. Pourquoi cela lui faisait-il soudain penser à cet emmerdeur de Dutilleul ? Elle chassa cette idée désagréable et enchaîna :

– Quoi qu'il en soit, on dit rien à Claire ! Elle va s'emballer comme toujours et c'est trop tôt. Faut que tu gardes ton libre arbitre.

– J'en ai bien l'intention... Tu devrais finir ton café ou il va vraiment être infect, lui conseilla Maud, sachant combien Véra détestait boire tiède.

– Enfin une parole sensée, approuva l'attachée de presse en se concentrant sur son breuvage.

Pendant quelques minutes, seul le bruit du mouvement des mâchoires ajouté au tic-tac de la pendule en forme de crocodile, cadeau de la fête des mères de CM1, accompagna le cheminement des pensées tumultueuses des deux femmes.

122

– Je vais aller chez moi, boulevard Saint-Germain, annonça Maud. Pour vérifier.

– Vérifier quoi ?

– Que je suis guérie de tout ça et que je peux me remettre à travailler.

– Génial, conclut Véra. Je te pique la douche la première. J'ai rendez vous à dix heures avec un journaliste.

Trois quarts d'heure plus tard, Véra disparaissait dans l'ascenseur et Maud se glissait dans la salle de bains à son tour, la tête emplie de questions sans réponse.

En sortant de l'appartement, elle caressa les clefs du duplex dans la poche de son manteau en cuir. A son passage devant le café voisin, un parfum d'arabica et de chocolat chaud lui effleura les narines. Maud accrocha un petit bonheur à ses pas pour commencer sa journée.

*

Vincent s'arracha sans plaisir de sa torpeur, épuisé de jouer les nounous pour quinqua abandonné. Il est vrai que Jeanne n'avait pas fait les choses à moitié. Elle avait conclu leur face-à-face avec l'avocat par :

« Je garde les enfants, et ne t'avise surtout pas de chercher à les voir ou je te fais enfermer... » impliquant une bataille juridique rangée et impitoyable.

Jean s'était littéralement effondré en découvrant que la lassitude dans son couple dont il s'était senti responsable et qui avait entraîné ses relations extraconjugales avait en fait pour prénom Michel. Et pour CV, jardinier.

Le juge aux affaires familiales avait statué dans l'urgence. Compte tenu du fait que, même si Marac n'avait pas poursuivi ses charges, Jean s'était retrouvé menotté devant ses enfants suite à des faits avérés, il avait prononcé un jugement provisoire interdisant à celui-ci de s'approcher de sa famille.

Du coup, désespéré, le neurochirurgien s'était mis en tête de découvrir l'identité du meurtrier afin de se disculper totalement de la rumeur qui avait couru le quartier, le lycée des enfants et les services hospitaliers dans lesquels il officiait.

Vincent quant à lui, s'il apportait à Jean son soutien moral et logistique, se moquait éperdument de ce tueur en série. Son obsession demeurait inchangée. Il n'avait plus envie de rien sinon de Maud Marquet et attendait avec impatience le jour où, comme convenu au téléphone, le détective l'appellerait pour l'informer de ce qu'il avait trouvé.

Voilà pourquoi, renonçant à récupérer davantage son sommeil perturbé, il tendit le bras vers la table de chevet pour attraper son mobile, lequel sonnait pour la troisième fois. Il décrocha en bâillant :

– Dutilleul, j'écoute.

– J'ai trouvé un appartement, le cueillit la voix de Jean.

Vincent l'avait abandonné lâchement la veille au soir au même endroit que d'habitude, dans son salon, devant un double scotch. Jean ne lui avait pas vraiment donné l'impression d'avoir envie de se sortir de l'état morbide dans lequel il se complaisait. Au contraire, il lui avait montré les croquis qu'il avait faits de la prétendue arme du crime à partir des photos des blessures crâniennes que Marac leur avait envoyées par mail. Sinistre.

Vincent jeta un œil sur sa montre. Sa journée de repos commençait bien. Il était presque dix heures. Que s'était-il passé pendant qu'il dormait ?

– Où es-tu ? demanda-t-il, plus inquiet de ce revirement de situation que rassuré.

– À Saint-Germain-des-Prés. Je viens de le visiter. C'est exactement ce dont Jeanne rêvait. Je suis sûr que cela va nous permettre de nous réconcilier.

Vincent se gratta la joue. L'obsession de Jean ressemblait à la sienne. Tout était donc normal. Avec un bonus non négligeable, si Jean avait cessé de ruminer pour agir, la guérison était en bonne voie.

– Faut que je voie mon banquier et mon avocat. Je sais ce qu'ils vont me dire, mais je ne vais pas éternellement vivre chez toi.

– Tu ronfles. Cela dit on s'y fait, grommela Vincent en se levant.

Il ne pouvait décemment pas rester au lit toute la journée.

– Je voulais juste te prévenir que je ne pourrais pas déjeuner avec toi.

– Ce n'est pas grave, l'excusa Vincent.

– Je t'appelle dès que j'en sais davantage.

– Jean, le retint Vincent, repris par une inquiétude, ne te fais pas trop d'illusions quand même à propos de Jeanne et de cet appartement.

– C'est ça, se mit à rire son confrère. On en reparle quand tu cesseras de rêver de Maud...

Vincent le laissa raccrocher. Évidemment il n'avait rien à lui rétorquer. Ils étaient aussi cinglés l'un que l'autre pour croire que l'amour était juste une question de volonté.

Il se glissa dans la salle de bains et enfila un survêtement avec détermination. Courir lui ferait le plus grand bien.

Il était prêt à partir pour son jogging lorsque son téléphone portable sonna de nouveau. Il l'ouvrit :

– J'ai les informations que vous m'avez demandées, monsieur Dutilleul, annonça sans préambule une voix dans laquelle Vincent reconnut celle du détective.

– Quand pouvons-nous nous rencontrer? demanda-t-il, le cœur battant.

– Disons dix-sept heures.

– Parfait, conclut Vincent. Donnez-moi l'adresse.

Il la griffonna sur un bloc-notes avant de raccrocher, impatient et fébrile comme un écolier.

*

Maud poussa la porte du duplex sans hésiter. Délaissant les pièces du bas dans lesquelles traînaient d'autres parfums que le sien désormais, elle monta d'emblée à l'étage.

Sereine cette fois, elle pénétra dans sa chambre. L'exemplaire du roman trouvé sur le Petit Pont était de nouveau ouvert sur la dédicace. Elle ne s'en étonna pas. Cela ne l'effrayait plus. Elle le prit, s'attarda sur les mots qu'elle avait tracés. Le fardeau des jours sombres s'en était allé.

Elle quitta la pièce en emportant le livre, sortit une clef de sa poche et ouvrit la porte de son bureau. Ici, selon les consignes laissées à l'agence immobilière, personne n'était entré. Maud avait aussi demandé à ce que son nom ne soit pas prononcé. Elle ne voulait pas déclencher de curiosité indiscrète.

Refusant la lumière crue du jour, elle prit une allumette et enflamma les bougies sur le chandelier. Ensuite seulement elle ouvrit le tiroir de son secrétaire pour en extraire sa boîte à secret. S'asseyant à même le tapis contre un gros pouf carré, elle la posa devant elle.

Maud s'arma du tournevis qu'elle avait récupéré sur une étagère. Il lui servait à tout. Réparer une

126

prise électrique disjointe du mur, accrocher un cadre... forcer une serrure.

Elle s'acharna sur celle du coffret de bois. Après avoir été chassée par sa famille cinq ans plus tôt, Maud en avait jeté la clé par la fenêtre. La serrure céda. Le contenu se renversa.

Il fallait qu'elle la voie. Dans ses actes quotidiens. Dans ceux trop de fois manqués. Sa mère. Elle ne souriait sur aucune des photographies. On devinait juste parfois l'ébauche d'un bonheur furtif, un plissement au coin des yeux, une étincelle. Maud ne l'avait pas dit à Véra tout à l'heure, mais dans le regard de la dame rousse, il y avait la peur et la douleur que tant de fois elle avait pu lire dans celui de sa mère. Comme si toutes deux avaient quelque chose en commun. D'essentiel. Elle ne parvenait à savoir quoi. Elle se mit machinalement à caresser les visages de ses défunts : son père, sa petite sœur. Il lui fallut plus de cran pour faire de même avec les vivantes, comme si elles allaient marquer un geste de recul à l'approche de ses doigts, refuser son contact.

Et soudain elle comprit. Sa mère devait savoir. Elle devait savoir que même si elle ne voulait plus d'elle, même si elle la haïssait, Maud lui avait pardonné. Elles devaient savoir, elle et Linette, que la seule chose dont elle soit vraiment coupable, c'était de les avoir trop aimées.

Maud récupéra un petit répertoire à la couverture usée au fond de la boîte. Sans hésiter, elle l'ouvrit à la lettre M et composa sur son portable un des numéros qui s'y trouvaient.

La sonnerie retentit contre son oreille. Longtemps. Elle s'apprêtait à couper lorsqu'un « allô » la remplaça.

— C'est Maud. Ne raccroche pas, maman. S'il te plaît.

127

Il y eut un silence. Une respiration saccadée.

— C'est moi, maman, c'est Maud. S'il te plaît, répéta-t-elle la gorge nouée.

— Ce n'est pas maman, répondit une voix brisée, c'est Linette. C'est drôle que tu appelles aujourd'hui. Juste aujourd'hui.

Maud se sentit rétrécir, rattrapée par un sentiment d'angoisse.

— Où est maman ? demanda-t-elle.

— Elle est mourante. Oh, Maud, viens s'il te plaît. Viens, j'ai tellement besoin de toi, tellement, si tu savais, implora la voix de sa cadette, avant de devenir sanglot.

Un poignard se ficha dans le cœur de Maud.

— J'arrive, assura-t-elle, les yeux rivés sur une des photos : Linette à quinze mois dans les bras de leur mère.

Elle répéta encore :

— J'arrive, Linette, avant de s'en emparer, et de sortir en trombe de son bureau, oubliant jusqu'aux bougies qui se consumaient.

À l'autre bout du fil, Linette avait raccroché, mais Maud n'était plus en balance au-dessus du vide. Elle se sentait redevenir Maud Marquet.

14

Willimond Gallagher détourna la tête, refusant la compassion du médecin. Son regard dans l'encadrement de la porte voisine, achoppa sur l'avant du fauteuil roulant. Un pied s'y oubliait, mollement éteint sur la plate-forme qui le retenait. La voix de sa mère répondant à l'infirmière qui achevait de l'installer dans son nouveau quotidien restait sereine. Il lui en voulut pour cette acceptation non dissimulée de sa fin prochaine.

– Bien évidemment, c'est irréversible, insistait le généraliste d'une voix geignarde.

Willimond le fit taire d'un geste.

– Combien de temps ? demanda-t-il.

– Quelques jours, quelques semaines, qui peut savoir ! Quoi qu'il en soit, son entêtement à demeurer chez elle est une folie et j'aimerais que vous usiez...

– Oubliez ça, docteur. Ma mère ne finira pas sur un lit d'hôpital quoi que je fasse ou dise.

Le médecin soupira et entreprit de griffonner quelques lignes sur une ordonnance, plaquée sur une console Louis XV.

Willimond se détourna de lui. Refusant l'aide de la jeune femme, Victoria Gallagher jouait sur la commande du fauteuil pour regagner quelques bribes d'autonomie. Elle passa la porte. Malgré sa déchéance, elle restait belle. Belle et digne.

— Ne fais pas cette tête d'enterrement, Willimond, le secoua-t-elle, la terre n'est pas encore retournée. Jette plutôt cet incapable dehors, qui voudrait me voir couchée.

— Victoria, vous êtes injuste, la gronda le médecin.

— Tatata, j'ai toujours su ce qui était bon pour moi. Allez, dehors, mon cher, d'autres vous réclament quand je ne veux, moi, plus vous voir. De toute façon nous ne pourrons jamais nous entendre, vous le savez bien.

Le praticien lui offrit un sourire complice. Il y avait longtemps qu'il avait baissé les armes devant l'étonnant courage de cette femme.

— Et cessez de jubiler, ajouta-t-elle, l'œil moqueur. Chaque fois que vous me visitez, vous me trouvez quelque chose. Dehors, donc, oiseau de mauvais augure.

Il s'inclina devant elle, porta à ses lèvres la main qu'elle lui tendait puis lui tourna le dos. Ce n'était pas un au revoir, mais un adieu qu'elle lui offrait. À sa manière qui était celle des grands.

— Je vous raccompagne, docteur, dit Willimond, le cœur serré, en le précédant le long vestibule orné de toiles de maîtres.

Gérer l'intendance. Le temps qu'il restait. Il était revenu de Montréal deux heures plus tôt. Confiant en la voix rassurante de Victoria qui lui avait garanti par téléphone que tout allait bien.

Il était entré dans la bibliothèque pour l'embrasser.

— Pardonne-moi si je ne me lève pas, avait-elle dit, mes jambes se sont mises en grève. Il va me falloir apprendre à me passer d'elles. C'est un peu ennuyeux, je m'y étais habituée.

Il s'était agenouillé, avait repoussé le plaid, vérifié cette sentence impitoyable, puis s'était mis à pleurer dans ses cuisses difformes.

– Je ne souffre pas, Willimond. Je ne souffre plus. C'est une bonne chose, avait dit Victoria pour le consoler. Ces jambes ne me servaient plus à rien de toute manière. Il y a longtemps que les galants ne se troublaient plus devant la rondeur de mes mollets...

Il n'avait pas eu envie de rire de sa misère comme elle avait l'habitude de se moquer de la sienne. Il l'avait enlevée dans ses bras, l'avait auscultée, réaliste, avant d'appeler le médecin, à défaut du SAMU qu'elle avait refusé. Victoria Gallagher avait suffisamment étudié l'évolution probable de la maladie pour savoir ce qu'il en était.

– Pourquoi ne m'as-tu rien dit, au téléphone, je serais rentré de toute urgence, lui reprocha-t-il en revenant vers elle sitôt que le praticien fut sorti.

– À quoi bon te gâcher ce colloque ? Il était utile pour obtenir les fonds nécessaires à la poursuite de tes travaux.

Une bouffée de rage balaya le visage de Willimond.

– Comment peux-tu croire qu'ils aient encore de l'importance ? Tu vas mourir, maman. Et je ne te survivrai pas. C'est au-dessus de mes forces. Je ne peux pas !

Victoria baissa les yeux. L'heure était proche. Elle le sentait au-delà des symptômes. Elle souhaitait seulement que cela aille vite. Très vite. Pour lui. Pour eux.

Il recula. Le front en sueur, les mains moites qu'il balançait comme un dément. Elle aurait voulu pouvoir se lever, le prendre dans ses bras, le bercer pour qu'il s'apaise.

— Ce que tu crois impossible aujourd'hui te paraîtra normal demain, essaya-t-elle. Ne gâchons pas les moments précieux qu'il nous reste, Willimond.

Il se mit à trembler. Ces mains tendues vers lui, cette masse qui déjà s'appesantissait, ce teint jaunâtre où filtraient les prémices du tombeau. Ce n'était plus elle. Il eut envie de tuer. Là, maintenant, mais plus sous l'influence du cavalier noir. Non. Il eut envie de lacérer ce corps inutile, d'en faire jaillir du sang, rouge, épais, pour réchauffer les tissus pâles, pour s'assurer de la vie encore. Il recula davantage. Effrayé d'en être capable.

— Viens, insista Victoria. Viens près de moi.

Il secoua la tête. Le cavalier noir n'avait pas accepté l'offrande qu'il lui avait offerte l'autre nuit en échange de la guérison de Victoria. Il ne lui laisserait pas le choix cette fois. Non. Il ne lui laisserait pas le choix.

— Je pars à V., je serai de retour demain pour ton petit déjeuner.

— NON ! hurla Victoria en se redressant sur les accoudoirs, dans un réflexe insensé.

Il ricana dans sa désespérance.

— Tu ne peux m'en empêcher, maman. Tu n'as jamais rien pu empêcher. Il me doit une vie. Tu ne mourras pas. Il me dois une vie, tu entends.

Victoria sentit son cœur amorcer une nouvelle arythmie. Elle puisa en elle toute la force qui lui restait.

— Ne retourne pas là-bas. Il veut une victoire. Il veut ton âme tout entière. Si tu te mets à genoux devant lui, il la prendra. Je ne veux pas de ce sacrifice-là. Je préfère la mort, cent fois.

— Et moi je refuse de te perdre !

Un pas de plus en arrière. Quelques secondes et il aurait franchi le seuil. Quelques secondes et ce serait trop tard.

– Je ne serai plus là à ton retour, Willimond, menaça-t-elle tristement.

Il eut un moment de doute, d'hésitation, puis son front se plissa. De nouveau cette sensation diffuse, comme l'autre soir.

– Qu'est-ce que je ne dois pas découvrir à V. ? demanda-t-il. Pourquoi veux-tu m'empêcher d'aller là-bas ? Pourquoi ne veux-tu pas que je te sauve ? Qu'y a-t-il en ce monde de plus important que ça ?

Victoria Gallagher baissa les yeux sur la douleur dans sa poitrine. Qu'elle meure, vite. Que les pouvoirs maléfiques du cavalier noir se perdent dans la tentative avortée de Willimond. Qu'ils s'affaiblissent de son chagrin.

– Va, dit-elle résignée, en relevant la tête. Va. Puisque c'est ce que tu souhaites.

Il demeura brièvement immobile, désarçonné, puis disparut dans l'encadrement de la porte au moment où l'aide-soignante revenait de la pharmacie. Victoria l'entendit insister auprès d'elle pour qu'elle ne la quitte pas un instant. Cela la fit sourire tristement. Comme si qui que ce soit pouvait empêcher la mort de venir lorsque c'était son heure.

Victoria Gallagher s'abandonna dans son fauteuil, indifférente au reste, comptant juste dans sa tête le tic tac du balancier de la pendule. Comptant juste dans sa tête ces minutes indiscrètes. Soixante dans une heure. Soixante dans son cœur écorché. Non. Cette fois, elle ne se retiendrait pas au présent.

*

Ces formalités n'en finissaient pas et Maud tré-
pignait dans l'aéroport, bloquée dans une file qui
s'allongeait derrière elle à quelques mètres des
portiques de sécurité. Tout était allé très vite pourtant. Elle était sortie de l'immeuble, son mobile
déjà sur l'oreille pour appeler Véra et lui expliquer
la situation.

— Tu vas comment ? lui avait seulement demandé
l'attachée de presse, en retour.

— Bien, malgré cet étau qui m'enserre la poitrine.

— Tu crois que c'est pour annoncer la mort de ta
mère qu'elle est venue ?

— Qui ? s'était intriguée Maud.

— La dame rousse. Tu m'as dit l'avoir vue à
l'hôpital avant que ton père se suicide. C'est peut-
être une coïncidence ?

— Je ne sais pas, avait répliqué Maud. Je n'y ai
pas réfléchi. C'est possible. Tout est possible.
Peux-tu me trouver un hôtel ? Au cas où je n'aurais
pas le courage de dormir dans mon ancienne
chambre.

— Je te réserve aussi un taxi, avait assuré Véra.
Quant à ton vol, je viens de le bloquer sur le net, il
décolle à 13 h 55 d'Orly. Tu n'auras qu'à présenter
ta carte d'identité au comptoir d'enregistrement.

— Merci. Je t'appelle une fois arrivée là-bas.

Le temps pour Maud de regagner l'appartement
quai Saint-Michel, de câliner Pousse, d'empiler
quelques affaires et un nécessaire de toilette dans
un bagage cabine, et Véra la prévenait que son
chauffeur était devant l'immeuble.

Maud se mordit la joue en oscillant d'une jambe
sur l'autre. On s'agitait derrière elle. La file était
immobilisée. Devant, un individu qu'elle ne voyait

134

pas haussait le ton sur les agents de sécurité à cause d'un objet de collection qu'il refusait de mettre en soute par crainte de le voir perdu. Visiblement, on ne le lui autorisait pas en cabine. Maud l'écoutait plaider sa cause d'une oreille distraite.

Ce que lui avait dit Véra la perturbait. Était-ce une vraie coïncidence ou la dame rousse de son passé n'apparaissait-elle que pour la prévenir de ses deuils ?

– Pouvez pas avancer ? On a assez perdu de temps comme ça ! grommela une voix acerbe derrière elle.

La file venait de se remettre en branle, un deuxième portique clignotait, drainant le flux accumulé.

Un, deux, trois. Elle montra son billet et sa pièce d'identité, posa son sac et son manteau sur le tapis roulant et se glissa sous une arche métallique qui garda le silence, avant d'écarter les bras pour une ultime palpation.

– Bon voyage, mademoiselle, lui souhaita l'agent féminin de sécurité.

Maud la remercia puis récupéra ses effets.

– Si je sors mes godasses, ça va schlinguer ! menaça l'homme qui la suivait, après emballement de la machine à son passage.

– C'est un risque que nous devons prendre, monsieur, lui répondit l'employée pince-sans-rire.

Maud allongea le pas en direction de la porte qu'on lui avait indiquée en priant intérieurement pour qu'un hasard malheureux ne place pas ce grincheux à ses côtés.

– Votre mallette vous sera rendue dès votre arrivée à Nantes, monsieur.

– Je prends l'avion des dizaines de fois par an, c'est la première fois qu'on m'impose quelque chose d'aussi absurde, grinça Willimond Gallagher en réponse au sourire poli de l'hôtesse qui venait de faire passer son attaché-case dans la cabine de pilotage.

– Les mesures de vigilance ont été renforcées, il ne faut pas vous en offusquer. Le bien-être de nos passagers est notre seule priorité, détendez-vous, tout ira bien, crut-elle bon de se justifier devant le regard noir du chercheur.

Willimond se détourna d'elle pour avancer dans le couloir de l'appareil. Les épaules voûtées par le poids de sa colère, il se laissa choir sur son siège, la chemise moite d'une sueur aigre.

– Votre ceinture, monsieur, lui glissa l'hôtesse tandis qu'une voix enregistrée accompagnait les gestes de démonstration des consignes de sécurité.

Il obtempéra, fit craquer ses articulations pour les détendre et osa enfin un regard vers le siège voisin tandis que l'appareil roulait sur la piste. Indifférente à ses états d'âme, absorbée par les siens, une jolie femme se perdait dans la contemplation d'une aile qui tressautait. Willimond laissa son œil descendre jusqu'à la poitrine tendue sous la toile entrouverte d'une chemise au boutonnage léger, s'attarder sur la taille ceinturée puis sur les jambes galbées par le jean. Une pointe de désir lui pourfendit les reins, dardant son appel entre ses cuisses. Il ne fallait pas. Ce n'était pas pour cela qu'il avait quitté le chevet de sa mère. Il devait se contrôler.

Son bras rencontra celui de la jeune femme par inadvertance. Elle se tourna vers lui, brusquement ramenée à la réalité par ce simple contact.

– Excusez-moi, dit-elle en écartant la soie de son chemisier du tweed de sa veste.

136

Il serra les dents sur l'envie de mordre ses lèvres. Cela ne faisait que quelques jours pourtant.

– Il ne faut pas avoir peur, le rassura-t-elle, croyant sans doute qu'il avait la phobie du décollage. L'avion est stabilisé. Regardez le visage des hôtesses. Tant qu'il est détendu, c'est que tout est normal.

Il hocha la tête. Reprendre le contrôle. Déglutir. Retrouver sa superbe dans celle de cette femme. Elle n'avait rien d'une pute. Et cependant seules les putes l'excitaient. Fallait-il qu'il soit perturbé pour la désirer autant. Rarement le besoin de jouir et de tuer avait été aussi impérieux.

– Vous désirez boire quelque chose, monsieur ?

Il tourna la tête vers l'hôtesse, grommela un non, vibra à l'écoute de celui de sa voisine, comme un écho à un préliminaire connu, chaque fois que l'aiguille pénétrait une veine au bras de ses victimes, et ferma les yeux pour tenter d'apaiser les battements désordonnés de son cœur. Il laissa le chariot s'éloigner, l'hôtesse répéter la même phrase, tendre des gobelets et des paniers emplis de salé ou de sucré avant d'oser la regarder de nouveau. Il lui fallait un indice pour la retrouver lorsqu'il en aurait terminé.

Trop tard. La belle avait refermé ses yeux sur un songe intérieur. Une larme suivait lentement le sillage de son nez. Il se renfrogna sur son siège dans son désir avorté et n'en bougea pas jusqu'à ce que, arrivés à Nantes, les passagers soient invités à débarquer.

La tristesse de Maud l'avait rattrapée, abruptement. À cause du regard douloureux de cet homme à ses côtés durant le vol. Comme s'il traînait l'insurmontable poids d'une malédiction, d'une fatalité. Tel celui de sa mère. Elle était jeune encore. Qu'était-il arrivé ? Cancer ? Probablement. Véra qui en avait une peur bleue prétendait que c'était une forme d'autodestruction, aggravée par nos mauvaises habitudes alimentaires, nos conditions de vie dans des environnements pollués, magnétisés, électrisés, stressés, mais que l'origine, le point déclencheur, c'était l'envie inconsciente de mettre un terme à une souffrance morale inguérissable, le refus pathologique de s'accepter, de s'assumer, de se construire.

Son voisin de bord la précéda sur l'aire de stationnement des taxis réservés, annonçant bruyamment au chauffeur du sien qu'il se rendait à V. Elle faillit l'interpeller pour lui dire que c'était aussi sa destination, qu'ils pouvaient peut-être partager la course, mais quelque chose la retint. Le regard de l'inconnu la couvrit lorsqu'il monta dans la voiture, la glaçant de la tête aux pieds.

Le trajet durant, dans l'avion à ses côtés, Maud s'était collée contre le hublot pour ne plus risquer de le toucher tant la sensation de danger qu'elle avait éprouvée au contact de sa manche l'avait mise mal à l'aise. Réflexe idiot. Elle avait toujours fait de même avec sa mère, comme si la résignation qui était en elle pouvait par simple contact la contaminer. La détruire. Elle avait dû se battre contre ça avant de l'accepter comme faisant partie de ses fêlures. Son instinct l'avait préservée.

Elle s'installa à l'arrière de la berline qui l'attendait, donna l'adresse puis ferma les yeux pour couper court à toute conversation. Elle n'avait pas envie de parler, ni à cet inconnu ni au chauffeur de taxi. Il était dix-sept heures lorsque celui-ci quitta son arrêt.

15

– Pas de mariage en vue. À peine une relation épisodique, à ce que j'ai pu en juger. Ces deux-là, en fait, ressemblent plus à des amis qu'à des amants.

Vincent hocha la tête. Il était nerveux, à l'étroit dans ce costume de violeur d'intimité. Le privé qui lui faisait face de l'autre côté de la table du bar dans lequel il lui avait donné rendez-vous ressemblait à l'inspecteur Columbo avec son pardessus gris et sa bonhomie. Jérôme Duval avait l'allure désuète de « M. Tout-le-Monde », pas d'un voyeur, d'un pervers qui se rassasierait de ragots, serait avide de salir ou de juger.

– Elle n'en est pas amoureuse, affirma le privé en plongeant un regard sympathique dans le sien, fuyant.

Vincent sortit une enveloppe de la poche intérieure de sa veste et la fit glisser sur la table. Le privé l'enleva prestement pour la ranger dans la sienne, le neurologue ayant préféré qu'aucune trace de cette enquête ne soit enregistrée.

– Vous ne comptez pas ? s'étonna Vincent.

Jérôme Duval secoua la tête avant d'ajouter :

– Je vous ai mis son adresse. Elle loge chez l'attachée de presse de sa maison d'édition.

Il se leva en bousculant légèrement la table d'un embonpoint affirmé. Vincent serra la main qu'il lui tendit, récupéra le dossier abandonné à son intention et décrocha dans la foulée son mobile qui, contre sa cuisse, s'était mis à vibrer.

– Vincent Dutilleul j'écoute, répondit-il machinalement en suivant du regard la silhouette du privé qui s'éloignait.

Puisque Véra Lavielle avait menti, Maud Marquet était libre de décider par elle-même si oui ou non elle voulait le rencontrer, pensa-t-il soulagé.

– Tu bugges ? insista une voix dans le combiné.

– Pardon, qui est à l'appareil ? se reprit Vincent en fendant la salle pour s'en extraire.

Entre la musique et les conversations, il avait du mal à entendre la voix de son interlocuteur.

– C'est moi !

Jean avait horreur de ne pas être reconnu dans l'instant. Son irritation était perceptible.

– Désolé Jean, la réception était mauvaise.

– Mon avocat et mon banquier m'ont donné le feu vert pour l'appartement. J'ai fait une proposition de location meublée en attendant la signature définitive qui ne pourra intervenir qu'après le divorce. Ils en parlent aux propriétaires ce soir.

– C'est une bonne idée. Et Jeanne ?

– Elle m'a envoyé me faire foutre. Elle m'a reçu, chez moi, avec mon jardinier qui n'est plus le sien. Il paraît que c'est lui l'homme de sa vie.

Il y eut un silence.

– Qu'est-ce que tu as décidé ? demanda Vincent qui sentait plus de colère que d'abattement dans la voix de son confrère.

– Me résigner, qu'est-ce que tu veux que je fasse ! Je suis trop lâche pour me flinguer et trop orgueilleux pour me traîner à ses pieds.

Vincent en fut soulagé. Le charisme de Jean l'aiderait vite à se consoler.

– J'ai demandé à faire une visite supplémentaire du duplex avant de signer la promesse de vente. J'ai un rendez-vous dans un quart d'heure, j'aimerais que tu m'y retrouves.

– Pourquoi ?

– Pour me donner ton avis, nigaud.

– À quoi bon, puisque tu as déjà décidé de t'y installer ?

– T'as mieux à faire ?

– Donne-moi l'adresse, je te rejoins, décida Vincent.

Il enregistra mentalement celle-ci, raccrocha puis allongea le pas jusqu'au point de stationnement de sa voiture.

Le dossier que lui avait remis et commenté Jérôme Duval était éloquent quant à la fragilité de Maud. Elle n'avait plus de domicile, évitait le siège de sa maison d'édition. Ses journées se résumaient en flâneries.

Sur les photos qu'il lui avait montrées, son visage sans fard affichait une nostalgie récurrente. Ce que Vincent avait perçu au travers de l'interview sur Europe, il le retrouvait dans ces clichés. L'attente d'une page à tourner, d'un événement heureux. Quelque chose d'intérieur. Les dernières la voyaient sourire davantage, comme si peu à peu en elle l'espoir renaissait.

Il enclencha la première, mit son clignotant et déboîta dans l'avenue de la Grande-Armée. Dix minutes plus tard, servi par une circulation fluide, il se garait à deux rues du boulevard Saint-Germain. Porté par la curiosité, il fouilla dans le dossier pour en dégager l'adresse actuelle de Maud avant de descendre du véhicule.

Il tressaillit. Quai Saint-Michel. L'immeuble mitoyen du café Notre-Dame, où il avait ses habitudes. Le quartier de Maud était l'île de la Cité. Ils s'y étaient croisés peut-être sans se voir. Non, il l'aurait reconnue, sentie, remarquée. Il passa ses doigts dans ses cheveux, en proie à une excitation juvénile. La seconde précédente il s'était convaincu qu'il fallait une approche en douceur, s'imposer sans rien brusquer. Et voilà que le hasard lui faisait un signe. Si c'était du hasard. Oui. Évidemment. Il était cartésien, que diable ! Un bonheur fugace le rattrapa. Il allait prendre le relais du privé et peu à peu l'apprivoiser. Léger, il sortit de la voiture, enfila le trottoir jusqu'au numéro convoité, puis tapa le code d'accès de l'immeuble indiqué par Jean.

— Pile à l'heure, l'accueillit son ami dans le hall.

— François Claret, se présenta l'homme qui l'accompagnait, en lui tendant une main franche.

Vincent la serra avec chaleur. Tandis qu'ils emboîtaient le pas de l'agent immobilier dans l'escalier, Jean lui glissa à l'oreille :

— Tu ne trouves pas que ce François Claret a l'allure du Professeur Tournesol ?

Jean avait raison. Il faisait grand beau dehors alors qu'au bras de l'agent immobilier pendait un parapluie fermé. Prudent. Ou distrait. Pourvu qu'il n'ait pas oublié les clefs !

Ils se retrouvèrent devant une porte massive, sans nom au-dessous de la sonnette.

Jean poussa Vincent du coude. Tournesol fouillait ses poches. Ils avaient eu la même idée. Le mobile de l'agent sonna au moment où il les trouvait. Tour de force : décrocher d'une main, porter l'appareil à son oreille, dire un « allo » tout en enfilant la clef dans la serrure et la tourner, gêné dans le mouvement par le parapluie qui avait, c'était incontestable, servi de modèle à Hergé.

– Ah! fit François Claret en se tortillant comiquement pour coincer le téléphone contre son oreille, libérer une main et achever de déverrouiller la porte. Laquelle s'ouvrit en emportant la pointe du parapluie. Le mobile tomba sans bruit sur le tapis du palier. François Claret étouffa un juron, le récupéra et leur sourit tout en s'excusant auprès de son interlocuteur.

Jean et Vincent serraient tous deux les mâchoires pour s'empêcher de rire. Tournesol dit encore :

– Je vous rappelle dans cinq minutes, dès que je l'ai récupéré, avant de raccrocher. Il enchaîna en se tournant vers eux. Excusez-moi, ça vous ennuie de commencer sans moi ? J'ai laissé un document important dans ma voiture et je dois communiquer l'info à mon client.

– Faites, faites, répliqua Jean.

– De toute façon, vous connaissez déjà.

Vincent appuya sur le bouton d'appel de l'ascenseur qui s'ouvrit aussitôt. François Claret s'y engouffra et disparut derrière les portes métalliques.

Ils franchirent le seuil de l'appartement. Vincent se laissa guider du vestibule au salon, du salon au séjour avec cuisine américaine. Là le bar, double vitrage partout, volets roulants électriques, mobilier disparate chiné auprès d'antiquaires, le tout dans une ambiance cosy. Jean commentait, ouvrait des tiroirs, caressait une bouteille, suivait l'arrondi d'un fauteuil. Décor impersonnel. Des toiles au mur signées Lily Van Dell, Anne Denis, Patrick Varawka. Des tons entre le rouge et le cuivre. Des chandeliers. Une table monastère en chêne. Mélange d'ancien et de design. Pas de photos.

Vincent trouva l'endroit agréable.

– J'aurais aimé que Jeanne y vive, avoua Jean. Tu imagines, elle consent à me laisser approcher mes enfants à condition que je ne fasse pas d'histoires pour son jardinier et que je lui accorde la pension alimentaire qu'elle exige. C'est le monde à l'envers. Mais je vais céder.

— C'est peut-être mieux ainsi, non ?

— Sans doute. Mais je n'imaginais pas ça comme ça.

Vincent s'installa entre les bras d'un fauteuil pour en tester le cuir.

— Au moins ça te déculpabilise.

— Ça ! Tu veux que je te dise, ajouta Jean en faisant de même, c'est la première fois depuis que nous sommes mariés que je la regarde comme une étrangère. Je l'ai quittée presque sans regret tout à l'heure. J'y ai réfléchi depuis, tu sais, je crois que je n'étais plus aussi amoureux que je voulais me le laisser croire.

— C'est une bonne chose. Ça t'ouvre des perspectives, commenta Vincent qui s'était relevé impulsivement après avoir posé les yeux sur l'escalier.

De façon incompréhensible quelque chose l'attirait.

— Qu'est-ce qu'il y a à l'étage ? demanda-t-il.

— Deux chambres, deux salles d'eau et un bureau, répondit Jean, tout entier encore à ses pensées.

Vincent l'entendit à peine. Il venait de poser ses doigts sur la main courante et d'apercevoir une porte ouverte, en haut. Une lumière douce scintillait dans l'encadrement. Il ressentit un pincement au cœur. Le sentiment d'une présence. Il se troubla, posa un pied sur la marche.

Jean lui emboîta le pas tandis qu'il montait

— Tu vas voir, les chambres sont de véritables appartements, avec des lits à l'américaine, deux

144

mètres par deux. De quoi se reconvertir dans le ménage à trois. Tu vas bien me trouver quelques adresses pour compléter mon éducation.

Le ton se voulait léger, pour masquer ses regrets. Vincent aurait voulu s'en réjouir mais un étau lui enserrait la poitrine, sans raison. Il s'immobilisa au seuil d'une pièce, Jean sur ses talons.

– C'est curieux que le bureau soit ouvert ! s'étonna celui-ci. Les proprios ne doivent pas être loin. Avance, que j'en profite pour jeter un œil.

Dans la lueur douce des bougies du chandelier sur pied, ils découvrirent de concert l'ébène du plateau, les objets de déco et la bibliothèque qui tenait un pan de mur du sol au plafond.

– Pas mal du tout, commenta Jean. Bonnes proportions, belle idée, le bureau au-dessous de la fenêtre. Ça me plaît.

Le regard de Vincent tomba sur le tapis. Une boîte de bois ouvragée y béait, évidée d'un contenu qui étalait son mystère à sa curiosité. Il s'agenouilla.

– Qu'est-ce que tu fais ? Je doute fort que les propriétaires apprécient qu'on fouille leur intimité.

Indifférent à l'embarras de Jean, Vincent s'attarda sur les photos. Il ne reconnaissait rien, ni des lieux, ni des visages. Alors pourquoi cette impression, pourtant si tenace, de quelque chose de familier ? Il s'appuya contre le pouf.

– Tu ne trouves pas ça étrange, toi, ces clichés éparpillés par terre ? demanda-t-il.

– Non, répondit Jean. Sortons d'ici, je ne voudrais pas qu'on me reproche ta curiosité. Cette pièce n'était pas autorisée à la visite.

– Ça va, consentit Vincent.

– Accélère, voilà Tournesol qui revient ! lui souffla Jean en entendant la porte de l'entrée claquer au rez-de-chaussée.

145

Vincent se releva précautionneusement. Il ne parvenait à comprendre ce qui le retenait dans cette pièce, cette envie à peine contrôlable d'en sonder les moindres recoins, d'en respirer chaque centimètre carré.

Son regard accrocha une petite forme rectangulaire dans l'angle du pouf. Pas pesés dans l'escalier. Il se pencha, tandis que Jean se précipitait à la rencontre de Tournesol pour détourner son attention. Un livre. Vincent reconnut aussitôt la dame de la couverture. Il l'ouvrit machinalement :

« *À Vincent...* ».

Le souffle lui manqua. Depuis le corridor lui parvint une voix de femme en réponse à celle de Jean qui s'excusait.

– Ce n'est pas grave. Je suis justement venue pour ranger et refermer. De toute façon, vous serez bientôt chez vous.

Un vertige saisit Vincent tandis qu'il pivotait vers la porte. Il se retint au bureau, la main à plat, l'autre serrant le livre sur son cœur aux battements désordonnés. Il voulut chasser cette impression d'une mort imminente, mais elle était là, le broyait tout entier.

Un sourire connu s'encadra dans la porte, qui se figea aussitôt dans un rictus de colère et d'étonnement mêlés : Véra Lavielle.

– Qu'est-ce que vous fichez ici, vous ? Je vous ai dit de la laisser tranquille ! Vous voulez vraiment que je vous fasse inculper pour harcèlement ?

Le vertige s'amplifia. Le sang revint par pulsations à ses extrémités décolorées, à ses tempes bourdonnantes. Vincent ferma les yeux, vacilla.

Le livre tomba. Besoin d'air. Il écarquilla les yeux, la bouche, chercha dans un brouillard le visage inquiet de Jean, celui de Véra Lavielle tourné vers son confrère. Réorganiser les sons de voix.

– Lequel de vous deux a retenu l'appartement de Maud Marquet?

– C'est l'appartement de Maud Marquet?

– Ne me dites pas que vous ne le saviez pas! Et lui, qui nous feint le malaise, vous croyez qu'il est là par hasard? Va falloir m'expliquer!

– J'ai manqué quelque chose?

– Vous êtes qui, vous?

– François Claret de l'agence « Maison pour tous ». Madame Marquet, je présume?

– Non, son attachée de presse. Je peux savoir pourquoi ces messieurs sont seuls ici?

– C'est que, voyons, enfin, rien de grave, je...

– Mais laissez donc ce brave type tranquille, enfin. Il est allé récupérer un dossier dans sa voiture. C'est moi l'acheteur et Vincent Dutilleul est un ami qui m'accompagne.

– Eh bien, votre Vincent Dutilleul, il M'EMMERDE!

– Silence! SILENCE! hurla l'inculpé.

Le brouhaha s'interrompit. Vincent tomba à genoux à côté du livre. Des larmes de joie embuèrent ses yeux.

– Si vous comptez m'attendrir avec ça! gronda Véra Lavielle en fondant sur lui. Donnez-moi ce livre, Dutilleul et levez-vous, vous êtes ridicule!

– Mais enfin, vous ne voyez pas qu'il est bouleversé.

– Vous! tança Véra en tendant un doigt accusateur vers Jean.

Main de Vincent sur le bureau. Sursaut de dignité, de légitimité. Il avait quatre, quatorze, quarante, quatre cents ans. Il n'avait plus d'âge, plus de corps, plus de vie. Il n'était plus qu'une âme en sursis.

— Excusez-moi, quelqu'un peut m'expliquer ? ânonna François Claret.

Vincent leva les yeux vers lui. Il remarqua le parapluie plaqué contre l'attaché-case sur la poitrine de l'agent immobilier, comme une épée devant un bouclier. Protéger le cœur. Toujours. Il l'aimait bien ce François Claret.

— Le livre, Dutilleul !

Mimant l'agent immobilier, il le serra contre son torse, fit « non » de la tête.

— Mais enfin, c'est pas fini vos gamineries ?

Véra Lavielle ne savait plus si elle était furieuse ou troublée. Il le lut dans ses yeux gênés, il l'entendit au timbre suraigu de sa voix. Alors il l'ouvrit, ce livre. Il l'ouvrit à l'endroit de la dédicace et la lui mit sous le nez. Elle lut. Jean se pencha au-dessus de l'épaule féminine.

— Merde, c'est l'exemplaire que tu avais perdu ! Comment se fait-il ?

Pavé dans les certitudes de Véra Lavielle. Elle se raidit, recula d'un pas, rencontra la poitrine de Jean Latour.

— Je l'avais égaré dans la brume le soir de l'accident, s'entendit murmurer Vincent. Il était tombé sur le Petit Pont et c'est elle qui l'a ramassé.

— C'est un bon livre, je comprends que vous vouliez le récupérer, glissa François Claret.

Tournesol aimait les fins heureuses. Mais ce n'était pas une fin. À peine un commencement.

— Allez-vous-en, Dutilleul, trembla la voix de Véra, le dos toujours plaqué contre la chemise de Jean, comme un refuge, une réalité de chair face à quelque chose qui la dépassait.

Qui les dépassait. Tous. Vincent se sentit mieux. De le comprendre. De l'accepter.

— Elle ne va pas se marier, dit-il simplement. Je ne ferai rien, Véra, c'est le hasard qui y pourvoira.

Vous ne pouvez rien empêcher. Personne ne peut rien empêcher.

Il s'écarta du bureau. Elle s'écarta de Jean. Il se moqua de leurs regards gênés qui se croisèrent. On ne pouvait pas tout contrôler, ni les émotions, ni les gens. Il était heureux. Comme un simple d'esprit. Un de ceux qui avaient du génie dans leur maladresse.

– Vous venez ? proposa-t-il à François Claret.

L'agent immobilier hocha la tête. Ils ressemblaient à deux personnages d'un film de Weber, identiques, leur bouclier sur la poitrine, prêts à défier le monde du raisonnable pour croire en la dérision du peut-être.

– Cette histoire me dépasse, lâcha Véra Lavielle tandis qu'ils s'éloignaient dans le couloir.

Il sentit son regard sur ses épaules. Il avait envie de s'envoler, de la planter là avec sa forteresse dont les murs s'étaient effondrés.

– Si on prenait un verre ? demanda Jean.

Alors Vincent se mit à rire, un rire qui gagna François Claret. Ils échangèrent un regard complice. Dans leur dos, deux êtres qui ne se ressemblaient pas, par la seule magie de l'impossible, allaient apprendre eux aussi à le défier.

16

Tandis que défilaient les kilomètres sur l'autoroute, Maud ne parvenait pas à détacher son regard du taxi qui les précédait. V. était l'un de ces petits villages typiques de Vendée, construits autour d'un château médiéval remanié au fil des siècles. Les chances à Nantes de rencontrer quelqu'un s'y rendant étaient fort minces et cette coïncidence la mettait mal à l'aise. L'idée lui était venue à mesure qu'ils approchaient que son voisin de siège dans l'avion pouvait être en chemin pour les mêmes raisons qu'elle. Il était possible qu'il soit un proche de sa mère ou de Linette. Peut-être même le fils de sa tante qu'elle n'avait pas revu depuis sa petite enfance.

Cette perspective la gêna.

Maud ramena ses pensées vers sa mère. Cette dernière s'était installée à V. vingt-cinq ans plus tôt, après avoir obtenu son diplôme de comptable et du travail dans la région. De Marignane, près de l'étang de Berre, où ils avaient vécu avant le drame, elle n'avait emporté que le bagage lourd de sa détresse, pas de meubles, pas de linge. Elle était repartie de zéro, acceptant que les maigres économies du ménage, l'enterrement de son mari et de sa fille réglés, lui servent de caution pour se laver du malheur dans un endroit vierge de toute opinion à son égard. Il y avait de l'orgueil dans sa misère, un orgueil qui l'avait poussée à tout renier. Linette y était née, y avait grandi tandis que Maud terminait ses études à Nantes, en pensionnat, avant d'errer d'une ville à l'autre, d'un petit boulot à l'autre. Elle avait tout fait, de l'avouable au plus sordide, avec le même appétit de consommation du vide. Sa mère n'en avait pas su le dixième. C'était mieux pour elle. Maud ne regrettait rien, elle avait tout assumé sans rougir. En réalité, elles n'avaient cherché qu'à survivre. Toutes deux dans l'incompréhension l'une de l'autre.

Ils entrèrent dans le village, longèrent la rue principale.

– C'est la maison-là, sur votre gauche, à l'angle de l'impasse, indiqua-t-elle au chauffeur d'un doigt et d'une voix qui tremblaient.

Imposant et austère, le vieux château rectangulaire du XIIe siècle se devinait plus qu'on ne le voyait derrière la façade de la maison de sa mère. Maud se raidit. Des images revinrent.

Elle ne s'y était aventurée qu'un été, avec Linette, avant de s'en écarter comme si elle avait eu le diable à ses trousses, prise d'une panique irraisonnée et incontrôlable. Linette, effrayée par ses yeux hagards et son visage blême, s'était accrochée à ses jambes avant de s'enfuir aussi vite qu'elle. Maud n'aurait su dire ce qui les avait chassées. Dans le village, on racontait que l'endroit était hanté et que les propriétaires successifs avaient tous fini par le revendre sans parvenir à y séjourner. Elle n'avait pas voulu en savoir davantage. À l'époque, elle n'avait pas encore approché sa réalité d'écrivain et ne croyait en rien qui ne fût vérifiable. Mais chaque fois qu'elle observait le château, protégée par l'obscurité de sa chambre, elle avait l'impression de remporter une victoire supplémentaire contre elle-même.

— Vous auriez pu partager la course !

— Je vous demande pardon ? dit Maud, se rendant compte que le chauffeur lui parlait.

— Je disais qu'à venir au même endroit vous auriez pu vous entendre, ça vous aurait coûté moins cher.

Maud s'avisa alors que le taxi de son voisin venait de s'engouffrer dans l'impasse. Ainsi son intuition se vérifiait. Lorsqu'il s'immobilisa devant les grilles du château, elle ne fut pour autant pas soulagée de s'être trompée.

— Garez-vous le long du trottoir, demanda-t-elle.

Puisqu'il semblait ne pas être attendu chez sa mère, elle n'avait aucune envie que l'homme la voie et la reconnaisse. Qu'il fût rattaché au château lui-même ne faisait au contraire que raviver l'angoisse de ses souvenirs d'adolescente. Tandis que le chauffeur calculait le prix du trajet, elle observa son voisin sorti du taxi qui enlevait la chaîne fermant le portail. Visiblement, il ne venait pas en visiteur mais en propriétaire. Étonnant comme son instinct réagissait.

— Ça nous fera soixante-trois euros. Vous voulez une facture ?

— Non, merci.

La silhouette ayant disparu, avalée par l'allée, elle s'en détourna pour fouiller dans son sac à main et en extraire son portefeuille. Elle tendit l'argent au chauffeur, la gorge nouée. Se distraire l'esprit avec cet inconnu ne changeait rien. Elle allait devoir dans quelques minutes affronter une peur bien plus grande que celle qu'il lui inspirait. Peut-être même était-ce celle-là qui transparaissait de manière inconsciente. Il y avait pire que les pseudo-fantômes du vieux château de V., il y avait les vivants de son passé.

– Voilà, ma petite dame. Bon séjour en Vendée, lui susurra le chauffeur en lui rendant sa monnaie et sa note.

Maud le gratifia d'un sourire forcé. Elle se sentait les mains moites et les jambes lourdes. Quelques pas seulement pour retrouver les siens et se mettre en paix. Elle ouvrit la portière et descendit de la voiture, son sac de voyage à la main. En un instant, elle se retrouva debout sur le trottoir.

Le taxi s'écarta, lui communiquant la chaleur de son pot d'échappement. Elle regretta soudain de n'avoir plus sa masse rassurante pour s'appuyer, tant elle se sentit chanceler, reprise par la réalité. Accrochée aux fenêtres fermées de la chambre de sa mère, une tenture noire se balançait au souffle léger du vent, et, debout sur le seuil de la maison endeuillée, Linette pleurait.

*

Willimond enclencha le commutateur général, réveillant le système électrique de la demeure. Pas d'alarme. La réputation du lieu le tenait depuis toujours à l'abri des maraudeurs et des voleurs. Il n'y avait de toute manière rien à prendre. Ni Victoria ni lui n'avaient éprouvé le besoin de meubler les longues et sombres pièces de la bâtisse, à l'exception de la cuisine et de deux chambres. Toutes trois contiguës. L'endroit, bien que rénové par les propriétaires précédents, restait glacial été comme hiver et ils n'y séjournaient jamais assez longtemps pour enlever des murs épais l'humidité

résiduelle des vieilles pierres. Pas de vacances à V..
Ils y venaient peu, sacrifiant seulement à l'appel du
lieu. Un appel qui les prenait sans prévenir, où
qu'ils se trouvent, quoi qu'ils fassent, devenait
impérieux au point de leur faire tout abandonner
dans l'heure pour s'enfermer à double tour entre
ces murs.

Il ne se passait rien, rien que l'attente d'un quelque chose insaisissable qui les maintenait éveillés
l'un et l'autre, proche mais silencieux, comme si
l'âme de cette demeure éprouvait le besoin de les
emprisonner à sa merci, de les soumettre à sa
volonté. Victoria ne parvenait ni à lire, ni à se distraire d'une broderie, elle errait d'une pièce à
l'autre, caressant les pierres, écoutant l'écho de ses
talons sur les parquets et les tommettes résonner tel
un glas. Lui, passait ses journées agenouillé dans
une salle, toujours la même, celle où il avait découvert le manche du stylet. Face à lui une fenêtre
s'ouvrait sur le couchant, étroite. Il y fixait son
regard des heures durant, harcelé par les mêmes
images : les corps blancs, dévêtus, offerts, souillés,
le sang sur les visages. Un par un. Tous. Toutes.
Comme un châtiment, un chapelet d'âmes à égrener
pour se souvenir du prix de son intelligence. Il
ânonnait leurs prénoms les uns après les autres dans
une ronde sans fin, réclamant la paix pour leur âme
mutilée, les mains en prière comme si en ce lieu
Dieu et Diable s'étaient réconciliés. Il finissait par
tomber le nez dans la poussière quand ses membres
tétanisés refusaient de le porter. Cul-de-jatte soudain, il demeurait là, immobile, s'endormait, s'éveil-
lait pour satisfaire ses besoins primaires, retrouvait
sa mère dans la cuisine. Ils mangeaient en silence,
fourbus, s'effondraient quelques heures dans leurs
chambres respectives avant de recommencer ce
rituel insensé.

Puis, soudain, le charme cessait. En quelques minutes ils ramassaient leurs affaires, prenaient conscience du temps écoulé, jamais plus de quelques jours, et fuyaient, aussi frais et dispos qu'à l'arrivée, comme si l'absolution leur avait été offerte, les lavant de la tête aux pieds de ce qui avait précédé.

Ils avaient essayé d'en parler une fois. Au tout début.

– Ce n'est pas normal ce qui nous arrive, Willimond. Je vais vendre le château, tu vas te débarrasser de ce moignon d'arme, avait-elle dit en revenant à Paris.

Il s'était figé entre ses bras maternels, avait senti monter du tréfonds de son ventre une voix grave et profonde qu'il ne connaissait pas, qui lui avait écorché les cordes vocales pour crisser à l'oreille de Victoria :

– On n'échappe pas au Diable, on le sert jusqu'à ce qu'il en ait assez.

Les bras de Victoria étaient retombés, elle avait reculé, fuyant le regard de son fils dans lequel des flammes dansaient. Elle s'était soumise. Lui, il y avait longtemps qu'il ne s'appartenait plus.

Willimond gagna une des tours du donjon, poussa la vétuste porte de bois cintrée et enflamma la torche qu'il décrocha du mur proche de l'escalier. Le cavalier noir ne l'avait pas appelé cette fois. Il était venu de son plein gré pour lui proposer un marché. Il ne céderait plus à ses pulsions, à moins que Victoria Gallagher ne soit sauvée. Pour elle, la seule qu'il ait jamais aimée, il sacrifierait toutes les autres, indifféremment : de la pucelle à la mère, de l'amante à la putain. Toutes. Cette femme-là en premier dont le profil l'avait obsédé durant le trajet en taxi. Oui, toutes.

155

Arrivé dans la pièce du haut, il piqua la torche sur son support au mur puis déposa le manche de l'arme brisée devant lui, empli d'une détermination farouche. Qui pouvait en une nuit régénérer un cerveau malade pouvait sauver de l'agonie une vieille femme fatiguée. Tout avait un prix.

– Qui es-tu, Willimond Gallagher, résonna une voix d'outre-tombe, pour t'imaginer pouvoir défier ton destin ?

D'ordinaire c'était dans sa tête qu'elle lui parlait. Willimond se retourna, le corps brûlant sous le souffle qui l'enveloppait, mais il ne vit que la flamme qui s'allongeait sous l'effet de son propre mouvement.

– Montre-toi, réclama-t-il. Pour une fois, toi et moi, face à face.

– Nous nous sommes déjà rencontrés.

– Où ? Quand ? s'impatienta Willimond.

Une image passa devant les yeux du chercheur.

1994. Il était assis dans la voiture, sur le siège arrière. Il tournait et retournait l'objet qu'il venait de trouver dans la poussière du château de V. Sa mère chantonnait en conduisant. Il ne savait pas ce qu'était ce manchon couvert de rouille mais il avait joué avec à poursuivre Victoria en le brandissant comme une arme. Il était le seigneur et elle une sorcière qu'il devait attraper. Mais c'est elle qui avait fini par le ceinturer de ses bras et le couvrir de baisers en riant. Elle l'avait serré contre elle en lui disant : « Je ne suis pas une sorcière mais une fée et le méchant par la foi de mon amour deviendra le plus vaillant de tous les chevaliers. » Il avait aimé ce moment-là. Tant aimé qu'il avait prié dans la voiture en serrant le stylet sur son cœur.

« Je voudrais qu'il revienne, le méchant cavalier. »

Il était innocent. Ce n'était qu'un jeu. Victoria avait hurlé. Il avait ouvert les yeux. Fasciné.

Son sang se glaça dans ses veines.

« C'est moi, comprit-il, c'est moi qui l'ai réveillé, c'est moi qui ai tout déclenché. »

– Sauve-la ! Sauve-la je t'en prie ! implora-t-il.

A cet instant, la sonnerie de son mobile stridula dans l'espace, agressive.

Fébrilement, il récupéra l'appareil dans sa poche, l'ouvrit et le colla contre son oreille.

– Je lui ai apporté du mimosa, deux brins, pleurnicha une voix dans l'écouteur. Je les ai posés sur la table de chevet. Elle m'a dit : « Ainsi donc, c'est le moment. » Je n'ai pas compris, monsieur Gallagher. J'ai cru qu'elle fermait les yeux pour s'endormir. Seigneur Dieu, votre mère...

Willimond laissa tomber le portable à terre et recula jusqu'à buter des épaules contre le mur. Elle l'avait averti qu'elle ne le laisserait pas se damner. Victoria s'était éteinte sans l'embrasser, lucide. Elle n'avait pas voulu de son pardon. Le petit Gallagher eut l'impression d'étouffer dans sa geôle. La douleur descendit de sa tête à sa nuque, à ses bras, à ses jambes. Il se mit à trembler. Il eut un sursaut de défense, gesticula, se débarrassa de ces vêtements qui l'oppressaient, pour tenter d'arracher de lui l'autre, cet autre qu'il ne pouvait plus supporter soudain. Mais il n'y parvint pas. Il n'avait pas d'échappatoire. La cage était étroite, solide, fermée. Il lui appartenait. Seule sa mère s'en était libérée.

Il restait seul. Seul pour le servir. Seul. Alors il hurla, de toute la force de ses poumons, de sa chair, de son âme, il hurla comme le maudit qu'il était, encore et encore et encore.

17

Linette la fixait en silence, depuis l'autre côté du lit. Il y avait du pardon dans ses yeux. Du regret aussi. De la gêne surtout. Maud avait pris place dans un fauteuil Louis XIII, élimé aux accoudoirs, fané, celui dans lequel sa mère s'installait le soir pour tricoter.

Elle se souvenait des écharpes multicolores au cou de sa cadette. Autrefois. Dans la vie en noir et blanc de sa mère, les couleurs s'enroulaient entre ses doigts comme des chapelets d'amour. Elles étaient réservées à l'innocence de Linette. Maud n'avait droit qu'au bleu marine, classique. Dans cette pièce empestée d'odeurs médicamenteuses, ce soir c'était l'inverse. L'écharpe que Maud avait gardée autour de sa gorge pour se prémunir de la climatisation dans l'avion amenait un peu d'éclat sur ses traits pâles.

Linette avait déjà pris le deuil. La robe était trop grande afin que l'enfant, à l'étroit dans son ventre distendu, ne repousse pas l'étoffe de façon trop voyante. Cela ne se faisait pas d'amener de la vie dans une chambre funèbre. Depuis la pièce voisine, des voix étouffées leur parvenaient. L'époux de Linette avec le curé de la paroisse.

Quelques minutes trop tard. Maud avait raté son rendez-vous d'adieu. Un quart d'heure. Cela ne tenait à rien, un feu rouge, un peu de trafic, la crainte des radars.

– C'est pour quand ? demanda-t-elle en voyant la main de Linette s'égarer en une caresse sur son ventre.

Linette l'immobilisa, prise en faute.

– Dans trois semaines. C'est une fille, ajouta-t-elle.

Maud se sentait vide. Le pire, elle l'avait eu. En arrivant. En serrant sa sœur obèse de vie dans ses bras. En découvrant auprès d'elle un époux attentionné et un garçonnet de dix-huit mois qui avait refusé de l'embrasser en hurlant. Une famille élargie, aimante, soudée autour de celle qui n'était plus mais s'était rassasiée d'eux, quand Maud n'avait pas seulement été informée de leur existence. Ses bras étaient retombés. Vite. Trop vite. Les présentations étaient devenues formelles dans la bouche tremblante de Linette. Pas d'excuses. Ce n'était pas le moment. Le médecin qui venait de constater l'heure du décès les avait embrassés tous avant de lui tendre la main, à elle, sans parvenir à lui présenter ses condoléances. Maud avait failli, l'espace d'un instant, ressortir pour appeler un autre taxi. Mais Linette avait enroulé son bras autour du sien.

– Elle est dans la chambre. Viens.

Comminatoire, la voix. Suppliant, le regard. Et la rancœur d'un instant, celle qui vous fait dire qu'à Tombouctou vous seriez plus à votre place, celle-là avait fondu dans une détresse sans nom qui avait embrumé ses yeux jusqu'à la porte de la chambre. Là, la carapace s'était refermée, tétanisant ses muscles. Réflexe de défense comme chaque fois qu'elle devait s'approcher d'elle. Linette avait

159

ajouté en poussant cette porte qu'elle aurait été incapable d'ouvrir seule :

– Je lui ai dit que tu venais. Elle aurait aimé t'attendre. Je le sais. Elle a souri en hochant la tête. Tu sais comme elle était. Trop fière pour t'appeler. Elle aurait dû.

Maud était entrée. Derrière elle, la voix de sa sœur :

– C'est con l'orgueil. On en crève, de ce que l'on ne dit pas, de ce que l'on ne fait pas. J'aurais dû...

La voix avait tremblé. Celle de Maud avait été happée par une fosse emplie de lettres grouillantes et désordonnées. Le purin des mots perdus.

La lueur déclinante du jour caressait l'oreiller. Les cheveux autrefois bruns étaient de cendre. Nattés de chaque côté d'un visage déridé par le masque froid de la mort.

– Tu veux que je te laisse ? avait demandé Linette.

Maud avait secoué la tête.

– Plus jamais, avaient composé les lettres de la fosse sans qu'elle les cherche.

– Plus jamais, avait répété Linette en glissant sa main dans celle de Maud.

La cuirasse s'était déchirée sous la pression de leurs doigts enroulés qui se serraient mutuellement jusqu'à ce que la douleur du dedans, tout le mal du dedans, ne soit plus qu'une fine poussière de souvenirs déchus. Alors seulement, elles s'étaient assises, chacune d'un côté du lit, et s'étaient mises à veiller leur mère dans l'attente des agents des pompes funèbres. Ceux de Nantes. Tout avait été organisé par la défunte. Avant. Maud avait écouté sans les entendre les explications de Linette. Elle n'avait réagi qu'à sa question :

– Tu restes pour l'enterrement ? Ce sera demain, au dire du curé.

— À moins que ce ne soit contraire à ses dernières volontés.

— Sa dernière volonté était que tu nous pardonnes, avait murmuré Linette.

— Le temps s'en est chargé.

Il se chargeait de tout. Toujours.

— Elle a demandé à ce qu'on vide la maison dès son départ, annonça Linette, en étouffant un sursaut de chagrin dans son mouchoir. Elle a dit que tu devais t'occuper du grenier.

— Ça a toujours été mon domaine, confessa Maud.

Petit clin d'œil d'outre-tombe. Fallait-il y voir le signe qu'elle était venue chercher ?

— Elle a insisté, tu sais. Avant même que tu n'appelles, elle a insisté sur ce point.

— Avant que je n'appelle ? s'étonna Maud.

Linette hocha la tête.

— Elle m'a dit que c'était important. Que personne d'autre ne devait le faire à part toi. Elle était fébrile. Et puis je lui ai annoncé ta venue. Et elle s'est apaisée.

— Je m'y attellerai après l'enterrement, quand tout le reste sera fait.

— Ses amies viendront nous aider demain matin. Je leur ai téléphoné. Il faut s'occuper la tête avec les mains disait maman. Quand on ne peut rien faire pour changer les choses, il faut s'occuper la tête avec les mains, répéta-t-elle.

Un nouveau spasme courba le nez de Linette dans son mouchoir. Maud eut envie d'étreindre sa sœur, mais elle n'osa pas. Elle aussi avait du chagrin, froid, glacial. Pourtant elle n'avait pas envie d'être réchauffée. Elle voulait le préserver en elle. En sentir la morsure. Sa mère ne l'avait pas autorisée à assister à l'enterrement de son père, de sa cadette. Lorsque Maud était sortie de l'hôpital, tout était déjà fini, leurs affaires débarrassées, les photos enlevées. Elle était entrée dans une maison vide d'eux, comme s'ils n'avaient jamais existé. Et Maud avait eu le sentiment de basculer dans un autre monde. Cette fois elle ne voulait pas être dépossédée. À travers ce deuil-là, c'est enfin celui de son clan qu'elle ferait.

Maud étira ses jambes avant de se lever. Malgré ce qu'elles avaient échangé, le regard de Linette la gênait. Sa sœur n'était coupable de rien. Maud n'avait eu que peu de relations avec elle : Noël, Pâques, les vacances. Elle l'avait suivie de loin. Linette avait été protégée par leur mère. Elle était l'enfant de l'après. Maud lui dirait, lui expliquerait lorsque tout serait achevé. Un crissement de graviers l'amena à la fenêtre. Certainement les croque-morts. Elle souleva le rideau pour scruter l'impasse. Elle ne découvrit qu'un taxi garé devant la grille du château. Visiblement son voisin repartait. Tant mieux, songea-t-elle en le voyant franchir le portail et s'y engouffrer. Son visage s'était allongé telle une lame de poignard et il semblait avoir pris cent ans en quelques heures. Les battements du cœur de Maud s'accélérèrent et elle relâcha le voilage. Sa mère morte avait l'air plus vivante que lui. Même si ce n'était que le jeu du contre-jour, elle en ressentit une angoisse oppressante qui la planta entre la fenêtre et le fauteuil. Linette avait disparu. La porte était entrebâillée. Maud s'appuya des deux mains sur le dossier, le souffle irrégulier. Sans qu'elle s'en rende compte, peu à peu la lumière avait décliné dans la pièce et ses yeux, jusque-là habitués, semblaient ne vouloir soudain plus rien voir, à l'exception de ce visage blafard que le halo de la lampe de chevet, sans doute allumée par Linette avant qu'elle sorte, rendait aussi effrayant que celui de l'inconnu. L'odeur des médicaments, celle de la maladie, lui écorcha les narines comme à son entrée dans la pièce. Elle chancela, se força à contourner le fauteuil en suivant la ligne du dossier jusqu'à l'accoudoir et se laissa choir sur l'assise avec le sentiment d'avoir raté une marche du temps.

Linette entra pour annoncer que les employés des pompes funèbres venaient enlever le corps.

Qu'ils l'emmènent. Vite. Loin. Qu'ils enterrent avec elle ses peurs et ses démons d'autrefois. Qu'ils débarrassent sa mère des oripeaux de sa misère et lui offrent dans un parfum d'encens son billet pour la mort éternelle. Amen.

– Ça va mieux ?

Maud voulut répondre mais sa langue claqua dans sa bouche engourdie. La main de Linette se posa sur son front et écarta une mèche. Maud s'aperçut qu'elle était couchée. Du vide qui avait englouti les minutes précédentes lui revint l'image de sa mère étendue. La crainte d'avoir été placée sur son lit à côté d'elle la submergea et en un instant la ramena au présent.

Elle se redressa vivement, faisant sursauter sa sœur assise à son chevet, et fouilla du regard son environnement immédiat.

– Tu t'es évanouie, expliqua Linette. C'est Benoît qui t'a portée dans ton ancienne chambre.

Benoît. Le mari.

Maud se laissa retomber sur l'oreiller.

– Je suis navrée. La fatigue sans doute.

– L'émotion surtout, rectifia Linette en posant une main soignée sur son bras. Je ne suis pas dupe, tu sais. Revenir ici dans ces circonstances après tout ce temps, cela n'a pas dû être facile.

— Ça va, décida Maud.

Linette laissa échapper un petit rire qui força Maud à fouiller ses traits tirés.

— Je ne t'ai jamais entendue dire autre chose que ça. Tu es comme elle. Trop fière pour avouer tes faiblesses.

Maud se sentit rétrécir. Pas de rancune dans la voix. Juste un constat. Douloureux.

— Pour toi non plus ça n'a pas été facile avec elle, en déduisit Maud.

— Non. Après ton départ et la lecture de ton livre, elle a changé. Avec moi, avec tout le monde.

— Elle a lu mon livre ! s'étonna Maud.

— Elle les a tous lus.

— Pardon, murmura Maud. Pour tout le mal que j'ai pu vous faire.

— Ce n'est pas toi. Tu as eu raison de regarder ta propre histoire en face. Moi j'ai dû vivre dans son mensonge. Sans père. Sans même l'image d'un père parce que sa seule réponse à mes questions d'enfant était : « Il est mort dans un accident. Ça ne sert à rien de revenir en arrière. »

— Pourquoi ne m'as-tu jamais demandé à moi ?

— T'étais jamais là, chevrota la voix de Linette. Maud l'attira contre elle.

— Elle ne voulait pas de moi, se justifia-t-elle. Elle n'a jamais voulu de moi, ni avant ta naissance, ni après.

— Tu te trompes, Maud, s'étouffa Linette dans un sanglot.

— Vous en avez parlé après qu'elle m'a eu chassée ? On ne chasse pas quelqu'un qu'on aime.

— On a parlé du suicide de papa et de l'accident aussi. Il a bien fallu qu'elle me raconte après ce que tu avais révélé à la télé. Je n'étais plus une enfant qu'on peut berner avec la crainte d'un fantôme. Elle m'a tout dit. Mais autrement. Il y avait son histoire et puis la tienne. Ce que tu avais vu, entendu et cru comprendre et ce qu'elle avait vécu. L'homme qu'elle avait aimé, tendre, attentionné, rieur, passionné, leur complicité, leur entente et puis son accident de travail, la greffe, les médicaments, l'alcool, la dépression du père et du mari déchu, le lent déclin d'un homme rebut qu'elle continuait de chérir quand même dans l'espoir de le retrouver.

Maud serra les dents. Elle se souvenait de l'avant, du pendant, de l'après. Elle se souvenait de ce qu'elle avait oublié, occulté. Et si tout était parti d'une méprise ? La méprise d'une petite fille effrayée par des éclats de voix et de verre. Ce qu'elle avait pressenti ces derniers mois.

Les larmes de Maud se mêlaient aux cheveux sombres de Linette. Elles étaient de la même encre. Indélébile.

– Ce n'est pas ta faute, Maud. La mort de notre sœur, celle de notre père. Ce n'est pas ta faute. Ça, elle me l'a expliqué.

– Elle t'a menti.

– Non, c'est le destin.

– Foutaise. Le destin, on le construit, Linette, objecta Maud en l'écartant d'elle. On peut toujours influer sur sa vie, changer les choses. J'ai vu un petit garçon mourir à côté de moi dans ma chambre d'hôpital, chauve, les côtes saillantes, il avait à peine mon âge à l'époque.

La voix de Maud se fit dure, acérée.

– Je m'en suis sortie, Linette, quand lui s'est éteint, continua-t-elle. Ce gamin n'était ni meilleur ni pire que moi. J'avais seulement une raison, un

165

but pour continuer quand lui n'en avait pas. Je me suis battue contre la maladie alors que je l'avais cherchée, provoquée, espérée pour échapper à ma vie, à leur vie et tu sais pourquoi ? Tu sais pourquoi, Linette ? Parce qu'il est venu me rendre visite, papa, parce qu'il avait le sourire du mensonge, le sourire des fous, celui d'avant. Je ne savais pas que notre sœur était morte. On ne m'avait rien dit. Il ne m'a rien dit. Il m'a juste serrée contre lui, comme quand j'étais petite. Il m'a serrée, Linette, si fort, en me disant qu'il fallait que je vive, qu'il avait trouvé mes cahiers remplis de notes, de poèmes, de chansons, qu'il fallait que je vive pour ça. Pour écrire. Pour raconter de belles histoires et faire rêver les gens. Pour qu'ils oublient leur malheur, leur misère. Que c'était ça mon rôle. Il m'a dit que c'était terminé, que je ne devais plus avoir peur, que tout irait bien à présent et je l'ai cru. J'ai guéri pour son sourire, pour sa tendresse, pour sa douceur, j'ai guéri parce que j'avais retrouvé mon papa d'avant. Ne parle pas de destin, Linette. Il s'est suicidé pour que je devienne ce que je suis, tu comprends.

— Il s'est suicidé pour vous protéger, maman et toi. Vous protéger de lui. Ce n'est pas ta faute, murmura Linette en l'attirant contre elle. Tu serais devenue écrivain sans ça. Oui, j'en suis sûre. Tu serais devenue écrivain sans ça.

Maud s'apaisa dans sa tourmente. Linette était là désormais. Elles s'étaient retrouvées dans leur différence.

On toqua à la porte et la tête de Benoît parut dans l'entrebâillement.

— On l'emmène, annonça-t-il sobrement.

Maud se leva. Elle se sentait mieux d'avoir expurgé tout ça. Elle retint pourtant un nouveau vertige sur le bras de sa sœur.

– Faut que je mange quelque chose, murmura-t-elle, prenant conscience que sa migraine persistante n'était pas seule responsable de son malaise, qu'elle n'avait rien avalé depuis le matin.

– Quand l'appétit va...

– T'en as beaucoup des comme ça? demanda Maud en sortant avec elle de la chambre pour emprunter le couloir.

– Tout le répertoire de maman. Faudra t'habituer.

Fais chier, grimaça Maud en franchissant le seuil du séjour.

Posée sur des tréteaux, prête à être emportée vers la chambre froide du service des pompes funèbres, une bière ouverte les attendait. Était-ce l'effet de la lumière, mais Maud, l'espace d'un instant, aurait pu jurer voir, à l'intérieur, sa mère qui souriait.

18

Muni d'une bouteille de saint-estèphe et des effets de Jean Latour, Vincent se présenta à vingt heures, ce 2 mars, devant la porte du duplex de Maud Marquet.

Depuis la veille, il n'avait vécu que de gestes automatiques. En quittant le boulevard Saint-Germain, il avait épanché son trop-plein de béatitude auprès de François Claret. L'agent immobilier l'avait écouté avec sa bonhomie naturelle, enclin à ajouter, comme tous les rêveurs, un peu de magie supplémentaire sur son cartésianisme malmené. Vincent avait perdu tout repère. Toute envie surtout d'en retrouver. Mais ce constat le rendait heureux, plus qu'il ne l'avait jamais été. Les deux hommes si différents hier s'étaient quittés amis, après avoir vidé une bouteille de champagne dans un troquet pour trinquer à l'invisible.

Ensuite, comme un de ces chiens revenus au logis d'un maître perdu, il s'était planté sur le Petit Pont, et avait passé une partie de la nuit les yeux rivés sur les fenêtres closes de l'appartement de Véra Lavielle. Il savait qu'elle était rentrée tard elle aussi. Il l'avait vue pénétrer dans l'immeuble vers une heure du matin. Dans un réflexe, il s'était assis sur le trottoir, recroquevillé sur lui-même comme un clochard, dans l'ombre du parapet de pierre. Il s'était mis à rire. De sa folie puérile. De ce sursaut de conscience qui l'avait obligé à se cacher pour que l'attachée de presse de Maud ne le prenne pas définitivement pour un dément dangereux. La princesse Maud n'avait pas paru à sa fenêtre et le chevalier Vincent avait fini par regagner sa voiture à défaut de cheval blanc. Avenue de New York, l'appartement était vide. Jean n'était pas rentré. Mais il y avait un mot sur le répondeur :

« J'ai les clefs. Je reste sur place. Ramène-moi mes affaires en venant dîner demain soir, je te raconterai. »

Il était là pour ça.

Il était là surtout parce que sa journée durant, il s'était retrouvé dans le corps d'un homme pris par le professionnalisme exacerbé de son métier, fonctionnant sur des réflexes acquis, sur la routine hospitalière, sur ce savoir avalé, digéré, qui lui permettait des diagnostics, des mots, des attitudes. Dans le corps de cet homme il y avait le Dutilleul d'avant. D'avant Maud, d'avant ces rêves récurrents qui l'amenaient à vivre des scènes de romans médiévaux. Ce matin encore, lui était resté au réveil le souvenir d'une petite fille nichée dans son cou qui pleurait face à la silhouette démente d'un cavalier noir, puis d'une femme qui cherchait son corps dans une nuit d'encre pour l'enlacer, le fondre à elle, en elle. Une femme dont il savait qu'il l'avait aimée audelà du possible, une femme qu'il aimait encore. Une femme pour laquelle il était prêt à tout renier. La science, la logique, et tout ce qui jusque-là lui avait permis d'exister.

– J'ai pas trouvé de roses rouges, lança Vincent en tendant la bouteille à Jean qui venait de lui ouvrir.

— Encore heureux, s'amusa son confrère en refermant la porte derrière lui.

Vincent traversa le vestibule pour gagner le séjour. Tout dans ce lieu lui parlait d'elle, à défaut de Jean. Il avait décidé de laisser le hasard les mener jusqu'au bout d'eux-mêmes. Pour n'avoir plus envie que de croire en elle.

— Elle déménage quand ? demanda-t-il pourtant.

La croiser ici... L'envie, l'espace d'une seconde, de reprendre le contrôle. Un sourire lui échappa. Finalement, il n'était pas guéri complètement de son scepticisme.

— Merci, je vais bien, répliqua Jean.

— Désolé, mais tu as l'air en forme, s'excusa Vincent, guilleret.

S'abandonner. Entre les mains de l'espoir. Se mettre en danger. Vraiment. Elle en valait la peine. Plus qu'aucune autre. Oui, elle valait la peine qu'il en perde la tête, le cœur, l'âme.

— Érotomanie, le cueillit Jean dans son envolée.

— Pardon ?

— C'est un trouble obsessionnel. On s'invente une fiction amoureuse dans laquelle l'objet de ton désir est aussi timbré de toi que tu l'es d'elle. Le moindre détail ou coïncidence nourrit cette relation fantôme.

Vincent éclata d'un rire léger en se vautrant dans le cuir du canapé.

— Sers-moi un verre de vin au lieu d'une théorie.

— N'empêche que tu avais l'air con.

— Ça t'a fait au moins un sujet de conversation avec elle !

— Qui ?

— Véra Lavielle.

— Je vais chercher le vin.

– Tu as ma bouteille dans la main. A con, con et demi, mon pote, s'amusa Vincent en écartant ses bras sur le dossier. Il se sentait bien. Libre.

Jean prit l'air d'un adolescent en faute.

– Pas celui-là. Tu l'as secoué en voiture. Faut qu'il redépose.

– Y'a pas que le vin et ma pomme qui sont secoués, crois-moi. Débouche-le donc, il se redéposera dans nos verres et raconte-moi, je brûle de tout entendre, l'exhorta Vincent.

Jean ouvrit un tiroir, en extirpa un tire-bouchon et libéra les arômes délicats du cépage. Il revint vers Vincent qui avait sans vergogne et selon leurs anciennes coutumes retiré ses chaussures et croisé ses pieds sur la table basse.

Jean s'installa dans un fauteuil, face à lui, et prit le temps de humer son verre, d'ombrer les parois de grenat épais avant de porter le grand cru en bouche. Vincent fit de même.

– Excellent choix, déclara Vincent le premier.

– J'allais le dire.

– Je parlais de l'attachée de presse.

– Merde, Vincent, t'es pire qu'une gonzesse. Faut du temps pour évoquer ces choses-là ! le gronda Jean.

Vincent manqua s'étrangler.

– Du temps ! Ces choses-là !... Dis donc, certes je n'étais pas dans mon état normal, mais il me semble qu'hier, un mari plaqué par sa femme au bout de vingt-cinq ans de mariage avait décidé de s'amuser un peu pour l'oublier.

– Tu vas pas me faire la morale, non ?

– Non, décida Vincent en se calant contre le dossier.

Le cuir avait l'odeur du neuf. Maud Marquet n'avait certainement pas imprimé cette pièce de

171

son empreinte. Son territoire était en haut. Il y retournerait. Plus tard. D'abord il devait éplucher Jean.

– On est allés prendre un verre après ton départ, puis on a dîné. Avoue que cette situation était un peu anormale. Je ne t'avais jamais vu comme ça et puis c'est vrai que ce bouquin, la dédicace, la coïncidence.

– Érotomanie, lui souffla Vincent.

Pas d'excuses à sens unique. Jean vida le contenu de son verre.

– Nous avons bien sûr parlé de toi. Au début tout au moins, lâcha-t-il ensuite en se resservant.

« C'était un bon début », songea Vincent sans l'interrompre.

– Il faut dire qu'elle était un peu ébranlée dans ses convictions, elle aussi.

« Très bon début. »

– Elle m'a expliqué ce que tu m'avais déjà raconté. Que son rôle consistait à protéger ses auteurs de tous les cinglés potentiels et qu'une réussite sociale n'est pas un gage systématique de santé mentale. Il est vrai qu'on a vu des schizos dans toutes les branches. C'est elle qui m'a parlé de l'érotomanie. Elle avait vu un film là-dessus avec cette comédienne, tu sais, celle d'*Amélie Poulain*. Elle était inquiète pour Maud, alors elle avait fait de son mieux face à ton obsession. J'ai dit que je la comprenais mais que tu n'avais rien d'un psychopathe.

– Merci.

– Elle a vidé sa bière d'un trait. Je n'avais jamais vu une fille descendre une brune à cette vitesse. Heureusement que ce n'était pas du whisky, remarque.

– Heureusement.

— Arrête avec tes commentaires basiques. J'ai l'impression que tu te fous de moi.

— Désolé.

— Tu parles, grinça Jean. Je n'ai plus quinze ans, Vincent. J'étais tourneboulé. Ces filles massacrées, ma pseudo garde à vue, Jeanne et son jardinier, ton histoire d'amour qui défie toutes les lois de l'ordre naturel des choses et pour finir ce livre que tu as perdu et retrouvé dans les affaires de la femme que tu cherches, dans l'appartement que je convoite et que la nana qui me plaît t'a interdit d'approcher. Ça fait beaucoup pour un quinqua rangé, tu ne crois pas ?

— J'avoue. Je me tais.

— Merci. Donc, je disais pour résumer qu'on a fait le point elle et moi. Sur tout ça. Toi, Maud, moi, Jeanne, elle.

— Elle et Maud. Elles habitent ensemble.

— Comment tu sais ?

— Je n'ai pas eu vraiment le temps de t'en parler hier. Je venais de quitter le privé que j'avais engagé.

— Tu as fait suivre Maud ?

— Je n'en suis pas fier, alors inutile de le raconter à son garde du corps.

— Soit, je ne dirai rien. Cette histoire est bien assez embrouillée comme ça.

— Accordé.

— De toute façon c'est là que ça se corse. En parlant, nous avons évoqué moi mon métier, Véra sa phobie de tout ce qui concerne le milieu médical.

— Donc, il ne s'est rien passé.

— Non. Et quand bien même, je ne sais pas faire le premier soir. À mon âge avec ces nuits d'insomnie dans les jambes et tout le reste, c'est encore un miracle si j'ai pu discuter de manière cohérente avec elle.

173

— Mais tu es troublé.

— C'est réciproque, je crois. En partant elle m'a glissé les clefs de l'appartement et son numéro de téléphone.

— Tu as appelé ?

— Non. Elle avait avalé trois pintes de bière, plus le vin au dîner. Ça désinhibe les phobies. À jeun, c'est plus difficile. Je n'ai pas osé.

— Pourquoi ? Tu n'as rien à perdre.

— Je ne sais pas. La dernière femme qui m'a fait cet effet, je l'ai épousée.

Vincent releva son verre, l'œil mutin. Véra Lavielle et Jean, Maud et lui, cela ferait sans conteste un joli doublé...

— T'en penses quoi ? demanda Jean devant sa mine réjouie.

— Qu'est-ce que tu as préparé pour dîner ?

*

Willimond Gallagher fixait la chambre vide dans laquelle le soleil entrait à flots. Le lit vide sur lequel les draps blancs portaient encore les initiales brodées de sa mère. Il avait parcouru les pièces l'une après l'autre, en avançant à petits pas, les bras ballants, de longs bras de vieillard sans force. Une pièce après l'autre. Il entrait, se posait sur le seuil comme un insecte et inspectait lentement d'un œil mort. Il ne savait pas pourquoi mais il le faisait depuis qu'il était revenu du crématorium.

Pas de cérémonie, pas de fleurs, pas de gens. Juste elle et lui. Comme toujours. Pas de témoins. Surtout pas. Même les employés des pompes funèbres il les avait chassés, même celui du crématorium qui avait voulu mettre de la musique et faire un discours. Juste elle et lui. Jusqu'à ce que le

174

cercueil disparaisse derrière le rideau et qu'il entende le ronflement des flammes. Il était resté dans la pièce à côté, amidonné sur sa chaise comme si on l'avait ligoté au bûcher. Il avait attendu que le feu s'éteigne. Plusieurs heures. Puis il était ressorti. Avec l'urne. Une petite urne de marbre blanc, aussi pure que l'âme de Victoria Gallagher. Il l'avait posée sur le guéridon, dans le vestibule de leur appartement à côté des roses rouges qu'il avait achetées. Sept. Une par dizaine d'années de l'existence de sa mère. Il ne la cherchait pas dans l'appartement. Non. Il savait qu'elle était là, en cendres dans le marbre blanc. Il promenait juste ses yeux sur les choses d'avant, celles qu'elle avait aimées, qu'il avait détestées. Un réflexe. Le plus terrible finalement c'était le lit. Ne plus savoir s'il l'aimait ou le détestait. Il avait payé quelqu'un pour faire le ménage. Tout de suite. Dès qu'ils l'avaient emmenée pour l'embaumer, la parer.

Il n'aurait pas dû les laisser faire. Il ne l'avait pas reconnue avec ce fard jaunâtre, alors qu'elle avait juste l'air de dormir profondément avant qu'ils la prennent. Du coup, il avait été incapable de l'embrasser. On n'embrasse pas un bloc de cire. C'est bon à faire des bougies, un bloc de cire. C'était normal qu'on y mette le feu. Il se mit à rire. Bêtement. C'était bête l'idée d'un cierge qui aurait eu le sourire de Victoria Gallagher, le nez de Victoria Gallagher, les yeux de Victoria Gallagher.

Il y avait de la bêtise dans sa tête. Comme avant l'accident. Juste après aussi. Après qu'elle avait été emmenée à l'hôpital et qu'on lui avait demandé à lui de patienter. Il n'avait pas voulu. Il avait eu peur parce que cette dame couchée avec ces tuyaux partout ne ressemblait pas à sa maman.

Alors il était parti. À pied. Non, pas à pied. Un monsieur l'avait emmené. Ou peut-être le bus. Il ne se rappelait pas bien en fait. Ça n'avait rien d'étonnant. En ce temps-là, il n'avait pas de tête le petit Gallagher. Non, ça y est, il se souvenait. C'était papa. Son papa qui était venu le chercher. Voilà. Il avait fait la route dans la voiture de son papa. Arrivé dans l'appartement, il avait raconté à son papa le joli château que maman avait acheté et aussi ce qu'il avait trouvé dans la poussière. Et puis, il lui avait parlé du cavalier noir cabré devant la voiture. Papa s'était fâché, très fort, tout rouge, contre maman, contre lui qui était bête et lui, le petit Gallagher, il avait fermé les yeux et il avait serré son jouet tout rouillé dans sa main. Et papa avait arrêté de crier et lui, il avait ouvert les yeux et le cavalier sur son cheval noir était sorti du salon par la porte. Et son papa était tombé en avant comme si on lui avait planté une épée dans le cœur. Et c'était bien fait pour lui, voilà. Alors le petit Gallagher était monté debout sur le dos de son papa et il avait joué au chevalier triomphant en dressant son poignard au-dessus de sa tête. Et il avait couru derrière le cavalier noir en lui demandant de l'attendre. Et le cavalier noir l'avait emmené.

En tout cas c'était un joli rêve parce que au matin, il s'était réveillé dans son lit, à la maison, avec des picotements dans le crâne et ces images-là dans ses yeux de sommeil. Sauf qu'il n'était plus bête du tout, que son papa était mort d'une crise cardiaque dans le salon et que sa maman était toujours à l'hôpital. Peut-être qu'en essayant très fort, en faisant comme avant, il allait retrouver sa bêtise, qu'il redeviendrait le petit Gallagher qui ne ferait jamais rien de sa vie parce qu'il était né avec un pois chiche dans la tête comme disait papa. Peut-être que c'était cela qu'il cherchait depuis qu'il était revenu avec elle dans l'urne blanche. Peut-être qu'il restait un peu de sa bêtise d'avant quelque part. Comme l'ombre de Peter Pan qu'il avait perdue sans le faire exprès.

Willimond s'avança jusqu'au lit et s'assit dessus. Il se releva puis se rassit, puis se releva et se rassit encore, puis il imprima une impulsion à ses reins pour que ce soit le matelas qui le relève et le sou- bresaut qui le rassoie. Et il se mit à rire. Et tout aussitôt il éclata en sanglots. Parce qu'il avait beau chercher à redevenir un petit garçon, un petit gar- çon sans maman c'était forcément un adulte. C'était comme ça. On ne peut pas changer ça. C'est la mort d'une maman qui fait grandir la tête d'un enfant. Et quelle que soit la bêtise qu'il y avait dedans, elle n'était jamais plus la même sans la caresse de la main d'une maman.

Alors Willimond quitta le lit, puis la chambre, puis l'appartement avec l'urne de marbre sous le bras pour aller là où il devait l'emmener. Là où sa tête et son cœur vide lui dictaient d'aller pour demander pardon à sa mère d'être devenu si bête dans sa nouvelle intelligence qu'elle en était morte. Il monta dans sa voiture, cala l'urne, et redevint le Willimond Gallagher d'aujourd'hui avec de la ran- cœur dans le ventre, de la colère dans les yeux et un cerveau soumis à ses pulsions démoniaques ; qui allait répandre les cendres de sa mère dans la pous- sière des âmes grises du château de V.

19

Maud gara la petite voiture de sa sœur dans l'impasse, derrière la maison de sa mère, à l'écart toutefois du vieux château. Il bruinait sur le village. Dans son cœur aussi. Elle venait d'abandonner Linette chez elle, auprès de son époux et de petit Paul, leur fils. La journée avait été éprouvante. Pour la future maman surtout. Selon les dernières volontés de la défunte, elles avaient trié, rangé, nettoyé, vidé sa maison. Laborieuses fourmis. Entourées des amies de leur mère. Tantôt dans un silence recueilli et douloureux, tantôt en devisant. De tout, de rien, d'hier, d'aujourd'hui. Les meubles avaient été démontés par les hommes. Un brocanteur devait venir demain les enlever. Elle était restée auprès de sa sœur jusqu'à l'enterrement prévu pour dix-huit heures.

Le village entier avait alors envahi l'église. Belle revanche pour celle qui s'était imaginée salie par le malheur. Beaucoup pleuraient dans les rangs voisins. Linette avait gardé sa main dans celle de son époux, l'autre dans celle de Maud qui ne s'était pas dérobée. Aux yeux de tous, elle était redevenue un élément de cette famille démembrée. Elle était prête à l'assumer. Ensemble ils avaient attendu

178

que la terre recouvre le cercueil, puis s'en étaient allés. Pas de condoléances. Linette ne voulait pas. Ils étaient revenus au logis, dans le village voisin, au pied d'un autre château médiéval qui abritait un centre de recherches historiques.

De nouveau, s'occuper les mains. On était déjà dans l'après. Le repas avait été égayé des grimaces et facéties de petit Paul, puis Benoît l'avait couché, et Linette s'était excusée auprès de Maud. La fatigue de la journée, l'émotion. Elle était épuisée. Maud était rentrée. Il restait le bureau à achever de vider, avant qu'elle ne s'attaque au grenier.

C'était seule, face à elle-même, qu'elle voulait se retrouver.

Maud descendit de voiture. Son mobile sonna comme elle se pressait pour contourner la bâtisse. La proximité du vieux château, dont le portail d'entrée baignait dans la lueur diffuse et humide des réverbères l'oppressa une fois de plus. Elle en refusa le mauvais augure et décrocha.

— Comment ça va ? demanda Véra.

— Difficile, mais je me sens mieux. Libérée. Je suis devant la maison, enchaîna Maud en faisant tourner la clef dans la serrure, je vais achever ce que je n'ai pu faire tout à l'heure avec Linette et tout le monde autour. Violer l'intimité de ma mère.

— Tu veux te rapprocher d'elle ?

— Je ne sais pas. Peut-être. J'ai le sentiment d'une urgence. Je vais passer la nuit ici, dans mon ancienne chambre. Il reste le lit et le matelas qu'ils n'enlèveront que demain.

Maud fit jouer le commutateur et boucla la porte derrière elle. Dans la cuisine traînaient encore quelques cartons et la gazinière. Elle les contourna pour gagner le couloir et sa chambre.

— Et ta sœur ? poursuivit Véra.

— J'irai déjeuner avec eux dès que j'en aurai terminé ici, ensuite je rentrerai à Paris.

— Rien ne presse, tu sais.

— Je sais, mais je ne veux pas que Linette se raccroche à moi pour compenser la mort de maman. Je veux une vraie relation avec elle. Je reviendrai dans quelques semaines, lorsque ma nièce sera née. Il vaut mieux qu'elle fasse son deuil avec son époux et son fils.

Maud s'installa sur le lit, le dos calé contre un vieil oreiller de plume, face à la fenêtre. Elle y perdit son regard, tout en poursuivant dans le silence laissé par Véra :

— J'y ai beaucoup réfléchi tout à l'heure, pendant et après la cérémonie funèbre. Je suis bel et bien guérie Véra. D'autant que la dame rousse est revenue, hier soir, avant que je m'endorme.

— Alors ce n'était pas pour annoncer la mort de ta mère ?

— Apparemment non. As-tu des nouvelles de l'agence immobilière pour le duplex ? demanda Maud pour clore le sujet. Je suis prête à baisser le prix s'il le faut, mais je veux m'en débarrasser, vite, comme du reste.

— Ce ne sera pas utile. Il est déjà vendu. En fait, il est même habité, depuis hier soir.

Maud faillit s'étrangler de surprise. Véra ne lui laissa pas le temps de s'interroger plus avant :

— Le futur acheteur a ratifié la promesse de vente contre une option de location jusqu'à la signature définitive. Il n'a pas discuté le prix, alors j'ai accepté. Bien sûr, j'ai bouclé ton bureau. J'irai débarrasser tes affaires si tu ne veux pas t'en occuper.

— Tu aurais pu m'en parler, commenta seulement Maud, habituée à la fantaisie autant qu'à l'efficacité de son amie.

– Je ne voulais pas te préoccuper avec ça, dans les circonstances présentes. Pardonne-moi d'avoir pris l'initiative mais j'ai vérifié son CV et je l'ai rencontré aussi. C'est quelqu'un de très bien. Il est en instance de divorce, c'est pour ça qu'il lui fallait un logement rapidement. Enfin, bref, tu ne dois pas t'inquiéter.

Quelque chose dans le ton de Véra...

– Je ne m'inquiète pas... Mignon ?

– C'est pas le terme qui convient.

– Ah ! Et c'est quoi le terme qui convient ? insista Maud, ravie de constater qu'elle ne s'était pas trompée.

– Déstabilisant.

– Pourquoi ?

– Il a quelque chose de spécial. Me demande pas quoi, mais ça me fait un effet bœuf. Cela dit, c'est loin d'être simple. Il est chirurgien.

– Zut ! s'exclama Maud, en imaginant les affres que ce constat pouvait amener dans l'esprit de Véra.

– Oui.

Silence.

– T'es pas obligée de faire l'amour avec lui sur un brancard, décida Maud.

Pouffement de Véra.

– C'est vrai. Mais je n'en suis pas là. Il ne m'a même pas rappelée.

– Depuis quand ?

– Hier soir.

– Et ça t'agace ?

– Oui.

Maud eut envie de rire. Son futur acheteur devait vraiment être quelqu'un de spécial. Elle insista :

– C'était quand, la dernière fois que tu as été agacée par un homme ?

181

– Agacée à le plaquer ou agacée à le violer ?

– Deuxième option.

– Le père de mes filles.

– Donne-toi jusqu'à demain midi pour être sûre.

– Mais il est toubib !

– Crois-moi, Véra, si demain je rencontrais l'homme de ma vie, je me foutrais bien de savoir s'il répare des gens ou des voitures.

– C'est vrai ?

– Non. Mais c'est valable pour toi, moi j'ai d'autres chats à fouetter en ce moment.

– Alors je te laisse te battre avec eux. Les filles m'appellent. Et tu sais comment elles sont...

Maud savait surtout que Véra ne pouvait les laisser s'impatienter. Elle était mère jusqu'au bout des ongles dès lors qu'elle quittait son travail.

– Embrasse-les pour moi, conclut-elle seulement avant de raccrocher, au moment où son regard était capté par deux cercles de lumière sur la façade du château. Sa curiosité en fut éveillée. Retrouvant d'instinct les gestes d'autrefois, elle éteignit le plafonnier de sa chambre et s'avança jusqu'à la fenêtre.

Une voiture de sport était garée devant le portail et son voisin venait d'en sortir, pour ouvrir la grille. Les battements du cœur de Maud s'accélérèrent, mais elle s'obligea à refouler ce sentiment de malaise qui une fois de plus l'avait saisie à sa vue. Malgré la bruine, elle distinguait clairement l'homme baigné par la lueur des réverbères et celle des phares. Ses gestes lui semblèrent fébriles, et il ne cessait de tourner la tête comme s'il s'était su épié. Il ne pouvait l'apercevoir, mais Maud ne se sentait pas en sécurité pour autant. Lorsqu'il lui fit face pour regagner sa voiture et pénétrer dans le château, elle s'écarta vivement de la fenêtre pour se plaquer dos au mur, à la limite de l'effroi. Entre les pans de la veste noire de l'homme, une traînée sombre maculait la chemise blanche. Maud attendit que la voiture redémarre pour regagner son poste, partagée entre la terreur et la curiosité. Elle le vit se garer sous les arbres, sortir du véhicule, une boîte ronde sous l'aisselle, puis ouvrir la porte du château et s'y engouffrer.

– Allons, Maud, ressaisis-toi, il n'y a pas de quoi s'imaginer dans un thriller, soliloqua-t-elle en se moquant d'elle-même.

Elle traversa le couloir et pénétra dans l'ancienne chambre de Linette.

Elle zigzagua au milieu des cartons déjà remplis par des livres autrefois rangés sur la bibliothèque, avant de s'installer derrière le bureau. Elle en ouvrit les tiroirs et se mit à fouiller. Sa mère avait forcément caché quelque part une boîte à secret.

20

C'est la lumière étincelante qui éveilla Maud avec le sentiment d'avoir reçu un flash d'appareil photo en plein visage, à la différence près que cela persistait. Elle releva la tête, une feuille de papier collé contre sa joue mâchée par la dureté du chêne. Visiblement, elle s'était endormie sur le bureau, terrassée par la fatigue. Elle bâilla et retira l'importune d'un revers de main.

– Bonjour toi, dit-elle simplement en étirant ses membres endoloris avant de se caler contre le dossier de la chaise.

L'apparition du visage flottant dans la pièce ne l'effrayait plus désormais. Au contraire. Elle l'avait attendue, espérée, alors qu'elle s'abîmait les yeux et le cœur sur des factures, des relevés de compte, des documents sans importance.

Cette fois les traits de la dame rousse lui apparurent plus affirmés, plus vivants. Maud se laissa bercer par son regard aimant, sachant que cela ne durerait pas, que viendrait le tourment, et qu'il la torturerait de son mystérieux secret.

– Si seulement tu pouvais me raconter ton histoire, soupira-t-elle.

– Es-tu sûre de le vouloir vraiment, Maud, c'est un voyage sans retour, tu sais ? s'enquit la voix sépulcrale dans sa tête.

Maud se sentit soudain emplie d'une confiance sereine.

.– Ah te revoilà ! s'amusa-t-elle. On t'avait collé au purgatoire pour mauvais traitements sur humaine dépressive ?

– C'est un peu ça, oui. Je t'ai manqué, Maud ? Il ne faut pas. Je suis un fardeau bien lourd à porter.

Une vague de tendresse balaya le cœur de Maud. Elle était certaine du contraire, mais la détresse du regard violet s'empara d'elle, et elle se laissa aspirer.

– Pourquoi moi ?

– La réponse est en toi, Maud. Mais ce que tu vois a eu une réalité. Autrefois.

– Quand ?

– 1124.

Maud tiqua. Cette date lui parut familière. Mais elle n'était pas capable, là, de la matérialiser. On verrait plus tard. Comme les autres fois, les émotions de la dame étaient en elle.

– Qui est-elle ? demanda-t-elle tandis que les yeux de l'apparition fouillaient la pièce, terrifiés à présent.

Maud savait que cela ne tarderait plus, que bientôt, ils s'écarquillaient, se révulseraient.

– Qui est-elle ? insista-t-elle en croisant ses bras sur sa poitrine, traversée de part en part par une brûlure.

Jamais cela n'avait été aussi fort, aussi violent.

– La femme que j'ai aimée, murmura tristement la voix d'outre-tombe.

– Et toi, qui es-tu ? supplia-t-elle encore, impitoyablement transpercée par cette souffrance.

185

— Je fus son époux. Mais aussi le père de l'enfant qu'elle a porté.

Maud pressa ses mains sur ses tempes pour empêcher son cerveau d'en éclater.

Dans une fraction de seconde, le cri de la dame rousse mourrait en elle et tout serait terminé.

— Pitié, murmura-t-elle. Je... dois savoir. Que s'est-il passé en... 1124 ?

— Une petite fille a été emmenée. Tu la connais depuis toujours. Sauve-la, Maud. Sauve-toi.

La voix s'éloignait, la lumière aussi, mais le regard de Maud restait voilé. La douleur ne cessait pas, elle était comme les vibrations d'une grosse caisse, répercutées d'une synapse à l'autre, lui arrachant un râle guttural.

— Aide-moi, gémit-elle dans un souffle.

Les murs de la pièce vacillèrent, les cartons se mirent à danser devant ses yeux.

— Le grenier, crut-elle entendre dans le fracas du tonnerre.

Sa tête lui sembla exploser. Elle s'effondra sur le plateau de chêne.

*

Willimond essuya d'un revers de main la goutte de sang qui glissait le long de son nez, avant de plaquer à nouveau ses paumes contre la pierre, de chaque côté de son torse nu. Il l'écarta du mur et cogna une fois de plus son front, laissant les vibrations de ce gong emplir son corps. Il ne voulait pas vivre avec le souvenir d'elle. Mais il avait beau frapper ce crâne encore et encore, la douleur du dedans restait plus forte que celle du dehors. Il était juste fatigué, sonné chaque fois un peu plus, mais toujours lucide. Et dans sa lucidité, il y avait le visage embaumé de sa mère. Il finit par s'écrouler, lâché par ses jambes déséquilibrées. Il resta à genoux, assis sur ses talons, le front contre le mur, du sang dans les yeux, le nez, la bouche au milieu des larmes.

Les images refusaient de disparaître. Il les revivait comme un diaporama en boucle. La levée du corps, la mise en bière, l'incinération, les pas perdus dans l'appartement vide, les kilomètres d'autoroute, la déviation suite à un accident, la petite route départementale, l'autostoppeuse adossée à une table sur l'aire de repos au milieu de nulle part. Sa main qui s'était approchée de l'urne. La voix haut perchée : « Oh ! What is it ? » La sienne qui avait giflé violemment, réveillant ses pulsions trop longtemps retenues. Le couteau à cran d'arrêt qu'elle avait sorti de la poche de son pantalon pour se défendre. Le coup de pied qui l'en avait dépossédée. Sa fuite dans les bois, ses appels au secours. Le désir de la faire taire. Le couteau récupéré dans sa main. Les ronces sur ses traces. Le corps à corps au milieu des fougères. Son cri de douleur à elle. Son cri de plaisir à lui. Le sang. Le sperme. La blessure rouge sur le sein blanc. La tache rouge sur sa chemise. Le corps roulé sous un tronc d'arbre, les fougères jetées dessus. Sa course jusqu'à la voiture. Les traces de doigts sanglantes sur le marbre blanc. Sur la clé de contact. Ramener sa mère à V. Grimper les escaliers. Se coucher sur les cendres éparses. Et attendre. Attendre de s'endormir pour tout oublier. Jusqu'à ne plus pouvoir le supporter. Se supporter. Au point de se fracasser la tête pour en chasser la malédiction.

Mais Willimond Gallagher n'avait pas trouvé le repos.

Son désespoir se heurtait au doute qu'il avait eu ces derniers jours, au sentiment d'abandon qui le vrillait comme une trahison posthume.

Un vent léger s'engouffra par la croisée béante, soulevant les cendres. Un feulement animal lui échappa. Il s'élança, griffa l'air trop vif pour tenter de les retenir. Il n'obtint que de les chasser plus rapidement encore. Alors, de nouveau, il s'écartela sur celles qui restaient au sol et ouvrit la bouche pour les ingérer.

Victoria ne fuirait pas cette fois. Non. Elle resterait en lui avec son secret.

Lorsqu'il eut le sentiment que plus rien d'elle ne subsistait, il s'agenouilla comme un chevalier de l'ombre et demanda au cavalier noir d'achever en lui l'âme du petit Gallagher qui se mutilait.

*

C'est le vrombissement d'une voiture, un crissement de pneus et de freins qui arrachèrent Maud de son rêve.

La dame rousse s'y trouvait, recroquevillée au centre d'un cercle d'opales, mais pas au milieu d'un bois, non, sur de la terre battue ceinturée de murs. Elle avait les yeux vides, blancs, tels ceux des aveugles, et ânonnait une prière, tandis que parvenaient à Maud des hurlements, le fracas du piétinement de sabots de cheval. Maud se tenait là, dans la pièce, terrorisée. Elle cherchait des yeux une fenêtre pour voir au-delà des murs, mais n'en trouvait pas. Alors elle s'était décidée à abandonner la pénitente, à grimper l'escalier en colimaçon, l'escalier de bois pris dans la pierre. Mais les marches étaient hautes et elle avait du mal avec ce corps d'enfant dont elle était affublée. Elle montait, montait, montait et finissait à l'étage supérieur, au milieu d'archers qui se tordaient sur le parquet, criblés de flèches, et d'autres, campés devant des meurtrières qui en tiraient à l'extérieur.

– Ne reste pas là, lui avait crié l'un d'eux.
Retourne en bas.

Elle avait fait « non » de la tête. Elle voulait
voir, dehors. Elle voulait savoir pourquoi ces gens
se battaient, pourquoi des coups résonnaient
contre le bois d'une porte, faisant vibrer ses pieds
sur le plancher. Et puis un des soldats avait lancé :

– Nous ne tiendrons plus bien longtemps. Il faut
ouvrir le souterrain et tenter une sortie. Emmenez-
les, messire.

– Viens, avait décidé une voix.

Deux mains d'homme l'avaient arrachée du sol.
Elle s'était débattue un peu. Et puis, elle s'était cal-
mée, parce que, ainsi élevée, contre la poitrine de
l'inconnu, elle avait juste la taille nécessaire pour
voir au loin, par-dessus son épaule. Dans la cour.
Une cour de château dont la herse était levée. Et
dans cette cour, un cavalier en camail noir faisait
cabrer son cheval. Elle avait eu peur. Si peur
qu'elle avait enfoui son nez dans le cou de son sau-
veur tandis qu'il redescendait l'escalier quatre à
quatre, en la serrant contre lui. Elle avait cessé
d'entendre ce qui se disait, de voir ce qui se passait.
Elle était en sécurité. Dans un donjon de pierre.
Un donjon carré.

Maud avait du mal à s'extraire vraiment du rêve,
à ouvrir les yeux, à bouger la tête. Elle avait
l'impression que son corps ne lui obéissait plus,
qu'il était désarticulé. Elle se rappela la douleur
dans son crâne et, un instant, elle se dit que quelque chose avait dû lâcher, qu'elle était peut-être
paralysée. Elle se força alors à sortir de sa paren-
thèse et commença par remuer ses lèvres, faire claquer sa bouche, pianoter ses doigts, ses orteils dans
ses chaussures. Bien qu'engourdies, les extrémités
répondaient. Elle finit par se redresser. Retint un

gémissement. Rien d'irréversible. Juste un bon torticolis. Elle massa sa nuque endolorie.

– Lève-toi, lui ordonna la voix sépulcrale.

Elle obéit avec la sensation d'avoir été rouée de coups et se traîna jusqu'à la salle de bains.

21

Maud achevait de se sécher vigoureusement lorsqu'elle reconnut le crissement de la porte d'entrée puis la voix de Benoît dans le couloir. Elle s'empressa d'enfiler son jean et son tee-shirt pour s'avancer à sa rencontre.

– Je me suis permis. J'avais un double des clefs, s'excusa-t-il.

– Tu as bien fait. Un problème ?

– Je suis papa.

Maud s'étrangla.

– Mais c'est bien trop tôt !

– Trois semaines avant le terme, crut bon de lui rappeler son beau-frère. Tu n'as pas eu mon message ?

– Non, j'avais coupé mon mobile, mentit Maud pour ne pas avouer qu'elle avait perdu connaissance.

Inutile d'inquiéter son beau-frère avec ses étrangetés.

Benoît s'avança vers elle, embarrassé de ses bras. Dans son bonheur tout neuf, il avait envie d'étreindre quelqu'un mais ne savait pas s'il pouvait, s'il devait. Au fond cette belle-sœur, c'était comme la petiote, une arrivée impromptue, décalée, qu'on n'avait pas eu le temps de préparer. Maud décida de se jeter dans les siens pour une accolade fraternelle. Elle aussi avait besoin d'un soutien. Ses jambes flageolaient.

– Je meurs de faim, dit-elle. Je t'offre le petit déjeuner. Comme ça tu pourras me raconter.

Moins de dix minutes plus tard, ils étaient attablés dans la salle d'un café et Maud découvrait que la nuit avait été pour sa sœur aussi apocalyptique que la sienne : les contractions à trois heures du matin, les eaux dans le lit, le SAMU jusqu'à Cholet, en urgence, l'anesthésie pour la césarienne, l'extraction du bébé réussie.

– Bref, tout va bien.

« Madame la marquise », faillit chanter Maud, qui n'avait finalement pas pu avaler son pain au chocolat. La petite pesait deux kilos six cent dix grammes. Elle s'appelait Lorna.

– Elles dormaient, l'une dans la couveuse, l'autre comme un bébé, quand je suis parti. Petit Paul est chez la voisine.

– On peut les voir ?

– Demain. Il faut d'abord que Linette récupère.

Maud acquiesça. Ça lui laissait le temps de se conditionner pour pouvoir franchir le seuil de l'hôpital. Même dans ces circonstances, ce serait une épreuve. Elle avait toujours peur de rencontrer quelqu'un dans les couloirs puant le désinfectant, quelqu'un en larmes, quelqu'un en attente, quelqu'un tuyauté, quelqu'un sur un chariot. La mort en suspens. Elle la devinait dans le regard du personnel, des patients, des accompagnants. Il lui suffisait bien d'avoir eu à respirer celle de sa mère, même si ce n'était pas pareil, c'était dans une maison. Une maison cimetière, mais une maison. Qui finirait par sentir de nouveau la cire d'abeille, le

192

parfum des confitures, celui de la lavande dans les armoires. La vie surtout.

– Et toi, ça se passe comment ? interrogea Benoît.

– Bien. Mieux que je ne le pensais finalement. Il me reste à vider le grenier, comme le souhaitait ma mère.

Elle blanchit et les mots de Benoît s'effilochèrent. Grenier. La voix dans sa tête aussi avait parlé de grenier.

– Quelque chose ne va pas, Maud ?

La main de Benoît venait de secouer son bras. Elle s'ébroua.

– Excuse-moi. Un mauvais souvenir. C'est passé. Tu disais ?

– Que je te remercie d'avoir aidé Linette à débarrasser. Je ne sais pas si elle en aurait été capable sans toi.

– Bien sûr que si. Elle a des ressources cachées. La preuve, cette nuit...

Ils quittèrent le café et Benoît déposa Maud devant la maison. Aussitôt entrée, celle-ci s'engagea dans l'escalier pour gagner la soupente. Elle essaya toutes les clefs du trousseau avant de trouver la bonne, ouvrit la porte et chercha le commutateur. La lumière jaillit.

Maud tordit la bouche devant la quantité impressionnante de vieilleries entassées. Ce n'était pas une boîte à trésor, mais de Pandore. Maud retroussa ses manches. Elle finirait bien par trouver ce qui s'y cachait.

Ce qu'elle dénicha d'abord, ce fut les photos que son père avait prises depuis qu'elle était née. Contrairement à ce qu'elle avait prétendu, sa mère avait tout conservé dans un carton sur lequel était écrit « avant » au feutre noir. Toute une histoire en images classée dans l'ordre, méthodiquement. Maud passa plus d'une heure à les regarder, émue de ces visages que le temps avait déformés dans sa mémoire. Retrouvant des émotions, des rires, des situations. Puis, peu à peu, les cernes des jours sombres, au fur et à mesure que les clichés se faisaient plus rares, et le bonheur aussi. Maud referma le couvercle et d'un autre feutre, rouge celui-là, qu'elle avait dans sa poche depuis la veille, inscrivit : « Pour Linette ». Elle se chargerait d'en faire les commentaires pour rendre à sa sœur le papa qu'elle n'avait pas connu.

Vint ensuite le tour d'un coffre, empli de vêtements du début du siècle. Maud reconnut la robe de mariée 1930. C'était celle de sa grand-mère. Ce grenier-là était celui de son enfance. Elle crayonna sur la malle : « Moi j'ai déjà donné.. À toi de voir... »

Les autres meubles furent contournés, ouverts, au risque parfois de prendre sur le nez un battant dégondé. À part quelques boutons de nacre, un trombone, deux allumettes et des vrillettes qui excrétaient de la poussière de bois, il n'y avait rien à en tirer. Maud ne s'embarrassa pas et traça le mot : « Brocante » suivi de « Feu de joie » avec un point d'interrogation. L'homme chargé par Linette de débarrasser trancherait. *Idem* pour les vieux tapis, les jouets cassés, les jeux de l'oie et de dame sans pions, les miroirs au tain piqué, les reproductions de tableaux de maîtres façon poster encadrées de bois exotique, les Jésus sur des croix bancales qui avaient perdu un membre en plus de la vie dans leur crucifixion et qui lui évoquaient les chambres lugubres des aïeules dans leur splendeur bigote et passée.

Ce faisant, Maud cuisait sous la chaleur de l'ampoule nue, toussotait sous la poussière accumulée. Tant, qu'elle se résolut à déplacer l'armoire qui masquait la lucarne par laquelle autrefois une chouette entrait pour nicher. Elle s'acharna jusqu'à parvenir à la faire pivoter. Comme en son souvenir, la petite fenêtre s'y trouvait, barrée par un volet. Maud dégagea celui-ci et se pencha à l'extérieur pour s'emplir les narines d'air frais. Au-dessous d'elle, la rue se troublait du va-et-vient des voitures et des conversations entre passants. Suffisamment oxygénée, elle se détourna au bout de quelques minutes pour se remettre à l'ouvrage. Une masse rectangulaire accrochée sur le dos de l'armoire capta son attention. Sur le drap jauni qui l'enveloppait, un feutre noir avait écrit : « Pour Maud », en grosses lettres. Comme autrefois devant ses paquets au pied du sapin de Noël, Maud ressentit une joie puérile. Elle se précipita pour s'en emparer et détacha fébrilement les cordes qui la ficelaient, emplie du sentiment de toucher au but.

Outre le portrait sur cuir de la dame rousse aux yeux violets qu'on avait cloué sur un cadre de bois, une enveloppe carrée se trouvait à l'intérieur. Maud se mit à trembler, s'en saisit et la décacheta.

L'écriture de sa mère.

Sa gorge se noua tandis que ses yeux déliaient déjà les caractères nerveux et soignés, sans rature. Signe d'un contenu longuement mûri avant d'avoir été accouché.

« *Ma chère Maud,*

Si tu es parvenue jusqu'à cette cache, alors c'est que je ne serai plus. Qu'importe le temps qui se sera écoulé entre aujourd'hui et ce funeste jour. Il aura été trop long. Je voudrais pouvoir t'appeler pour te dire ce que je ressens, mais je n'y parviens pas. Je mourrai sans doute comme j'ai vécu, sans faire de bruit, avec des mots dans le cœur mais pas sur les lèvres.

Tu dois te demander quel est ce curieux héritage que je te laisse. En vérité, je l'ignore moi-même. C'était il y a une quinzaine d'années. Le propriétaire du château de V. venait de faire faillite. Les meubles furent enlevés, saisis en paiement des dettes et le château lui-même livré aux enchères publiques. Il fut donc ouvert à la visite.

À la nuit tombée, personne n'était venu à l'exception d'une femme, très belle, et d'un huissier. Nombre de rumeurs couraient sur cet endroit. Peut-être ai-je eu envie de les voir de près, ces fantômes dont on parlait? J'aurais tant aimé pouvoir communiquer avec les miens! La grille n'était pas bouclée, la porte non plus. Je n'ai fait que quelques pas, en vérité, avant de me retrouver devant ce portrait posé sur une cheminée. Je ne sais pas ce qui m'a pris, Maud et je ne le saurai certainement jamais. Je m'en suis emparée, puis l'ai caché dans le grenier, sous les vêtements de grand-mère. J'ai eu honte tout de suite. J'aurais pu le rendre mais cette honte me pétrifiait.

Le vieux château est resté inhabité. À peine de temps en temps une voiture stationnait-elle dans son parc.

Visiblement ses nouveaux propriétaires n'avaient que faire de l'endroit. Alors j'ai oublié. De longues années. Et puis, il y a eu ton passage à la télé et ma réaction stupide. Encore aujourd'hui tu dois croire que je t'en ai voulu d'avoir évoqué ton père, ce drame. À la vérité, c'est ce que j'ai pensé. Jusqu'à me rendre compte que ma colère venait du seul fait que ta façon de parler de moi m'avait ébranlée. Dans ta voix, il y avait du respect pour cette femme que j'avais reniée en moi. De l'amour aussi, je crois. Ce jour-là, j'ai pris conscience que cette femme était morte en même temps que sa fille et son époux. Que je ne pouvais pas être cette mère dont tu parlais. J'ai eu mal de tous mes gestes manqués. Si mal que pour me rapprocher de toi, j'ai lu ton premier roman.

La mère de ton héroïne me ressemblait tant physiquement dans la description que tu en avais faite, que j'ai eu l'impression de vivre par procuration leur relation privilégiée. Jusqu'à ce que je réalise que ton héroïne ressemblait trait pour trait à la dame du portrait, comme si c'était elle qui, en vérité, l'avait enfantée. Coïncidence? Sans doute.

J'aurais tant voulu être auprès de toi comme tu m'avais réinventée, comme elle me paraissait être sur le cuir de ce tableau. Belle, douce, aimante. Mais il était trop tard.

Alors voilà, ma petite fille, grâce à ce forfait, je rends sa vraie mère à ton héroïne. Elle est tellement plus conforme à ce dont tu rêvais. Prends-la pour te laver de moi et écris, ma si talentueuse Maud. Écris pour elle ces belles histoires que je ne t'ai, moi, jamais racontées. »

22

— Quel nom dites-vous ?

— Maître Henri Bernard, c'est un notaire, monsieur. Il insiste pour vous parler. Il dit que c'est de la plus extrême urgence.

— Ne pouvez-vous prendre le message ?

— Il refuse de me le laisser. C'est personnel.

— Maître Bernard. Connais pas. Tant pis, soupira Vincent, passez-le-moi.

Il n'aimait pas être dérangé pendant une consultation. D'autant que la dame âgée qui se tenait devant lui, le visage déformé par un méchant hématome, roulait des yeux inquiets. Elle avait été agressée par deux voyous une heure plus tôt et amenée à l'Hôtel-Dieu. Bien que tous les examens pratiqués aux urgences se soient révélés normaux, elle continuait de répéter que quelque chose allait éclater dans sa tête, juste au-dessus de sa bosse. Vincent avait beau examiner les clichés et se dire que c'était peu probable, le désespoir de sa patiente, sa terreur aussi, lui interdisaient de ne pas prendre en compte son instinct. Elle avait besoin d'un soutien psychologique. La transférer et la mettre en observation pour la nuit était le moins qu'il puisse faire. Il en était là de ses conclusions lorsque le téléphone avait sonné avec insistance.

– Vincent Dutilleul. Que puis-je pour vous, maître ?

– M'accorder quelques minutes.

– Je suis en consultation.

– En ce cas, peut-être pourriez-vous passer à mon étude ce soir ?

– Ça ne peut pas attendre ?

– Victoria Gallagher est décédée voilà quarante-huit heures et je suis chargé de régler ses affaires. Il se trouve que l'une d'elles vous concerne... De façon particulière et je dirais... extrêmement urgente.

Silence.

– Vous êtes toujours là, docteur ?

– Je vous entends, répondit Vincent, troublé.

Étrangement, la mort de cette femme qu'il avait à peine croisée lui causait une véritable peine. Un chagrin mêlé de surprise. Car il ne voyait aucune raison pour se trouver impliqué dans sa succession.

– Puis-je compter sur vous ? Votre heure sera la mienne, insista le notaire.

– Donnez-moi votre adresse, décida Vincent.

Face à lui, la vieille dame s'était mise à pleurer, serrant contre sa poitrine un sac à main devenu imaginaire.

Il griffonna les coordonnées sur un bloc de papier, confirma qu'il serait à son étude vers dix-huit heures et raccrocha.

– Et la photo de mon fils ? Ils vont la retrouver, vous croyez, la photo de mon fils ? pleurnicha sa patiente, traumatisée.

– Ils font leur possible, madame Martinez. Mais pour l'instant, il faut penser à vous et à ce bourdon dans votre tête. Vous l'entendez toujours ?

199

demanda-t-il en contournant son bureau pour l'aider à se lever.

— Ce sont les cloches de saint Pierre, docteur. Elles m'appellent, vous savez. Mais je ne veux pas mourir encore. Je veux retrouver la photo de mon fils d'abord. C'était un gentil garçon vous savez. Un très gentil garçon.

— J'en suis sûr. Venez. Je vais vous confier à une infirmière. Elle va s'occuper de faire taire les cloches, vous voulez bien ?

— Faut lui dire à saint Pierre, faut lui dire qu'il attende un peu.

— Je le lui dirai, c'est promis.

Vincent ouvrit la porte de son bureau et interpella son assistante.

— Faites hospitaliser madame Martinez dans mon service à la Salpêtrière. Voici la prise en charge.

Vincent décrocha la main osseuse qui s'agrippait à son bras comme à une bouée pour la poser sur celui de son assistante.

— Tout ira bien, madame Martinez. Reposez-vous.

Elle se laissa emmener et Vincent fit entrer un interpellé à mine patibulaire encadré de deux gendarmes.

À l'heure dite, il franchissait le seuil capitonné du bureau de Maître Henri Bernard, après une poignée de main cordiale ponctuant un : « Merci de vous être déplacé », et s'asseyait dans le fauteuil qu'on lui désignait.

— J'avoue que votre appel m'a intrigué, maître. Je n'ai eu que peu de contacts avec Victoria Gallagher. Nous ne nous sommes rencontrés qu'une fois, à vrai dire. Davantage avec son fils qui est un de mes confrères.

200

– Willimond Gallagher n'a pas encore été informé des décisions qui vous concernent. Victoria souhaitait vivement que vous preniez connaissance de votre acte de propriété avant l'ouverture de son testament.

– Un acte de propriété ?

Vincent écarquilla les yeux de surprise. Le notaire ouvrit un des tiroirs de son bureau derrière lequel il avait repris place et en sortit une liasse impressionnante de documents.

– Il s'agit d'un château en Vendée. Il date du XIIe siècle, même s'il a été remanié par ses propriétaires successifs. Voici.

Vincent se pencha pour prendre la photo que lui tendait le notaire avec le sentiment d'une mauvaise blague. L'allure austère de ce lieu n'évoquait en rien l'élégance et la finesse de Victoria Gallagher.

– Il ne s'agit pas ici d'une demeure familiale. En fait, ma cliente a réservé cette bâtisse aux enchères peu de temps avant l'accident qui l'amena dans le service du professeur Ulma Markenstein.

– Elle a prétendu que je lui avais sauvé la vie, mais cela ne justifie pas qu'elle m'ait légué ce...

Il faillit dire « truc », mais se ravisa pour « manoir », en pensant que rien, légalement, ne pourrait l'obliger à accepter ce cadeau empoisonné. Il n'avait aucune raison et aucune envie d'en déposséder son confrère.

– En fait, monsieur Dutilleul, elle ne vous l'a pas légué et c'est là toute l'incongruité de ma démarche. Comme je vous l'ai dit, Mme Gallagher avait seulement réservé ce château. L'acte définitif a été signé quelques semaines après son accident et votre rencontre. Et s'il s'avère qu'elle en a réglé jusqu'au moindre centime l'acquisition, les travaux d'entretien, les charges et autres taxes en tous genres, il n'en reste pas moins que, pour des raisons que j'ignore, elle a fait de vous le seul et unique propriétaire de cet endroit.

Vincent accusa le coup comme si une des pierres de cette antiquité lui était tombée sur le crâne. Moment d'hébétude. Avant de réagir.

– Et c'est légal ça ? Comment peut-on posséder quelque chose dont on ignore l'existence ?

– Le montage est assez curieux, je le conçois, mais Mme Gallagher a pris soin d'en verrouiller tous les aspects litigieux. Elle s'était conservé l'usufruit, ce qui lui permettait de vous tenir à l'écart de ses affaires.

– Mais enfin, il faut des documents d'état civil pour enregistrer l'acquisition au nom du propriétaire.

– Elle les a fournis.

– C'est insensé ! Vous êtes sûr qu'il s'agit bien de moi ?

– J'ai procédé à toutes les vérifications nécessaires. Mais si vous voulez vous en assurer par vous-même...

Le notaire fit glisser vers lui le dossier et Vincent tourna les pages de l'acte. Partout la mention : Mme Victoria Gallagher née de parents inconnus, mandatée par M. Vincent Dutilleul.

Il referma le dossier sur son propre extrait d'acte de naissance. Il n'y avait pas d'erreur sur la personne.

– Quels sont mes recours ? demanda-t-il.

– Vos recours ?

– Je n'avais pas vraiment envisagé d'habiter la campagne.

La plaisanterie avait cessé de l'amuser et ses affectueuses pensées à la mémoire de Victoria Gallagher devenaient respectueusement désagréables.

202

— Vous pouvez faire une donation. À son fils, à une œuvre de charité, mais cela vous coûtera cher. Vous pouvez revendre aussi, bien sûr. Mais pas avant une année.

— Alinéa 6, page 72, philosopha Vincent, amer.

— Quelque chose comme ça, consentit le notaire. Jusqu'au terme de cette contrainte, le château est assuré contre tout risque, y compris le vandalisme, les charges et taxes ont été payées, une provision a même été versée sur un compte dont vous êtes le titulaire pour pallier ce que Victoria Gallagher n'aurait pas prévu. D'un montant de...

Il releva quelques feuillets.

— Cent mille euros.

— Et je dois sauter de joie ?

— Bien évidemment, cette somme ne peut être utilisée pour autre chose que ce qui touche directement la conservation de cette propriété.

— Et si je ne m'en sers pas ? se renfrogna encore Vincent.

— J'en doute, hélas.

— Encore une mauvaise nouvelle ?

— M. Gallagher est très attaché à cet endroit. J'ai reçu de sa part plusieurs appels ce matin me demandant d'accélérer la procédure de succession. Comme je vous l'ai dit, il ignore tout des arrangements de sa mère en votre faveur. Il essayera, je pense, de faire casser cette transaction.

— Et je devrai me défendre pour conserver quelque chose dont je ne veux pas ! Sans vouloir vous offenser, maître, j'ai un peu l'impression qu'on se fout de ma gueule dans cette histoire. Et voyez-vous, je crois que je vais aller trouver Willimond Gallagher, décida Vincent en se levant, et que je vais profiter de la somme gentiment offerte par votre cliente pour m'associer à sa démarche plutôt que pour la contrecarrer.

Le notaire ouvrit de nouveau le tiroir de son bureau.

– Je comprends votre sentiment, monsieur Dutilleul. Mme Gallagher l'avait anticipé elle aussi. C'est pourquoi elle m'a remis cette lettre à votre intention. Accordez-vous le temps de la réflexion, je vous en prie. Quant à Willimond, soyez certain qu'il ne tardera pas à se manifester. Je l'ai invité demain matin à prendre connaissance des dispositions testamentaires de sa mère. Cette clause y figure.

Vincent empocha le courrier. Il n'avait aucune envie de le lire devant le notaire.

Celui-ci le raccompagna à la porte et lui tendit une main franche, qu'il serra sans plaisir.

Remontant toute la rue d'un pas rapide, Vincent rejoignit sa voiture, s'y boucla et décacheta l'enveloppe. Elle contenait la photographie d'un poignard dont la lame effilée avait été brisée ainsi qu'une phrase griffonnée sur un bristol :

« Acceptez ce château et son secret, Vincent, il est pour vous le seul moyen de sauver Maud Marquet. »

Son cœur s'affola dans sa poitrine. Sauver Maud Marquet. Il lut et relut la phrase jusqu'à l'avoir absorbée entièrement. Réfléchir. Comprendre. Vite.

Sauver Maud Marquet.

Un instant, l'image lui revint, comme l'autre soir sous sa fenêtre, d'un Vincent Dutilleul monté sur un cheval blanc et galopant au secours d'une princesse Maud, enfermée dans ce château-prison. Elle l'apaisa. Par contraste. Tout cela n'avait aucun sens. Il n'avait vraiment rien d'un chevalier. Elle, par contre, vu ce qu'elle écrivait, serait parfaite pour le casting.

204

Or, à supposer qu'il y ait un lien entre le château et elle, cela n'expliquait pas pour autant l'achat quinze ans plus tôt de cette bâtisse à son nom à lui. Non, il y avait forcément autre chose. Autre chose d'ubuesque. Il se remémora sa rencontre avec la défunte. C'était ce soir-là qu'il s'était affolé devant Victoria à l'idée de la disparition présumée de Maud, suite à l'accident sur l'autoroute. Aurait-elle pu se servir de son visible attachement à l'écrivain comme prétexte pour lui faire accepter son cadeau ? C'était une hypothèse envisageable.

Il plaça le cliché sous le plafonnier de sa voiture pour l'examiner plus en détail. Deuxième question : pourquoi Victoria lui offrait-elle la photographie d'une arme ? Qui avait servi puisque la lame s'était brisée. Non, décidément c'était une énigme pour Marac ça, pas pour lui !

Il se tétanisa sur son siège, glacé soudain.

– Nom de D... ! jura-t-il.

Sans réfléchir plus avant, il ouvrit la portière, sortit de sa voiture et partit au pas de course pour enfoncer son poing dans la sonnette vieillotte de l'office notarial.

Maître Bernard lui ouvrit en pardessus. Il s'apprêtait visiblement à partir. Vincent ne tenta pas de calmer son cœur ballotté par la course, par un irrépressible sentiment d'urgence. Il n'attendit pas non plus que l'homme s'écarte pour le pousser d'une main et pénétrer dans l'étude.

La voix entrecoupée d'une respiration haletante, il exigea :

– L'adresse et les clefs. Maintenant.

Le notaire s'effaça silencieusement jusqu'à son bureau, tandis que Vincent tardait à reprendre son souffle malgré ses habitudes sportives.

– Ne dites pas à Gallagher que je les ai, ordonna-t-il en s'emparant de l'acte en plus de ce qu'il avait demandé. Jusqu'à ce que je vous appelle.

La seconde suivante, il dévalait l'escalier en serrant contre sa poitrine le poids d'une vie. Celle dont, peut-être, il était le gardien.

23

– C'est totalement aberrant, cette histoire ! confirma Jean en retenant un bâillement.

Il était près de vingt-trois heures.

Ils roulaient depuis presque quatre heures, depuis que Vincent avait fait irruption dans l'appartement du boulevard Saint-Germain. Jean s'y trouvait au téléphone avec Véra qui lui demandait si elle pouvait passer le lendemain emballer et enlever les affaires de Maud, et tant pis s'il n'était pas là, elle avait le double des clefs, mais c'était dommage et de toute façon, elle en aurait pour l'après-midi, et oui, bien sûr, elle pourrait rester dîner si cela ne le dérangeait pas après sa journée. Jean avait juste eu le temps de raccrocher, un émoi d'adolescence au cœur, qu'il s'était vu embarqué d'un ton comminatoire sur la seule certitude que Vincent lui raconterait tout chemin faisant mais qu'il était urgentissime de se presser. Il n'avait pas discuté.

Le temps de prendre un manteau, d'enfiler des chaussures de ville, de récupérer son portefeuille et de claquer sa porte, il l'avait rejoint en bas de l'immeuble, trépignant dans son véhicule garé en double file comme si une légion de guêpes furieuses l'avait piqué.

Les kilomètres avalés en trombe et au mépris des radars s'avéraient pourtant plus digestes que le récit qui lui avait été fait. Jean avait allumé sa liseuse pour pouvoir à son tour examiner le cliché du stylet sous tous ses angles, avec un certain scepticisme puis une certaine suspicion, avant d'en arriver aux mêmes conclusions que Vincent. Le manche en forme de tête d'oiseau aurait fort bien pu provoquer sur les prostituées décérébrées la blessure crânienne qu'on leur avait montré. Ce qui ne le rendait pas coupable pour autant. Ce qui n'amenait pas non plus de réponse quant au meurtrier. De sexe masculin ou féminin. Le message de Victoria, dans cette hypothèse macabre, pouvait signifier qu'elle avait établi une relation entre les crimes, le château et Maud Marquet. Laquelle pourrait être l'une des futures victimes, cette bâtisse une cache potentielle pour le méfait et Vincent le malheureux gagnant d'une loterie truquée.

— Ça ne tient pas, Maud est écrivain, or le tueur ne s'est jusque-là attaqué qu'à des prostituées, reprit Jean.

— Je sais. Ce n'est pas cohérent. Mais rien n'est cohérent dans cette affaire. Victoria a quand même été jusqu'à produire une fausse procuration dont je ne peux même pas contester la signature tant elle est identique à la mienne.

— J'ai vu, assura Jean qui avait aussi passé l'acte au crible. Mais tu n'imagines quand même pas trouver le cadavre de Maud Marquet dans ce château ?

Vincent ne répondit pas. Bien que tenace depuis son départ de Paris, il ne pouvait en accepter l'idée. Il crispa davantage ses doigts sur le volant, et enfonça d'un cran l'accélérateur.

— Prenez la sortie nº 5, « les Essarts, les Herbiers », les guida la voix métallique du GPS.

208

– On approche, annonça Vincent en mettant son clignotant pour quitter l'autoroute.

Sept minutes plus tard ils entraient dans V. par la route de l'Océan, enfilaient la rue du Vieux-Château et tournaient à droite dans le petit haricot qui formait impasse. Dans le silence oppressant qui avait accompagné la fin de leur trajet, Vincent se gara devant la grille révélée par ses phares. Tandis qu'il coupait le moteur, Jean ouvrait la boîte à gants.

– Avec le nécessaire à crevaison, l'arrêta Vincent, certain de ce qu'il voulait.

Ils sortirent de la voiture.

– Il est bizarrement enclavé dans le village, tu ne trouves pas, s'étonna Jean en réprimant une sensation d'oppression.

Pour la chasser, il se hâta d'ouvrir le coffre et de prendre la lampe torche qu'il cherchait.

– Les terres doivent se trouver sur l'arrière, supposa Vincent en s'avançant jusqu'à la grille, balayée par le faisceau de la lampe allumée par son ami.

Quatre clefs pendaient au trousseau remis par le notaire. Vincent en essaya deux dans le cadenas avant de trouver la bonne, fit coulisser la chaîne et repoussa le portail. Dans la lueur des phares, face à eux, ils avaient repéré une porte à flanc de bâtisse. Ils s'en approchèrent à pas comptés au milieu des herbes folles. Le jardin semblait aussi abandonné que les ruines sur la droite du bâtiment.

– On dirait une aile rajoutée, suggéra Jean. Évidemment, de nuit, ce n'est pas facile de se faire une idée.

La porte céda sans difficulté. Un sursaut d'angoisse étreignit Vincent tandis qu'il la refermait derrière lui. La lumière accrocha un commutateur. Il l'enfonça. Celle de l'ampoule au plafond jaillit, crue.

209

– Sobre. Vraiment très sobre.

– Au moins, les fantômes ne se cachent pas derrière les meubles.

– Ni les cadavres dans les tiroirs, ajouta Jean, dans l'espoir de dédramatiser.

Mais ni l'un ni l'autre n'avaient le cœur à rire. Il pesait sur ce lieu une atmosphère malsaine.

– On commence par où ?

– En haut, puis en bas en longeant le corridor. Ça te va ?

Pour toute réponse, Vincent se dirigea vers l'escalier qui leur faisait face.

Pendant quelques minutes, ils promenèrent leur malaise grandissant dans des pièces aussi vides les unes que les autres, jusqu'à pénétrer enfin dans une chambre, meublée d'un lit impeccablement fait, d'un petit cabinet de toilette garni de produits de beauté et d'une armoire. Une chemise de nuit ancienne en attente sur l'édredon leur fit supposer qu'il s'agissait de la chambre de Victoria.

– Celle du fils prodige ne doit pas être loin, lâcha Jean après qu'ils l'eurent fouillée, sans succès.

Mais rien dans celle de Willimond, ni dans la cuisine au garde-manger débordant de conserves, ne les éclaira sur la signification du message de la défunte.

L'étage était une succession de pièces vides à l'exception de ces trois-là.

Ils redescendirent, traversèrent des enfilades d'autres salles abandonnées, jusqu'à se trouver devant une porte cintrée. Jean la tira à eux dans un grincement. Un autre escalier étroit. De pierre. Pas d'applique ou de plafonnier. Juste une torche accrochée au mur.

– On dirait que cette partie est plus ancienne, constata Vincent qui eut soudain l'impression de se retrouver, comme dans ses cauchemars, dans un des romans de Maud. Son rythme cardiaque s'accéléra. De nouveau cette angoisse. Palpable.

– Glacial, ce courant d'air, grinça Jean.

Vincent le sentit de même balayer son visage.

Ils parvinrent en haut des marches. De la fenêtre étroite et sans carreaux qui leur faisait face, un morceau de lune semblait se moquer de leur appréhension. L'espace, à même la tour carrée, était nu lui aussi. Sur un des murs de pierre, leur regard accrochèrent une traînée sombre qui avait dégouliné jusqu'au parquet sur lequel traînait ce qui ressemblait à un linge.

Ils avancèrent de concert. Le pied de Vincent buta contre un objet à terre qu'ils n'avaient pas remarqué. Il s'arrêta. La lumière le balaya.

– Une urne funéraire. Vide, diagnostiqua-t-il en voyant que le couvercle avait été enlevé.

– Les cendres de Victoria ? extrapola Jean en continuant jusqu'au mur.

Vincent ne répondit pas. Ses pensées se bousculaient dans sa tête.

Dans son scénario, Victoria avait-elle prévu qu'elle reposerait en ce lieu ? Visiblement Maud n'y avait jamais mis les pieds. Il aurait reconnu son parfum, il en était persuadé. Il s'en était suffisamment imprégné boulevard Saint-Germain.

Qu'est-ce que tout cela pouvait bien signifier ?

Jean de son côté achevait d'inspecter la chemise qu'il venait de ramasser. Par acquit de conscience, il gratta avec son ongle un peu de la matière sombre sur le mur pour la renifler.

– C'est bien du sang. À hauteur de front d'homme. Le tissu en est imprégné. Je ne sais pas ce que Victoria Gallagher avait dans la tête en te faisant ce cadeau empoisonné, mais une chose est sûre, le prodige ne va certainement pas apprécier que tu sois venu souiller le tombeau de sa mère.

— Allons-nous-en ! décida Vincent.

Il n'avait plus la moindre envie de s'attarder.

Ils demeurèrent silencieux jusqu'à l'embranchement de l'autoroute. Vincent avait décidé de rentrer. Malgré la fatigue, il était incapable de dormir. Au pire, il s'arrêterait sur une aire, ou passerait le volant à Jean, si celui-ci, entre-temps, parvenait à se reposer. Pour l'instant, il le sentait à ses côtés aussi tendu que lui.

— Je prendrais bien un café et un sandwich, finit par lâcher son confrère.

Vincent ne répondit pas mais bifurqua sur une aire à la première occasion. Il avait concentré toute son attention sur la route, malgré la quasi-absence de circulation, pour ne pas avoir à penser.

Jean s'étira et avala coup sur coup trois espressos.

— Tu vas faire quoi ? demanda-t-il enfin en s'accoudant à une table, devant un distributeur qui pleurait dans un gobelet un quatrième arabica.

La station-service était déserte.

— Attendre. Que tu couches avec Véra, qu'elle donne mon téléphone à Maud, que celle-ci m'invite dans sa vie ou que tu l'invites dans la mienne au cours d'une soirée, que Willimond me fasse un procès et que je le perde.

— Et c'est tout ?

— Non. Non ce n'est pas tout. Parce que je ne vais pas rester les bras croisés jusqu'à ce qu'un quelconque malade me prive d'une histoire que je n'ai pas encore commencée. Parce que je ne vais pas laisser le fantôme d'une vieille excentrique décider de ma vie en ricanant depuis sa tour de pierre. J'en ai un peu assez d'avoir le sentiment depuis trois semaines que le destin, en lequel je ne croyais pas, s'acharne à me bousculer.

212

— Donc, tu vas faire quoi pendant que tu attends ? redemanda Jean, maintenant réveillé par la dose de caféine.

— Prendre un congé de maladie, que tu vas me prescrire, pour veiller discrètement sur Maud tout en laissant ce détective que j'avais déjà engagé filer Gallagher. Moi aussi, comme lui, j'ai eu envie de me fracasser le crâne lorsque ma mère est morte, mais crois-moi, Jean, il y a une sacrée différence entre le vouloir et le faire au point d'en avoir son plastron baigné de sang. Alors de deux choses l'une, ou ce sang n'est pas celui de Gallagher mais de quelqu'un qu'il aura malmené, ou notre brillant confrère est un sacré névrosé. Dans les deux cas, il est plus dangereux qu'il n'y paraît.

24

— Et tu dis que ce portrait daterait du Moyen Âge ? demanda Claire en examinant celui-ci de près.

L'émotion de sa découverte digérée dans la solitude du grenier, Maud s'en était confiée à Benoît, puis le lendemain à Linette. Elle était restée deux jours encore en Vendée, à profiter de sa nièce, à terminer le nettoyage de la maison de sa mère avant de s'envoler pour Paris.

Ce 5 mars, sitôt son avion posé, elle s'était rendue directement au siège des éditions DLB où, selon leurs accords, Véra l'attendait dans le bureau de son éditrice. Elle venait de terminer le récit de son séjour, révélant par là même à Claire ce que Véra avait omis de lui expliquer.

— Il faudrait le faire expertiser pour en être sûre, répondit Maud à sa question, mais j'ai rencontré un médiéviste au centre de recherches historiques proche du domicile de ma sœur. Ce sont ses premières conclusions.

— Je n'y connais pas grand-chose, enchaîna Véra, mais un portrait sur cuir dans cet état de conservation, c'est plutôt rare non ?

— Rare et extrêmement précieux. Je ne lui ai évidemment pas révélé sa provenance, j'ai juste parlé

214

d'un legs familial, en lui demandant si ça lui évoquait quelque chose.

— Et ?

— A priori rien, hélas. L'arbre dessiné en fond possède certainement une symbolique, mais lui comme moi nous ignorons laquelle.

— Récapitulons, décida Claire. Il y a d'abord eu cette voix dans ta tête, puis ces yeux violets flottant dans ta chambre...

— La veille de l'émission sur Europe, raccorda Véra.

— Où j'ai craqué en prenant conscience que ce regard sans visage appartenait à la dame rousse matérialisée dans mon enfance. Je me suis réfugiée chez toi pour tenter de vaincre cette folie passagère...

— Passagère, tu parles ! Tu es irrécupérable, chérie ! diagnostiqua Claire en riant.

Maud s'adossa contre le tissu de son fauteuil. Elle était bien dans cet asile. Peuplé ou non d'aliénés. Leur affection n'étant plus à prouver, elle pouvait enfin, elle le sentait, aller jusqu'au bout d'elle-même et de cette énigme.

— Chez Véra, plus de voix, plus de regard fantôme, mais des rêves devenus cohérents et précis dans lesquels la dame rousse était aux prises avec ce mystérieux cavalier en armure noire.

— Une idée de ce qu'il veut, celui-là ?

— Dans mes cauchemars, invariablement il assiège puis met à sac le donjon dans lequel elle est réfugiée. À mon avis, ce qu'il veut, c'est elle. Ou sa fille...

— Sa fille ? La dame rousse a une fille ? réagit Claire.

Maud ne répondit pas, toute à ses pensées qui peu à peu s'organisaient. Un silence s'installa durant lequel les regards de Claire et de Véra

215

fouillèrent tour à tour le visage hermétique de leur auteur et celui de la dame rousse.

Maud leur accorda enfin un sourire énigmatique.

— Vous savez quoi ? Je crois que c'est l'âme de cette dame qui a incité ma mère à s'emparer du portrait.

— Dans quel but ? s'étonna Véra.

— Pour me contraindre à sa volonté. Elle m'appelle depuis que nous nous sommes installées à V., mais je n'ai jamais trouvé le cran d'aller à sa rencontre, terrorisée par la seule idée d'approcher du château. À cause du drame qui s'y est joué en 1124 peut-être...

— D'accord, synthétisa Claire dans une moue sceptique. Le cavalier noir assiège au Moyen Âge le donjon de la dame rousse, et elle décide de t'appeler au secours, par l'intermédiaire de ta mère puisque toi dans ce XXIe siècle, pas de bol, tu es sourde. Tout à fait cohérent... Rien à dire...

Véra pouffa. Maud aussi. Vue sous cet angle, son histoire était effectivement absurde. Elle prit une profonde inspiration pour affronter l'œil sarcastique de Claire.

— Quand j'étais dans le bureau de ma mère, face à l'apparition de la dame rousse, la voix que je sais aujourd'hui être celle de son époux m'a révélé que leur fille avait été emmenée. Ensuite, j'ai perdu connaissance et j'ai effectivement rêvé de cette scène. Le donjon assiégé par le cavalier noir, la dame aux yeux violets dans la tour et l'enfant qu'un homme dont je n'ai pu voir le visage emportait dans un souterrain. La dame rousse et sa fille ont été séparées. J'en suis convaincue à présent. Pourquoi ? Mystère. C'est en me remémorant la confession de ma mère que j'ai compris le lien qui m'unissait à elle.

Maud sortit la lettre de sa poche et enchaîna, ne gardant que l'essentiel des mots tracés : « *J'ai lu ton premier roman dans lequel ton héroïne ressemblait trait pour trait à la dame du portrait volé...* »

Maud s'éclaircit la voix avant de continuer.

— Loanna de Grimwald, l'héroïne de mon premier roman, est née en 1122, elle avait donc deux ans au moment où le cavalier noir a assiégé le donjon. Je crois que la dame rousse est sa mère, sa véritable mère, et que j'ai inconsciemment capté leur histoire à V. Seulement je n'étais pas prête à la restituer. J'ai quitté la Vendée pour Paris, cherché à me réconcilier avec mes propres fantômes jusqu'à ce que le hasard m'amène à Blaye. Le souvenir de Loanna de Grimwald s'est réveillé lorsque j'ai découvert que Jaufré Rudel l'avait aimée. Dès lors, le besoin d'écrire m'a rattrapée. Mais il a été faussé par mes recherches en Aquitaine. J'ai raconté une histoire déformée par celles-ci mais aussi par ma propre souffrance. J'ai inventé une autre mère à Loanna, une mère qui ressemblait à la mienne pour compenser ce que je croyais être son manque d'amour. Peut-être aussi parce que mon passé cohabitait avec le portrait de la dame rousse au-dessus de ma tête dans le grenier.

— Ça se tient, décida Claire.

— Il y a tout de même un détail qui me chiffonne objecta Véra. Si mes souvenirs sont exacts, ta mère ne s'est installée à V. qu'après la mort de ton père. Tu étais adolescente alors.

— Exact, confirma Maud.

— Admettons que tout ce que tu viens d'énoncer soit vrai, explique-moi pourquoi dès l'âge de six ans tu as appelé tes poupées Loanna de Grimwald et vu le fantôme de la dame rousse flotter au-dessus de ton lit d'hôpital à Marseille.

Maud ne trouva rien à répondre.

— Ce qui nous amène à une autre question, poursuivit Véra : puisque Guenièvre de Grimwald n'est pas la mère biologique de Loanna dans ton roman, qui sont en vérité Loanna et la dame rousse ?

— Le mystère s'épaissit ! J'A.D.O.R.E ! relança Claire, excitée.

— Eh bien, il ne me reste plus qu'à chercher comme je l'ai fait pour chacun de mes livres. En commençant par l'histoire du château de V., ce qui ne sera pas facile. Au centre de documentation historique, ils ont peu de choses sur cette époque. Sur le net, peut-être, par recoupement.

— Tu pourrais demander au propriétaire ? hasarda Claire.

Maud se renfrogna.

— Hors de question. Je l'ai aperçu à plusieurs reprises et je crois que je préférerais embrasser le diable plutôt que de l'approcher.

— Il est si laid que ça ? se moqua Véra.

— Non. C'est autre chose. Une sensation malsaine que je ne peux pas expliquer. Dans son attitude, son comportement. Il se dégage de cet homme comme une menace larvée.

— Il faudrait au moins savoir son nom, ça peut toujours servir, soutint Claire, avant de décrocher le téléphone qui insistait.

— Je me suis renseignée, poursuivit Maud pour Véra. C'est un certain Vincent Dutilleul et tant que je n'aurai pas résolu cette énigme, il n'est pas question pour moi qu'il apprenne un mot de ce que j'en sais.

Véra pâlit et se mit à tousser, tandis que Claire leur faisait signe de la laisser, dans un geste et un clin d'œil qui, en langage codé, signifiaient : « C'est

218

quelqu'un d'important donc je prends, mais on en reparle dès que tu as du neuf et, je suis avec toi, ma chérie, et puis surtout donne à Véra un verre d'eau avant qu'elle s'étouffe sur mes dossiers. »

Ce que Maud s'empressa de faire une fois la porte bouclée et Claire isolée.

Véra vida son gobelet. La couleur revint sur ses joues pâles.

– Où en es-tu de ton côté? demanda Maud lorsqu'elle eut repris son souffle.

Elle avait besoin de changer de sujet. De s'aérer les neurones pour mieux traquer la vérité.

– La proposition de ton acheteur m'ayant inspirée, j'ai pris l'initiative de négocier avec ton notaire pour que tu puisses t'installer dans ton nouvel appartement en majorant le prix d'achat du montant d'un loyer. Comme tu règles cash, les actuels propriétaires ont accepté. Du coup, j'ai récupéré les clés, que voici. J'en ai donné un double à ma femme de ménage pour qu'elle nettoie avant qu'on te livre cet après-midi à dix-huit heures ce que j'ai empaqueté hier boulevard Saint-Germain. Bref, cela te laisse le temps de revoir déco et mobilier tout en restant chez nous, débita Véra.

– Génial! Je m'y mets en rentrant tout à l'heure. Non que je ne sois pas bien chez toi, mais j'ai de nouveau besoin de mon intimité pour y voir clair. Cela dit, ce n'est pas exactement ce que je voulais savoir. Tu en es où avec ce monsieur qui t'inspire?

– Je ne sais pas trop. Il me plaît, c'est incontestable, mais il a des fréquentations que je vais avoir du mal à partager.

– Du genre?

Véra se mordit la lèvre, visiblement embarrassée.

– Du genre Vincent Dutilleul.

Ce fut au tour de Maud de manquer s'étrangler.

– Ce pourrait être un homonyme du tien, mais... Viens, décida Véra, je crois qu'il vaut mieux que je te dise toute la vérité.

25

– Voilà sa carte, acheva Véra, la conscience soulagée. C'est vrai qu'il est bizarre, un peu excessif dans son comportement, mais selon Jean c'est une sommité dans sa partie et d'ordinaire un gentil garçon. Ce dont moi, je n'ai pas vraiment pu juger.

– Je ne l'imaginais pas toubib, commenta Maud.

C'était peut-être au fond la raison de la peur qu'il lui inspirait. Les médecins qu'elle avait été amenée à côtoyer amenaient toujours en elle un sentiment de danger.

– Eh bien moi, je ne l'imaginais pas propriétaire d'un château, repartit Véra. S'il n'y avait pas ce livre entre vous, si la voix dans ta tête ne t'avait pas dit de le ramasser, comme si elle avait voulu te mettre en garde contre lui, je pencherais volontiers pour l'homonyme. Tous les mecs amoureux sont cinglés, de là à en faire des psychopathes !

– Il n'y a qu'un moyen de le découvrir, décida Maud. C'est que tu entretiennes cette relation avec son copain pour savoir ce qu'il en est, sans lui dire quoi que ce soit à mon sujet.

Véra grimaça.

– Pour une fois que j'en trouve un qui me fait de l'effet ! Bien qu'il soit neurochirurgien. J'ai bien failli finir la nuit dans ses bras, hier soir, boulevard Saint-Germain, tu te rends compte ?

— Tu as passé la soirée avec lui ?

— En tête à tête. Il est craquant et drôle, même s'il y a une certaine différence d'âge entre nous. Pas une seule fois, il n'a évoqué son boulot ou son divorce. Ni Dutilleul, d'ailleurs.

— Et qu'est-ce qui a empêché l'irréparable de se produire ?

— Je ne sais pas. Il avait l'air fatigué. Je l'étais aussi. Le dîner s'est terminé vers une heure du matin sans qu'on ait vu le temps passer. À un moment j'ai dit : « J'ai vraiment passé une délicieuse soirée », en me levant, et il m'a offert de me raccompagner en me proposant de poursuivre celle-ci, même heure, même endroit. Dans très exactement...

Véra lorgna sur sa montre.

— Six heures.

— Je suis navrée, Véra, assura Maud. Mais cette histoire est tellement aberrante. Je me dis que peut-être ton Jean...

— Latour. Il s'appelle Jean Latour.

Maud tiqua.

— Et une coïncidence de plus.

Véra écarquilla les yeux.

— Jean Latour était un des personnages de mon deuxième livre, grinça Maud. Troublant, non !

— Je m'étais bien dit que ce nom m'évoquait quelqu'un, mais je n'avais pas fait le rapprochement.

— Cela ne fait que renforcer ce que j'allais te dire. À savoir que Dutilleul et Jean... Latour étaient peut-être de mèche pour arriver jusqu'à moi à travers toi. Constate. Tu repousses Dutilleul après en avoir fait ton amant imaginaire.

— Ça, ce n'était pas sa faute. Si tu avais vu sa tête...

222

– Soit, il n'empêche. Tu le repousses. Je mets l'appartement en vente et c'est son copain qui l'achète, te drague et même essaye de te convaincre que Dutilleul n'est pas un cinglé.

– Un, il n'a pas totalement réussi, et deux, l'agence ne devait pas communiquer le nom du vendeur.

– Et tu crois qu'il n'est pas facile de trouver l'adresse de quelqu'un quand on le veut vraiment ?

– C'est vrai, lui accorda Véra.

– Je n'ai rien à reprocher à ce Dutilleul, hormis son entêtement à vouloir faire de moi la femme de sa vie, si je m'en tiens à ce que t'a dit son ami. Mais il était à côté de moi dans l'avion qui menait à Nantes, et il m'avait forcément reconnue. Au lieu de s'enfermer dans son donjon, il aurait pu venir me parler !

– Sauf s'il avait une bonne raison pour ne pas le faire.

– Que je ne sache pas qu'il était le propriétaire du vieux château de V., par exemple.

– Il faudrait pour ça qu'il soit au courant de cette histoire au moyen âge. Et quand bien même, en quoi ça le concernerait ?

– Je ne sais pas. Je n'ai pas confiance, c'est tout.

– D'accord, décida Véra. Cherche de ton côté, je vais en faire autant du mien. Il faudra bien que cette énigme nous livre son secret. Ne serait-ce que pour t'obliger à écrire.

– C'est pour bientôt, assura Maud en portant ses doigts sur le côté gauche de sa tête pour le masser.

La migraine recommençait. Elle était de plus en plus localisée.

– Je rentre. Peux-tu garder ici ma valise et le portrait ? J'aimerais marcher. Tu n'auras qu'à prendre un taxi ce soir.

223

– No problem. Va t'oxygéner.

Maud s'étira sur sa chaise, se leva puis claqua une bise sonore sur la joue de Véra.

– Tu m'as manqué, dit-elle avant de s'échapper.

Tandis qu'elle traversait l'île de la Cité, Maud pensait à ce Vincent Dutilleul. Véra avait raison. En admettant que cet homme soit hanté par le fantôme du cavalier noir, ce qui supposerait une véritable malédiction sur le château de V., qu'avait-il à faire de son existence à elle aujourd'hui ? Elle avait juste raconté une histoire, elle n'était en rien mêlée à celle du moyen âge. Toutes ces coïncidences, ces incohérences la perturbaient pourtant. Et si son attitude n'avait rien à voir avec cette énigme ? S'il l'avait aperçue à V. autrefois, au cours de ses rares visites à sa mère ? Après tout, il pouvait fort bien l'avoir désirée sans qu'elle s'en rende compte, caché, comme elle le faisait elle-même depuis une des fenêtres du château. En devenant célèbre avec ce roman, en lui offrant cette dédicace insensée, elle l'avait peut-être encouragé à se déclarer. Cette idée lui donna la nausée.

Elle s'engagea sur le Petit Pont. À l'exception d'un homme qui était accoudé à la rambarde, les yeux perdus dans les méandres de la Seine, il était désert, ce qui était rarissime. Le regard de Maud s'attarda sur la silhouette solitaire. Elle le reconnut sans hésiter. Elle l'avait croisé quelques jours plus tôt, avant son départ brutal pour la Vendée. De nouveau troublée, elle s'immobilisa cette fois à quelques pas de lui pour le détailler.

S'il n'avait pas été aussi réel, elle l'aurait volontiers pris lui aussi pour une apparition avec ses bottes à mi-cuisses sur la toile serrée de son pantalon, sa chemise blanche ceinturée et ses cheveux

tirés vers l'arrière par un lien. Le profil était angu-
leux, tourmenté. Il était le portrait fidèle de Jaufré
Rudel que Loanna de Grimwald avait tant aimé. À
croire que les signes se multipliaient pour l'obliger
à traquer la vérité. Tout en allongeant le pas, elle
se promit de le faire dès qu'elle aurait emménagé.

Elle tapa le code de l'immeuble, préféra l'escalier à l'ascenseur et se retrouva chez Véra où
Pousse se jeta sur elle en ronronnant à peine la
porte entrebâillée. Visiblement heureux de la
retrouver.

*

Pour la troisième fois depuis la veille, Willimond
venait de perdre le contrôle du gentil chercheur
timide qu'il paraissait. La première, dans le bureau
du notaire de sa mère qui lui avait appris que
toutes les liquidités et biens de Victoria Gallagher
lui revenaient, mais que le propriétaire du château
de V. ne souhaitait pas reconduire auprès de lui
l'usufruit dont le décès l'avait libéré. Willimond
s'était tout d'abord mis en apnée jusqu'à devenir
écarlate, tandis que le notaire s'était ratatiné sur
son siège avant de se racler la gorge et de faire glisser vers lui une enveloppe en ajoutant que sa mère
avait, en outre, souhaité qu'il lût ceci avant toute
chose. Ce que Willimond avait fait, avec la respiration saccadée de celui qui pressent le pire. La mis-
sive était brève.

« *Je peux imaginer, mon fils, ce que tu ressens
aujourd'hui. Dans un geste dont j'ignore encore les
raisons profondes, j'ai fait mettre V. au nom de
l'homme qui m'avait sauvée il y a quinze ans :
Vincent Dutilleul. Il l'apprend en même temps que
toi. J'espérais que, le temps aidant, ce donjon nous*

aurait lavés de son mystère. Je pars, hélas, la première, sans réponse à te donner. Mais une chose demeure, une certitude : laisse les démons de V. là où nous les avons trouvés. Peut-être Dutilleul saura-t-il mieux que nous en percer le secret et enfin, t'apaiser. Abandonne ce château, Willimond, et pardonne-moi de t'en écarter. »

Furieux, il avait balayé d'un revers de main ce qui se trouvait bien rangé sur le bureau du notaire. Ce dernier avait fini par se retrouver étranglé par sa cravate que Willimond avait empoignée, balbutiant un « à l'aide » pitoyable. Deux clercs étaient accourus. Willimond l'avait relâché sous leur contrainte, une envie de meurtre dans les yeux et les doigts.

Il était sorti bruyamment, la lettre chiffonnée dans sa main, du désespoir dans le cœur et du noir dans l'âme. Il s'était bouclé chez lui, avait mis l'appartement à sac, déchirant les pages des livres, lacérant les draps du lit de sa mère, les fauteuils, les coussins, les toiles de maître, avant de terminer courbé sur la cuvette des WC pour vomir. Ensuite il s'était recroquevillé en fœtus par terre et s'était mis à pleurer. La journée. La nuit durant. Jusqu'à ce qu'un profond sentiment d'injustice alimente de nouveau sa haine. Il allait se battre. V. était à lui. À lui seul.

Voilà pourquoi, cette fois encore, il serrait de rage le volant de sa Maserati, après avoir traité d'incapables les deux avocats qui s'étaient succédé pour lui dire que, renseignements pris, tout était légal et qu'il n'avait aucun recours sinon attendre le bon vouloir de Dutilleul, lequel, visiblement, avait déjà décidé de l'écarter.

Lorsqu'il se gara sur le parking de l'hôpital de la Salpêtrière, il avait suffisamment refoulé sa colère en lui pour se frayer un chemin discret jusqu'au bureau de Vincent. Obtenir ses horaires de permanence auprès des hôpitaux de Paris, de même que son adresse personnelle, avait été facile. Il s'engouffra dans le hall après avoir épinglé un badge sur la poche de sa poitrine.

Il aborda le service de neurologie, chercha la salle des consultations et se retrouva nez à nez avec une infirmière qui le reconnut et l'accueillit, affable.

– Bonjour monsieur Gallagher. Vous ne vous souvenez pas de moi ? J'ai participé à l'organisation de la soirée contre Alzheimer.

Willimond n'en avait cure. Il se força pourtant à être aimable pour pouvoir approcher le traître.

– Bien sûr. Vous avez été parfaite.

– Je fais partie de l'association que votre mère soutenait. Nous sommes tous très peinés par son décès. D'ailleurs, j'en profite pour vous présenter mes condoléances. J'allais vous les envoyer.

– Je vous remercie, grinça Willimond.

Fort heureusement, cette fille, sans grand intérêt pour lui, avait pris l'air embarrassé de circonstance. Il s'engouffra dans son silence.

– Je cherche Vincent Dutilleul.

– Il n'a pas décommandé votre rendez-vous ? s'excusa-t-elle.

– Non, mentit Willimond. Pourquoi ?

– Il est en congé de maladie. Il a fait une chute de tension brutale et un de ses confrères l'a obligé à se reposer. Ça nous a tous surpris, ici, ce ne sont pas ses habitudes mais vous savez ce que c'est... On veut toujours en faire plus, alors parfois...

– Bonne journée mademoiselle, l'interrompit Willimond en lui tournant le dos. Il n'avait plus de raison de s'éterniser.

« Finalement c'est mieux ainsi, pas de témoins, juste lui et moi », pensa-t-il.

Il regagna son véhicule et s'engouffra sur les quais de Seine, l'esprit vengeur. Il ne se faisait pas à l'idée d'avoir été ainsi floué pendant ces quinze années. Il avait toujours pressenti que sa mère avait été, elle aussi, gagnée par quelque esprit errant, mais il l'imaginait au service du cavalier noir et non contre lui. Il n'avait pas voulu comprendre que sa mère était la réincarnation de la dame rousse. Le petit Gallagher avait tant d'amour pour elle. Le cavalier noir tant d'amour pour sa prisonnière. Elle s'en était servie pour les tromper tous deux, afin de mener sa propre quête. À présent, il revoyait des images, son apathie dans le château lorsqu'ils y étaient appelés, son errance de pièce en pièce. Était-ce ainsi que la prisonnière du seigneur passait ses journées, à attendre, à guetter l'échappatoire ? Par où s'était-elle enfuie ? Où avait-elle caché le morceau de lame qu'elle avait emporté ? Mais plus encore que toutes ces questions sans réponse, une l'obsédait : Victoria avait-elle continué à aimer le petit Gallagher, dès lors qu'il était redevenu son ennemi d'hier ?

Son geste en faveur de Vincent Dutilleul tendait à prouver le contraire.

Willimond savait que le cavalier noir avait changé de nom en 1137, lorsqu'il avait été recruté par l'abbé Suger, conseiller du roi de France et soutien des Templiers. Abandonnant sa famille, il était devenu Anselme de Corcheville dit le Balafré. À cette époque, le roi de France se mourait d'un flux de ventre, et son fils, Louis VII, était appelé à lui succéder, tandis qu'en Angleterre, un homme usurpait le trône devenu vacant. Un homme lui aussi proche des Templiers. Suger et lui avaient une ennemie commune : Mathilde d'Anjou, prétendante légitime au trône d'Angleterre, qui, pour récupérer son héritage, voulait s'allier l'Aquitaine alors plus puissante que le royaume de France. Dans l'ombre de Mathilde était une sorcière : Guenièvre de Grimwald. La mission du cavalier noir avait été alors de contrecarrer ses projets afin que la jeune Aliénor d'Aquitaine épouse Louis VII au lieu du fils de Mathilde d'Anjou. Il avait réussi à tuer Guenièvre, mais pas sa fille, placée par Mathilde comme dame de compagnie d'Aliénor. Non, pas sa fille.

Il avait suffi à Anselme de Corcheville de la croiser, cette Loanna de Grimwald, pour comprendre qu'elle était en vérité l'enfant de son ancienne prisonnière de V. Elle lui ressemblait tant ! Dès lors tout avait pris un sens pour lui. Grâce à ses dons divinatoires, sa prisonnière avait anticipé l'usage qu'il ferait du stylet contre sa fille chérie. C'est pour cette raison qu'elle l'avait brisé puis fait disparaître avec elle. Parce que seule cette lame aurait pu venir à bout des pouvoirs hors du commun de Loanna de Grimwald. Non seulement il n'avait jamais retrouvé celle qu'il aimait, mais le cavalier noir avait failli à la mission qu'on lui avait confiée. Grâce à Loanna de Grimwald, Aliénor d'Aquitaine avait fini par épouser le fils de Mathilde : Henri II Plantagenêt.

À l'automne de sa vie, usé par ses débauches et ses basses besognes, Anselme de Corcheville s'était rendu à Blaye, pour révéler à Loanna de Grimwald, alors mariée à Jaufré Rudel, ses véritables origines. Le cavalier noir voulait racheter son âme, inquiet de la malédiction qu'il sentait peser sur lui. Jaufré Rudel l'avait reçu, puis escorté à Paris où son épouse se trouvait pour raison d'État.

Mais Loanna avait refusé de le voir, de l'entendre, lui, son ennemi d'hier. Anselme de Corcheville avait menacé du pire s'il n'obtenait pas satisfaction avant de rebrousser chemin, l'esprit vengeur. Alors qu'il se trouvait au milieu du Petit Pont, s'apprêtant à franchir le petit Châtelet pour sortir de l'île de la Cité, Jaufré Rudel l'avait rattrapé. Anselme de Corcheville avait cru avoir obtenu gain de cause. Avant de réaliser que le troubadour venait de le poignarder. Il était mort par traîtrise, tel qu'il avait vécu, au milieu des badauds qui se pressaient en ce 16 juillet 1160.

Tout lui devenait clair aujourd'hui, au travers de la donation de Victoria à Dutilleul. Si l'arme brisée s'était rematérialisée, le rappelant d'outre-tombe au travers du petit Gallagher, si la dame rousse pareillement avait pris possession de sa mère, alors, de toute évidence, Loanna de Grimwald et son troubadour étaient revenus de même dans ce siècle. Victoria le savait. Et c'était forcément pour les protéger tous deux une nouvelle fois qu'elle l'avait berné à travers Willimond.

Il lui fallait retrouver la lame brisée, laisser la magie noire la reconstituer et assouvir sa vengeance.

Car si Victoria avait légué le château de V. à Dutilleul, il ne faisait plus aucun doute pour Willimond que celui-ci connaissait la cache de l'arme. Tout comme il connaissait la femme en laquelle Loanna de Grimwald s'était réincarnée.

Dutilleul les mènerait toutes deux à lui. Dût-il pour cela le torturer avant de l'achever. Le cavalier noir en Willimond s'en réjouissait d'avance. De sa souffrance à lui. De ce qu'il lui ferait à elle.

Dans un état de fébrilité et d'excitation extrême, il se gara en hâte avenue de New York, s'extirpa de la voiture et courut jusqu'au numéro de l'immeuble de Dutilleul. Il enfonça le bouton de l'interphone. Une fois. Deux fois. Dix fois, jusqu'à se rendre à l'évidence. L'appartement était vide.

« Cet immonde rat ne peut se terrer qu'à V. ! pensa-t-il, frustré. Qu'importe ! »

Il regagna sa voiture et s'y installa, ramenant le manche du stylet qu'il venait d'extraire de dessous son pull pour le dissimuler sous son siège.

– Puisque tu veux du repos, je vais t'en donner, grinça-t-il à voix haute, en faisant vrombir le moteur.

En sortant de Paris, ne restait plus du petit Gallagher d'autrefois qu'un corps oublié.

26

« 5 mars 2008

Il est dix-neuf heures. Les livreurs viennent de partir et me voilà assise par terre, dans mon nouveau chez moi, au milieu des cartons, avec Pousse qui joue les explorateurs de l'un à l'autre. Véra s'en est allée rejoindre Jean Latour. Je me souviens d'une phrase dans un de mes romans : « cherche le secret de La tour » que j'ai écrite alors en me demandant où elle pourrait me mener. Il m'avait fallu lui inventer une réponse. Aujourd'hui je me dis que c'est peut-être cet homme qui la détient. Toute cette histoire est étrange, à croire que j'ai inconsciemment semé dans chacun de mes livres des éléments pour me rapprocher de la dame rousse. »

Maud interrompit la rédaction de son journal et se leva brutalement. Pousse venait d'enjamber d'une patte timide mais dans un miaulement de défi le rebord de la fenêtre en encorbellement. À l'inverse de son appartement boulevard Saint-Germain, celui-ci n'avait pas de balcon. Elle le récupéra d'un geste leste.

— Petit fou ! Regarde en bas. Tu vois ce à quoi tu as échappé ?

Dans la sécurité de sa main tendue au-dessus du vide, l'animal se mit à ronronner.

– Vilain chat! le gronda Maud en le pressant contre elle.

Elle rit sous la chatouille de la langue râpeuse dans son cou, le regard perdu dans les tours de Notre-Dame illuminées sur sa droite. Elle embrassa le Petit Pont et y suspendit son souffle. Le sosie de Jaufré était encore là, au même endroit, dans la même posture. Maud plissa les yeux. Le pont n'était que partiellement éclairé et des promeneurs s'y attardaient. Étant donné la distance, elle pouvait se tromper... Cette silhouette pourtant. Et son cœur qui cognait.

L'idée revint à Maud qu'il pourrait être un spectre lui aussi, mais elle la refoula aussitôt. La lumière ne le traversait pas, elle avait pu le vérifier ce matin, preuve qu'il était réel.

Elle haussa les épaules. Il se pouvait fort bien après tout qu'il fût un de ces comédiens employés parfois pour donner vie au décor ambiant.

Pousse gesticula. Il en avait assez d'être serré contre elle. Il miaula pour se dégager. Maud le relâcha et, s'écartant de la fenêtre, la ferma pour l'empêcher d'y retourner. L'appartement avait été suffisamment aéré, et l'air vif la piquait.

Pousse intégra aussitôt un nouveau carton, à défaut d'autre objet. Après son passage aux éditions DLB, Maud avait revisité son futur appartement pour réfléchir à la déco avant de prendre conscience que celle des anciens propriétaires lui convenait parfaitement. Dans la foulée, elle était partie en quête de ses nouveaux meubles chez un designer de ses amis. Il les lui livrait le surlendemain. Son attachée de presse avait un peu boudé en apprenant qu'elle emménagerait plus vite que prévu, pour se réjouir finalement avec elle. Un étage seulement les séparerait.

Maud rangea son cahier d'écolier dans le carton investi par Pousse, récupérant celui-ci à la place. Elle sortit de l'appartement, descendit l'escalier, ouvrit celui de Véra, déposa l'animal sur le carrelage, longea la chambre des jumelles qui révisaient leurs cours à grands éclats de rire et de musique, s'enferma dans la sienne, prit un exemplaire de son premier roman, glissa un surligneur jaune entre ses dents et se mit à le parcourir, certaine d'y trouver de quoi résoudre le mystère de la dame rousse qui n'avait cessé de l'obnubiler. Tout en songeant que Véra de son côté devait certainement passer une bonne soirée.

*

Véra avait beau se dire qu'elle était en compagnie du meilleur ami d'un psychopathe et qu'elle devait garder la tête froide, elle ne pouvait s'empêcher de frémir jusqu'aux orteils chaque fois que Jean Latour, consciemment ou non, l'effleurait. Prémices d'un désir qui ne cessait de croître depuis la veille et que les révélations de Maud n'avaient pas calmé.

– Un peu plus de vin ? demanda Jean en levant une bouteille de bourgogne pour la servir.

Une fois encore ils avaient badiné sans discontinuer.

– Non, merci, se limita-t-elle à regret.

– Vous avez tort. Derrière ce sorbet aux pêches de vigne c'est un accord parfait. C'est du moins ce que m'a assuré le traiteur.

– Moi qui voulais vous féliciter pour vos dons de cuisinier, le taquina-t-elle.

234

— Je les réserve à mes confrères. Je ne voulais pas vous faire fuir avant de vous avoir charmée.

Véra se sentit fondre. Bon sang ce qu'elle avait envie d'un baiser.

Elle se mit à jouer avec une miette de pain sur la nappe blanche, à côté du photophore rouge dans lequel une flamme dansait. Jean avança ses doigts. Véra sentit les battements de son cœur s'accélérer. La main du neurochirurgien immobilisa la sienne, en retourna la paume.

Caresse des lèvres au creux de son poignet. Une fraction de seconde. Jean lui rendit sa liberté dans un regard brûlant. Garder la tête froide. Elle en avait de bonnes, Maud. On voyait bien que ce n'était pas elle qui s'y collait!

— Comment va Dutilleul? se força-t-elle à demander au lieu de gémir « Fais-moi l'amour, là, maintenant, tout de suite, ou je meurs ».

— Très occupé, répondit Jean. Une affaire compliquée dans laquelle il a un peu de mal à se retrouver.

— Comme d'habitude en somme.

Jean prit un air ennuyé.

— Vos rencontres peuvent en effet vous le laisser croire, mais je vous assure que ce n'est pas dans son tempérament. Vincent est sincèrement attaché à votre auteur. C'est quelqu'un de beaucoup plus sensible qu'il n'y paraît, ce qui le rend un peu excessif parfois. Il ne supporte pas l'idée de faire souffrir ou de voir souffrir quelqu'un.

— Ça ne doit pas être facile, dans son métier! se moqua Véra, quelque peu sceptique.

— Vous ne l'aimez pas, n'est-ce pas? constata Jean en se levant pour enclencher un autre CD dans le lecteur.

Classique comme le premier. Elle en profita pour rejoindre l'asile plus confortable du canapé tout en lâchant un :

— Disons que j'ai du mal à lui faire confiance.

Une main ferme crocheta son poignet comme elle le frôlait avant de s'asseoir. Elle se retrouva dans les bras de Jean, le cœur écartelé.

— Et à moi, murmura-t-il dans son souffle égaré, vous le pourriez ?

Véra ne répondit pas. Que Maud lui pardonne. Elle n'était que brasier.

*

Vincent s'abandonna dans un des fauteuils gris de son salon, face à la tour Eiffel, un verre de scotch à la main. Il avait passé sa journée à suivre Maud, depuis son arrivée à l'aéroport jusqu'à ce qu'elle s'enferme quai Saint-Michel. Un peu coupable de se transformer en détective. Soucieux de ne pas se faire repérer tout en essayant malgré tout de lui apparaître. Excitant.

Il pouvait rendre grâce à Jean qui avait réussi à apprendre de Véra à la fois le voyage et la date de retour de Maud. Il lui avait suffi ensuite d'un coup de téléphone à un ami qui travaillait à Air France pour savoir sur quel vol elle était enregistrée. Découvrant qu'elle revenait de Nantes, il avait aussitôt allumé son ordinateur et lancé une recherche dans l'annuaire au nom de Marquet dans la région. La réponse l'avait affolé. Le seul Marquet était domicilié à V., rue du Vieux-Château. Le donjon et Maud étaient bel et bien liés. Il n'avait eu que le temps de sauter dans sa voiture et de se glisser dans l'espace réservé aux arrivées, plus angoissé qu'il ne l'avait jamais été.

236

Il ferma les yeux sur une nouvelle gorgée de scotch. Maud lui était apparue telle qu'il en avait gardé le souvenir, même si l'intensité de ses yeux était devenue plus intérieure, même si des cernes profonds les creusaient.

Érotomanie, avait diagnostiqué Jean quelques jours plus tôt. Et si c'était vrai ? Non, tout cela avait un sens. Il n'avait jamais été obsédé par une femme. Excité par la conquête au point de développer des trésors d'ingéniosité pour y parvenir, certes, mais pas ainsi, à devenir misérablement vulnérable. Pas à rêver la nuit de cavalier en armure noire...

Le scotch gicla subitement sur l'accoudoir, projeté par le sursaut qui saisit Vincent à cette image.

Il bondit dans son bureau, récupéra dans un tiroir la photographie léguée par Victoria Gallagher et la plaça sous la lumière d'une lampe.

Comment n'avait-il pas fait le rapprochement plus tôt, alors que ce rêve dans lequel il se voyait emmener une petite fille rousse dans un souterrain le hantait de manière récurrente ? La tête d'oiseau, le bec, la forme de la lame, il les avait déjà vus dans la main gantée du cavalier noir dont le cheval se cabrait devant la tour où il s'était réfugié avec elle. À croire qu'il avait fini par s'habituer à cette scène tant et tant revécue comme sortie d'un roman de Maud. L'avait-elle écrite ? Si seulement il pouvait lui parler... Mais il était trop tôt. Il suffisait bien qu'il passe pour un fou auprès de Véra, il ne pouvait prendre ce risque avec Maud.

Restait Gallagher. Le notaire lui avait laissé un message la veille pour lui raconter sa mésaventure. Cette violence, que rien dans la personnalité du chercheur ne laissait entrevoir, avait conforté Vincent dans son sentiment. Son confrère devenait le suspect le plus plausible dans cette affaire criminelle de trépanation. Mais il ne pouvait accuser sans preuve.

Jérôme Duval qu'il avait lancé en filature l'avait averti dans l'après-midi que Gallagher venait de quitter la Salpêtrière et se trouvait en route pour l'avenue de New York, visiblement furieux de l'opinion de ses avocats. Aux dernières nouvelles, il se trouvait à V., dans l'espoir peut-être de l'attendre là-bas ? Cette nouvelle avait permis à Vincent de relâcher sa surveillance auprès de Maud et de rentrer chez lui. Elle était en sécurité tant que ce fou restait loin de Paris. Le détective était chargé de le prévenir s'il revenait.

Vincent reposa le cliché de l'arme.

Quel lien pouvait-il exister entre le cavalier noir de son rêve et Willimond Gallagher ? La réponse se trouvait peut-être chez son confrère.

Renonçant à se coucher, il sortit une boîte de gants chirurgicaux de l'un des tiroirs de son bureau, en glissa dans sa poche et boucla la porte de son appartement. Il fallait être fou pour tenter une effraction dans un immeuble cossu, même à cette heure tardive ! À moins que...

Il retourna dans le sien en courant, saisi par une idée folle. Sur le trousseau laissé pour lui par Victoria se trouvaient quatre clefs. Deux avaient suffi pour V.

Il était tard lorsqu'il se présenta devant la porte de Victoria Gallagher en plein XVIe, le plus silencieusement qu'il put. Les clefs tournaient l'une après l'autre sans effort dans les serrures, faisant jouer à l'intérieur un mécanisme sophistiqué.

Il lui suffit d'allumer la lumière pour ne pas regretter d'avoir pris ces risques. Quel que soit l'être qui avait vandalisé les pièces qu'il se mit à

238

visiter, il ne pouvait s'agir que d'un fou. Un fou dangereux à en juger par la profondeur des lacérations qui avaient déchiqueté jusqu'au matelas du lit de la chambre de Victoria. Vincent se glissa dans une autre, intacte. Celle de Gallagher. Il fut saisi pourtant par une photographie au mur, face au lit impeccablement fait. Victoria et Willimond. Ce dernier devait avoir une vingtaine d'années, mais l'attitude et l'espièglerie du visage évoquaient celles d'un enfant. D'autant plus qu'il tenait serré dans ses mains, tout contre son visage, un ours en peluche enrubanné. Vincent se pencha sur la légende : Noël 1993. Quelques mois seulement avant que Victoria Gallagher acquière le vieux château de V. Qu'est-ce que cela pouvait bien signifier ? Ses gants de latex aux mains, il se mit à fouiller l'appartement après avoir pris soin de vérifier que son téléphone portable était bien branché. Il n'avait pas l'intention de se laisser surprendre. Lorsqu'il ressortit une heure plus tard, fort de sa découverte, il était perplexe. Ce mystère prenait une tournure d'autant plus effrayante que toutes les sciences connues ne pouvaient l'élucider.

27

– Ça nous donne quoi ? demanda Claire en passant, ce 8 mars, sa tête dans l'encadrement de la porte du bureau que Maud avait réquisitionné aux éditions DLB.

Délaissant l'écran de l'ordinateur, l'écrivain posa sur elle un regard douloureux. Elle avait passé deux jours à aménager son nouvel appartement et cherchait depuis le matin des informations concernant les seigneurs de V. Elle n'avait rien trouvé de probant.

– Ça ne va pas ? Tu as une mine effroyable.

La porte se referma sur l'inquiétude de l'éditrice.

– Migraine, annonça Maud. J'ai beau avaler cachet sur cachet, elle ne passe pas. Cette histoire me rend folle, poursuivit-elle en se massant le côté gauche de la tête. J'avais espéré que mettre de l'ordre dans mes affaires m'aiderait à me détendre un peu, mais cela n'a fait qu'accroître mon sentiment d'urgence.

– Tu devrais peut-être aller voir un toubib !

– Pour qu'il me dise quoi ? Faites brûler un cierge, ânonnez une incantation et mettez vos fantômes en paix ? Non, je suis convaincue que le seul moyen de m'en guérir, c'est de les affronter.

– Tu as trouvé quelque chose sur le net ?

– Non, en revanche, la relecture de mon premier roman a révélé des détails troublants. J'ai l'impression que le cavalier noir pourrait être Anselme de Corcheville dit le Balafré, celui qui a assassiné le père d'Aliénor d'Aquitaine en 1137 et qui a agressé Loanna de Grimwald à plusieurs reprises.

– Je croyais que tu l'avais inventé.

– Difficile à dire. Loanna aussi, je croyais l'avoir inventée. Plus j'essaie de débrouiller cette affaire, plus elle me semble confuse. Et puis il y a la dame rousse. Depuis que j'ai accroché son portrait au mur en face de mon lit, mes rêves ont gagné en intensité. Elle m'y apparaît étendue sur un lit, le front perlé de sueur, ligotée et, l'instant d'après, dans un jardin, sous un hêtre immense, une toute petite fille dans les bras. Certaines fois je l'entends parler aux pierres et aux sources, entourée d'un cercle druidique, à d'autres chanter un « hosanna » les mains jointes, en prière dans une église. Je la vois rieuse et gaie sous un arceau de roses au bras d'un homme qui la prend pour femme, puis terrorisée et larmoyante face à un autre qui l'enlace sans qu'elle se débatte, comme résignée. Et cet homme est balafré. Ombres et lumières, sans cesse. La dame du portrait pourrait être Loanna, elle lui ressemble, mais je ne parviens pas à accepter cette idée. Je persiste à croire que c'est sa mère à cause de ce que m'a dit la voix. À cause de la petite fille qui joue à ses côtés.

– C'est plutôt prometteur pour un début, commenta Claire.

– Ce n'est pas tout, grimaça Maud. Il y a aussi ce cavalier noir dans mes cauchemars face à des femmes effrayées. Je le vois lever sur elles le pommeau de son arme, un pommeau à tête d'oiseau et au bec pointu et frapper, frapper jusqu'à ce que leur crâne soit réduit en bouillie. Et parmi toutes ces femmes, il y a Guenièvre de Grimwald.

— La mère de Loanna dans ton livre ! Mais elle est morte d'une chute de cheval, il me semble !

— C'est ce qu'on a dit à Loanna, c'est ce que j'ai écrit, consentit Maud avant d'attraper l'ouvrage en question sur un coin de bureau, d'ouvrir la page préalablement marquée et de la mettre sous le nez de Claire.

— Voilà pourtant ce que constate Loanna au chevet de la défunte, ajouta-t-elle.

— *On avait essuyé le sang sur ses tempes et nettoyé la blessure, mais la plaie s'ouvrait large comme une main et son crâne ressemblait à un de ces melons d'Espagne éclaté par inadvertance*, lut Claire à voix haute.

— Pour couronner le tout, poursuivit l'auteur, il y a un homme sur le Petit Pont, qui ressemble à Jaufré Rudel. Il est là quand je passe le matin et aussi le soir. Il reste jusqu'à ce que je ferme mes volets, apparaît lorsque je les ouvre. Il ne me voit pas, ne me regarde pas. Il fixe la Seine comme s'il attendait de s'y jeter. Et moi j'ai envie de me nicher dans ses bras, de lui dire que j'existe, qu'il n'est plus seul, que moi aussi j'ai perdu mon âme quelque part entre hier et aujourd'hui.

Claire se figea. Maud ferma les yeux. La lumière parfois lui devenait insupportable. Puis cela s'atténuait.

— Cet homme fait partie de moi, enchaîna-t-elle d'une voix résignée. Il l'ignore encore, moi-même j'essaie de ne pas me laisser influencer par cette histoire avant de l'aborder, mais...

Maud rouvrit les yeux.

— Ce que je vais te dire n'a pas de sens, mais c'est comme si Loanna de Grimwald, dernière des grandes prêtresses de l'île d'Avalon, était réincarnée en moi. Tu te souviens des paroles de Merlin, l'aïeul de Loanna, au moment où il les unit, elle et Jaufré, dans la forêt de Brocéliande ?

— Je ne me souviens pas de tout, avoua Claire.

Maud tourna les pages du livre jusqu'à un autre signet. Elle lut à haute voix :

— « *Que les portes du temps soient pour ces deux âmes l'anneau d'alliance entre hier et demain, entre le monde des fées et celui des humains. Que jamais, les siècles passant, ils ne se perdent et que leur amour toujours les fasse se retrouver au-delà de leurs apparences, sans qu'à aucun moment, ils aient le souvenir de ce qu'ils ont été et des serments antérieurs...* » Je me suis toujours demandé pourquoi j'avais écrit ce livre à la première personne, pourquoi combler les blancs de l'histoire m'avait semblé facile. Aujourd'hui tout s'explique. À travers ma plume, c'est Loanna de Grimwald qui se réappropriait les faits.

— À ceci près, si je te suis bien, qu'on ne lui aurait pas dit la vérité sur sa naissance.

— C'est pour ça que la dame rousse veillait sur moi depuis mon enfance, pour tenter de réveiller en moi ce que Loanna de Grimwald, sa propre fille, avait oublié. Il faut à tout prix que je découvre ce qui s'est passé si je veux mettre leur âme et la mienne en paix.

— Le meilleur moyen, si tu veux mon avis, c'est que tu quittes cette pièce, que tu t'avances sur le Petit Pont et que tu invites ton Jaufré à dîner. Ça aura au moins le mérite de t'oxygéner.

— Je voulais attendre Véra.

— Je doute qu'elle repasse au bureau. De toute manière, elle habite dans ton immeuble, non ?

Maud renonça à lui avouer que Véra avait passé les deux nuits précédentes chez Jean Latour pour lui extirper des informations que, jusque-là, elle n'était pas arrivée à obtenir, parce qu'il l'embrassait tout le temps, la caressait tout le temps et d'autres choses que même à une amie aussi proche qu'elle, la décence lui interdisait de révéler. Le spectre de Dutilleul avait beau planer entre elles, entre eux, il n'en demeurait pas moins que Véra était tombée amoureuse de ce médecin.

– Tu as raison, décida Maud.

Elle mit son ordinateur en veille.

– À la bonne heure ! Je te raccompagne à l'ascenseur, conclut Claire en la prenant affectueusement par les épaules. Tu devrais quand même consulter pour ces migraines. C'est pas normal qu'elles persistent.

– Cite-moi un seul truc normal dans cette histoire. Un seul et j'y cours...

– ...

– Tu vois bien ! Ne t'inquiète pas, ça va passer, assura-t-elle en refermant derrière elle la porte du bureau où elle travaillait.

Il faisait doux en cette fin d'après-midi.

Maud allongea son pas vers la silhouette qu'elle devinait sur le Petit Pont, tandis que son cœur bondissait dans sa poitrine, résonnant à ses tempes comme les tambours du jugement dernier.

Pas un geste, pas un mouvement dans l'attitude. Statufié. Elle le dépassa en le frôlant. La douceur de sa chemise gorgée de vent contre son bras nu manqua la faire défaillir. On eût dit la caresse d'un nuage. Tendue, elle posa ses mains dans le prolongement des siennes sur le garde-corps de pierre. Forcément, si elle restait ainsi dans la même posture que lui, au bout de cinq minutes, il allait la remarquer. Mais non. Rien. De près, c'était pire. Le profil de Jaufré, l'allure de Jaufré.

Le parfum... Une fraction de seconde, elle cessa de vivre. Son cœur s'était arrêté. Elle se tourna vers lui. Mais l'odeur de lys qui avait furtivement caressé ses narines s'en était allée. Cette fois c'en était trop. Elle se racla la gorge. Tant pis pour les passants. De toute façon, la plupart parlaient anglais ou japonais.

– Si vous sautez, dit-elle, je saute avec vous.

C'était con comme idée ! Mais c'était tout ce qui lui était venu. Tu parles d'une parabole ! Cela suffit pourtant, puisqu'il se détachât de sa contemplation et lui fît face, un sourire confiant aux lèvres tandis que son regard semblait dire : « Enfin. Je t'attendais. »

Maud demeura là, partageant dans le sien cette flamme qui glissait jusqu'à ses reins, ses pieds. Elle s'apprêtait à lui ouvrir les bras lorsqu'une main se posa sur son épaule.

– Excusez-moi, j'aimerais vous offrir un verre.

Ce fut instinctif. Elle pivota pour injurier l'emmerdeur tandis qu'il insistait déjà.

– Juste un verre.

– C'est pas le moment, vous voyez bien ! grinça Maud, furieuse.

Gâcher un instant pareil ! Mais il était pas vrai ce type ! Elle se retourna vers l'inconnu du pont pour s'excuser, reprendre là où tout semblait pouvoir commencer. Son regard n'embrassa que du vide. Personne.

– Je ne voulais pas vous importuner. J'aimerais vous parler, insista le binoclard.

Mais Maud n'en avait que faire. Jaufré, son Jaufré avait disparu, comme ça, au moment même où...

245

Elle se pencha au-dessus de la Seine. Non, il ne pouvait pas avoir sauté, elle l'aurait vu, tout le monde l'aurait vu. Ça provoque des attroupements ces choses-là, surtout chez les Japonais avec leur appareil photo en bandoulière ! Et puis, elle aurait entendu le plouf ! Ça fait plouf, un corps tombé à l'eau !

Maud avait les yeux qui se brouillaient. Il s'était mis à pleuvoir. Non, c'était à l'intérieur d'elle qu'il pleuvait. Le monde entier, son monde allait en être inondé.

– Je me permets d'insister...

– Oh, vous ! fulmina Maud en toisant l'emmerdeur de sa détresse haineuse.

Le plantant là, elle se mit à courir en direction de Notre-Dame. Jaufré était forcément quelque part, elle allait le retrouver, le rattraper, lui dire qu'elle était faite pour lui, de toute éternité, et lui aussi, elle l'avait lu dans son regard. C'était juste un contretemps, une bêtise, une erreur.

Elle tourna dans une ruelle, puis une autre, éperdue, en essuyant de son bras ses yeux mouillés pour continuer de fouiller la foule. Son bras sur lequel un parfum de lys s'était posé. Il n'avait pas pu s'évaporer. Il avait dû entrer dans une maison, une taverne, une cave, un souterrain. N'importe où plutôt qu'un nuage dans lequel sa raison se serait diluée.

Elle finit par se laisser choir sur un seuil de porte, au milieu des badauds qu'elle avait bousculés, le visage dans ses genoux serrés contre sa poitrine.

Essoufflée à en mourir. Douloureuse à en mourir. Désespérée.

28

Lorsque Maud s'éveilla, ce fut en comptant des pas. Des pas haut perchés, des pas légers, des pas à cloche-pied, des pas en baskets, des pas en chaussures de ville. Toutes sortes de pas.

Elle releva lentement la tête en se demandant comment il pouvait y avoir autant de pieds réunis dans le seul but de lui piétiner la mémoire. Son regard accrocha des jambes, en jean, en toile, en bas résille, en bas de voile, nues. Petites, longues, larges, massives. Un tintement de monnaie à son oreille gauche amena un claquement de langue dans sa bouche. Elle avait soif. C'était à cause du sel. Elle en avait mangé des poignées. Quelle drôle d'idée de manger du sel ! Faudrait qu'elle dise deux mots au maître coq. D'autant qu'elle avait envie de vomir. Elle n'allait tout de même pas avoir le mal de mer. Elle aurait bonne mine à dégueuler par-dessus bord en plein abordage, elle, la pirate ! Et puis d'abord, qu'est-ce qu'elles faisaient là ces jambes, qu'est-ce qu'ils faisaient là ces pieds ? Soif.

– On peut monter en haut des tours de Notre-Dame, maman ?

Notre-Dame. Maud leva la tête d'un cran. Une jupette venait de passer sur des jambes à socquettes. Elle n'était pas en mer. Elle n'avait pas avalé de la morue pour son déjeuner. Elle était à Paris. Soif. C'était n'importe quoi ! Rassembler ses souvenirs. Avant qu'ils disparaissent à jamais. Elle était sur le Petit Pont. Voilà. On était en 1160. Elle était sur le Petit Pont et elle cherchait à rattraper Jaufré. Ça, ça lui évoquait quelque chose de cohérent. Sauf que... Il n'y avait pas Notre-Dame, pas plus que de socquettes ou de baskets, en 1160.

Une main lui crocheta l'épaule, la secoua violemment.

— T'en veux ?

Elle tourna la tête, cogna son nez contre une bouteille de vin en plastique. Elle l'écarta d'une main fatiguée.

— Je veux pas boire un verre avec vous. Foutez-moi la paix, répondit-elle.

La bouteille disparut de son champ de vision, laissant place à un visage boursouflé par l'alcool, aux yeux globuleux et au teint sale.

— C'est qu'on ferait la fière maintenant ! ricana-t-il en écorchant la grammaire.

Maud se mit à tousser sous son haleine fétide. Un clochard. Qu'est-ce qu'elle fichait assise à côté d'un clochard ? Il se pencha sur elle. Elle tenta de le repousser mais ses bras, son corps entier refusaient d'obéir.

— Tout va bien, Maud, je suis là, tu n'as plus à t'inquiéter.

Elle tourna la tête vers la voix qui venait de se pencher vers elle. Elle s'agrippa aux bras qui la relevaient.

— Jaufré, murmura-t-elle en s'abandonnant contre le torse.

— Ce n'est pas Jaufré, susurra la voix. C'est Vincent. Vincent Dutilleul.

Le clochard se mit à rire et elle s'écarta, terrifiée. L'homme aux lunettes venait de les enlever. Elle reconnut aussitôt celui de V., le visage barré d'une cicatrice. Il souriait, un stylet à la main. Au-dessus de Notre-Dame, des nuages noirs se mirent à courir pour se rassembler autour de sa tête et dessiner un crâne grimaçant. Maud porta la main à son cœur. Mais il n'y avait plus qu'un grand trou à sa place, un trou que des pages arrachées de livres remplissaient.

Elle se redressa vivement. Dans son lit. Elle était dans sa chambre. Dans son nouvel appartement. Face au portrait de la dame rousse qu'un rai de lumière caressait par les volets entrebâillés. Elle avait mal dans la poitrine. Elle y porta ses mains. Désordonné et rapide, mais toujours là. Elle avait rêvé. Juste rêvé. Cela lui avait pourtant semblé si réel !

Soif. Elle déglutit et grimaça. Il y avait vraiment un goût de sel dans sa bouche. Elle repoussa ses draps, s'avisa qu'elle était nue. Elle n'avait pas souvenir de s'être déshabillée ni couchée. En fait, elle n'avait pas de souvenirs, sinon celui d'avoir couru derrière Jaufré. Après... Plus rien. Le trou noir. Elle posa les pieds à terre et alluma sa lampe de chevet. Sa bouteille d'eau était toujours au même endroit. À côté se trouvait un verre. Vide. Et une plaquette de médicaments. Elle la prit entre ses doigts avec curiosité. Il manquait deux comprimés. De... Lexomil.

Maud écarquilla les yeux de surprise. Elle n'avait jamais avalé de médicaments contre l'anxiété. Elle n'en avait même jamais acheté. Un tremblement la gagna tout entière. Dans un geste puéril de défense, elle se rencogna contre les oreillers, ramena simultanément couette et genoux contre sa poitrine, puis se mit en quête des bruits dans l'appartement. Une minute, cinq, dix, passèrent en silence.

— Il y a quelqu'un ? se hasarda-t-elle finalement, craintive encore.

Silence toujours. Et soudain la porte qui s'entrouvre et son souffle qui s'arrête. Personne. Mais le sentiment d'une présence.

Elle hurla en recevant sur le ventre Pousse qui, pour seule excuse, se mit à ronronner en s'y allongeant pour s'étirer.

Maud laissa sa nuque retomber sur l'oreiller et l'attira à elle.

— Tu m'as fait une de ces peurs ! Vilain chat ! le gronda-t-elle. Si seulement tu pouvais me dire ce que j'ai bien pu faire hier soir.

Elle s'attarda encore le temps d'apaiser totalement son angoisse au contact de Pousse, puis l'abandonna sur le lit pour se glisser dans la salle de bains, nauséeuse et vidée. Elle en ressortit vingt minutes plus tard, habillée, se traîna dans la cuisine, versa de l'eau dans la théière, la mit à chauffer puis, avisant qu'il était dix heures passées, décrocha son téléphone sans remords.

— Véra Lavielle j'écoute.

— Eh bien écoute de toutes tes oreilles.

— Maud, c'est toi ?

— La fille dans le miroir de ma salle de bains me ressemblait en tout cas.

— Très drôle. Tout va bien ? Claire m'a dit que tu avais décidé d'aborder l'homme de ta vie hier. Tu aurais pu m'en parler !

— Il aurait fallu que je te voie pour ça.

— Joker, se mit à rire l'attachée de presse. Parce que j'ai plein d'infos bizarres à te donner.

— Dans le genre bizarre, tu ne pourrais pas me dire ce que j'ai fait hier soir, disons entre dix-huit heures trente et ce matin ?

– Dis donc, il t'a fait un sacré effet ton Jaufré.

– C'est pas lui, c'est le Lexomil. Enfin je crois.

– Tu as pris du Lexomil ? s'étrangla son interlocutrice.

– Justement, j'aimerais bien vérifier, répondit Maud en éteignant le feu sous la théière pour y jeter des feuilles de menthe séchées.

– Et ta migraine ?

– Couci-couça.

– Si je résume bien, tu as un trou dans ton emploi du temps. Et avant ce trou, il s'est passé quoi ?

Maud lui raconta le Petit Pont, l'emmerdeur et son rêve pour terminer. Véra marqua une pause.

– À mon avis, suggéra-t-elle enfin, tu as fait le tour du quartier, ne l'as pas trouvé, as essayé de m'appeler puisque j'avais ton numéro enregistré sur mon portable, ne m'as pas eue puisque j'étais moi à l'horizontale. Bref, tu es rentrée chez toi, désespérée, tu as fouillé dans ta pharmacie, t'es jeté deux Lexomil pour oublier... Voilà.

– Je n'ai jamais eu de Lexomil dans ma pharmacie, Véra, assura Maud.

– Tu les as peut-être trouvés chez ta mère et fourrés dans ton sac par, je ne sais pas, inadvertance, anticipation, envie de te suicider... Ne me demande pas de trouver une explication rationnelle, ma chérie, dans ton cas c'est désespéré, mais une chose est sûre, si le propriétaire de V. t'avait trouvée et ramenée chez toi, après t'avoir mise au lit, c'est pas deux anxiolytiques qu'il t'aurait fait prendre, si tu vois ce que je veux dire !

– Je n'ai pas été violée, affirma Maud.

– Si déjà tu te souviens de ça, c'est le principal. Oublie le reste.

– Tu as raison. Mais je me sens amputée de quelque chose.

– Ce n'est pas parce que l'homme de ta vie s'est rappelé qu'il devait faire une course urgentissime qu'il est perdu à jamais. Si ça se trouve, il est de nouveau à jouer les figurants sur le Petit Pont. C'est bien là que tu l'as trouvé, non ?

– Attends, je vérifie !

Maud se précipita devant la baie vitrée. Pincement au cœur.

– Alors ? demanda Véra, curieuse.

– Il n'est pas là.

– Patience. Tu ne veux pas que je te raconte ce que j'ai découvert de mon côté ?

– Si, vas-y, demanda Maud, le cœur écartelé.

Cette quête lui semblait soudain sans intérêt.

– Figure-toi que Dutilleul a appris qu'il était propriétaire à V. il y a quelques jours seulement.

– Il possédait un château sans le savoir ? se moqua Maud. Si ton toubib a réussi à te faire avaler ça, chapeau !

– Ne dis pas de bêtises, se vexa Véra. Moi non plus je ne l'ai pas cru, jusqu'à ce qu'il me raconte. Il y a quinze ans, Vincent a sauvé une richissime héritière, qui, sans le lui dire, a fait mettre V. à son nom. C'est à sa mort qu'il a découvert la chose. Ce qui n'est pas facile à gérer parce que le fils de Victoria Gallagher est un de ses confrères et qu'il n'apprécie pas vraiment d'en avoir été dépossédé.

– Victoria Gallagher, tu dis ? C'est étrange, c'est un nom qui m'est familier.

– C'était une des relations de Claire. J'ai aussitôt posé la question à notre chère éditrice, tu penses, mais Victoria ne lui a jamais parlé de V.

Maud fouillait dans sa mémoire en fuite. Il y avait autre chose rattaché à ce nom, mais quoi ?

– Bon, je te laisse, faut que je m'occupe de mes journalistes. Tu vois que ça valait la peine

252

d'attendre. Jean me comble et en plus, il commence à me faire confiance.

– À ceci près que cela ne change rien. Dutilleul est venu prendre possession de son château, je l'ai vu et j'en suis guérie.

– Évidemment, sous cet angle... Tu passes au bureau tout à l'heure ?

– Tu seras là ?

– Probablement pas, mais ce soir je dîne avec les filles. Viens te joindre à nous. Ou plutôt non, je viendrai te chercher, comme ça, je verrai ton installation. Les jumelles m'ont dit que c'était top class fun. Ce qui veut tout dire, je suppose.

– À ce soir, alors.

Véra raccrocha.

Victoria Gallagher... Rien à faire. Le trou noir dans la mémoire de Maud persistait. Elle se décida à descendre récupérer son courrier après avoir allumé la radio, juste pour avoir une présence. Elle se sentait si vide de tout cet amour avorté. Elle rapporta une enveloppe qui provenait du centre de recherches historiques voisin de la maison de sa sœur.

Le vieux château de V. datait bien du XIIe siècle.

« *À l'origine,* écrivait l'historien, *il s'agissait d'une petite forteresse entourée de douves, avec un donjon roman à contreforts analogue à celui de Pouzauges, dont il reste quelques traces de tourelles et surtout, au nord, une porte de pont-levis à une flèche. Remanié à la Renaissance, le château offre une autre entrée à l'est avec une grande porte ogivale de pont-levis à deux flèches, écroulée récemment. Quant à l'intérieur, il est d'allure XVe, avec de belles cheminées et des fenêtres à meneaux...* »

Suivait la généalogie des différents propriétaires de V. qui commençait en l'an mil. Maud examina tour à tour les armoiries de la seigneurie. Lions, motifs géométriques, chiens, poissons, selon que l'on avançait dans les siècles jusqu'à ce jour. Maud sentit son cœur se réveiller dans sa poitrine morte. Seul le blason d'un des premiers seigneurs de V. avait un sens pour elle.

Au milieu d'un cercle de coquilles Saint-Jacques, se trouvait un oiseau stylisé qui ressemblait à s'y méprendre au pommeau du stylet que brandissait le cavalier noir dans ses rêves. Les dates concordaient.

Pierre Ier de Chantemerle et Anselme de Corcheville, dit le Balafré, étaient de toute évidence le même homme. Le cavalier noir venait de lui révéler sa véritable identité.

Maud se dirigea vers sa chambre et se planta devant le portrait de la dame, une nouvelle tasse de tisane à la main. De nouveau ces élancements dans sa tête qui gênaient sa concentration. Refusant la douleur, elle s'assit sur son lit toujours défait et caressa Pousse d'une main distraite en portant le breuvage à ses lèvres.

– Les descendants d'Anselme de Corcheville ont abandonné l'oiseau de leur blason, confia-t-elle au portrait. Est-ce à cause des crimes que le cavalier noir perpétrait ? Qui étaient ces femmes trépanées, pourquoi la mère adoptive de Loanna était-elle parmi elles ? Pourquoi a-t-on menti à Loanna ? Qui était Guenièvre de Grimwald pour toi, pour elle ? Tant de questions sans réponse. Je suis si lasse, ma Dame, si lasse de devoir les chercher. Si encore je pouvais retrouver Jaufré sur le Petit Pont ! Son parfum de lys m'obsède par son manque presque autant que la fois où j'en ai été entêtée...

Le bouquet...

Victoria Gallagher...

Maud abandonna en hâte sa tasse sur sa table de chevet pour bondir dans son bureau. Vérifier. Tout ce qu'elle avait rapporté de chez Véra s'y trouvait. Elle vida à terre le contenu d'un carton à la recherche du bristol qui avait accompagné le bouquet. Elle était sûre de l'avoir conservé et même de l'avoir utilisé comme marque-page dans un livre. Elle récupéra l'ouvrage en question, l'ouvrit et s'empara fébrilement du message :

« Puisse ce témoignage de mon admiration vous aider à vous rapprocher de celle que vous avez été et que vous êtes encore au plus secret de vous... »

Victoria Gallagher. Il s'agissait bien de Victoria Gallagher. Et cette phrase ne pouvait signifier qu'une chose. Victoria Gallagher savait.

Maud manqua défaillir. Et si le propriétaire de V. qu'elle avait croisé n'était pas Vincent Dutilleul mais le fils de Victoria ? Et si Vincent Dutilleul n'était autre que le Jaufré du Petit Pont qui se serait enfui de peur de sa réaction ? Elle repensa aux paroles de Véra, au château de V. légué à Vincent. Et si, portée par le souhait de la dame rousse, Victoria Gallagher avait décidé de les réunir ?

« Le plus beau visage de l'amour est celui que l'on porte au fond de soi comme un secret. »

Sa dédicace à Vincent ressemblait presque mot pour mot à celle de ce billet. Et si elle la lui avait offerte parce que inconsciemment, au cours d'une rencontre avec ses lecteurs, sa ressemblance avec Jaufré l'avait troublée ? Elle se précipita sur le téléphone. Il fallait qu'elle vérifie. Sur-le-champ.

– Mélissa, c'est Maud. Véra est toujours là ?

– Elle vient de partir mais tu peux la joindre sur son mobile.

Maud raccrocha. Quelle idiote avait-elle été de jeter la carte qu'elle lui avait donnée.

– Décroche. Décroche, s'impatienta-t-elle.

– Bonjour, vous êtes bien sur la messagerie de Vé...

Elle lui cloua le bec, alluma son ordinateur portable et tapa sur l'annuaire le nom de Vincent Dutilleul. Pas de réponse avec ce prénom. Elle les passa tous à la loupe. Sans succès. Il devait se trouver sur liste rouge. Elle essaya avec Latour. Fit le numéro qui correspondait à l'adresse de son ancien appartement et laissa sonner. Nouveau répondeur.

Il ne lui restait qu'une chose à faire. Prendre la place de Dutilleul sur le Petit Pont et attendre. Attendre qu'il vienne, qu'il revienne et accepte de lui pardonner.

Elle boucla la porte de son appartement et dévala l'escalier en courant.

29

– Il est toujours enfermé dans le donjon. Je ne sais pas ce qu'il y fait, mais, de l'endroit où je me trouve, des bruits bizarres me parviennent, comme s'il cassait quelque chose.

– Restez en faction, monsieur Duval. Votre prix sera le mien, insista Vincent dans le combiné téléphonique. Je ne peux pas me permettre que vous le perdiez de vue.

– Comme vous voudrez, mais ma présence ici ne passe pas inaperçue. On commence à se poser des questions. Heureusement que Gallagher avait des réserves de nourriture comme vous m'en aviez informé, sans quoi on n'aurait pas manqué de l'avertir au village.

– Donnez-moi quarante-huit heures de plus et si les éléments d'enquête que je détiens se confirment, je préviendrai l'inspecteur chargé de cette affaire.

– C'est vous le patron, Dutilleul. Mais de vous à moi, je préférais suivre Maud Marquet. Je me suis plongé dans sa prose pour passer le temps. Croustillant. Sans indiscrétion, vous en êtes où avec elle ?

Vincent enleva ses lunettes et pinça l'espace entre ses sourcils. Où en était-il avec elle ?

– Ça progresse, décida-t-il.

– Vous avez pu lui parler ?

– L'approcher.

– Ben vous alors, vous êtes vraiment pas un rapide !

– C'est plus compliqué qu'il n'y paraît. Appelez-moi si Gallagher bouge.

– Pas de danger, ricana Jérôme Duval. Je doute fort qu'il pointe son nez avant d'avoir transformé ce château en champ de ruines.

– Je suis assuré contre le vandalisme, affirma Vincent, avant de raccrocher en se disant que même ça, Victoria Gallagher l'avait prévu.

Si seulement il savait ce que Willimond cherchait. Il bâilla et s'étira, courbatu d'avoir passé sa matinée sur le net à la recherche d'informations concernant la provenance du stylet. Sans succès. De plus, il manquait de sommeil. Il s'était préparé à tout, mais pas à ce qu'il avait vécu la nuit précédente. Il s'en voulait d'avoir brusqué les choses, la veille au soir, mais depuis qu'il avait découvert qu'une femme avait sauvagement été assassinée entre Nantes et V., le jour où Victoria Gallagher avait été incinérée, il ne parvenait pas à réfréner son angoisse. Le corps de la petite Anglaise avait été découvert par hasard par un couple de Parisiens qui avaient lâché leurs chiens dans le bois. Les journaux télévisés avaient relayé l'affaire, l'enquête était en cours. Bien sûr, ce crime était différent de ceux qui avaient précédé, d'autant qu'on s'était servi du propre Opinel de la victime, mais Vincent avait pu juger de la profondeur des lacérations dans les affaires de Victoria. Gallagher était capable de tout, il en était désormais certain.

Il revoyait sans cesse le sang sur le mur du château, sur la chemise blanche. L'urne mortuaire vide, tachée.

Il devait avertir Maud du danger qu'elle courait. Mais il ne savait plus comment s'y prendre. Il passa ses mains dans ses cheveux. Besoin d'une coupe. Tant pis, il n'avait pas de temps à perdre chez un coiffeur. Ses doigts caressèrent sa joue. Il ferait bien de se raser avant de retourner dans l'île de la Cité. Il quitta sa cuisine dans laquelle il venait d'avaler deux œufs au plat pour s'y employer. En traversant le salon, il ne put s'empêcher, comme chaque jour, de laisser ses yeux traîner au-delà de la baie vitrée. La tour Eiffel était dans la brume. Il repensa à cette soirée où il avait perdu son livre dédicacé par Maud. Ce soir-là, pour lui, tout avait basculé.

Lui si cartésien, si fort de ses certitudes, se trouvait entraîné dans un monde où rien de ce qu'il savait n'avait de sens. Sauf une chose. Cet amour au-delà du pensable pour Maud Marquet. Il ne laisserait personne et surtout pas Gallagher le lui enlever.

Il était seize heures trente, lorsqu'il ouvrit la portière de sa voiture pour se rendre là où autrefois se tenait le petit Châtelet.

*

— Saleté de bestiole, grimaça le détective en portant une fois de plus la main à son cou. Se faire agresser par des moustiques en cette saison ! Ils avaient raison aux infos, cette planète est vraiment détraquée.

Le bruit avait cessé dans la vieille bâtisse. De fait, plus rien ne bougeait. Duval fouilla encore un instant les fenêtres de l'œilleton des jumelles qu'il tenait en main avant de se résigner. Pas de traces de Gallagher. Ce forcené avait dû aller se coucher, fatigué par son entreprise. Lui-même en aurait bien fait autant. Le jour déclinait et il s'engourdissait à son poste. Il reposa les lentilles grossissantes sur une pierre saillante, s'installa en appui contre une autre dans le recoin de la chapelle qu'il s'était aménagé et reprit sa lecture du premier roman de Maud Marquet. À en juger par certaines scènes, ce cochon de Dutilleul ne tarderait pas à s'amuser. Jérôme Duval ramena le thermos à ses lèvres et avala une gorgée de café brûlant.

À la faveur de la nuit précédente, il avait placé un mouchard sous la carrosserie de la Maserati. Avec le petit joujou GPS qu'il s'était procuré, celle-ci serait facile à filer. Gallagher n'irait pas loin. Il ferait mieux d'aller se mettre au chaud au lieu de faire du zèle. Dutilleul n'en saurait rien et, vu la distance, il serait toujours temps de le prévenir avant que Gallagher rejoigne Paris.

Nouvelle piqûre à son cou, plus désagréable cette fois. Il en avait décidément assez.

Il voulut refermer le livre et se lever, mais à sa grande surprise ses gestes refusèrent de suivre sa pensée. C'est alors qu'il constata avec effroi qu'aucun de ses membres ne lui obéissait. Il était emmuré dans son propre corps. Il n'eut pas le temps de se demander ce qui se passait qu'une voix ricanait derrière lui.

– Je crois, mon cher, que l'heure est venue de vous confesser.

Et Gallagher fut devant lui, une fine sarbacane dans sa main droite. La panique s'empara du privé. Il se sentit crocheté par le col de sa veste et, indifférent aux ronces qui le mutilaient, son agresseur l'entraîna vers son antre tel un pantin désarticulé.

*

Maud avait pris froid. Plus que ça encore. Elle était glacée. Trempée jusqu'aux os par la bruine qui peu à peu avait pénétré pull et jean. Elle aurait pu rentrer pour se changer avant de ressortir avec un manteau et un parapluie. Mais elle avait perdu toute volonté.

Cela faisait des heures qu'elle s'était fondue à la pierre du garde-corps, les yeux perdus dans la Seine, comme l'homme du pont, cherchant dans ses méandres à y deviner ce qu'il y voyait. Statufiée. Comme lui. Au même endroit. Elle voulait qu'il la découvre ainsi. Qu'il comprenne à son attitude qu'elle était prête à tout accepter, qu'elle lui demandait pardon d'avoir douté. Il viendrait. Dût-elle rester en faction nuit et jour. Vincent Dutilleul viendrait. N'avait-il pas attendu lui-même sans compter sa fatigue, ses crampes ? Il s'était trop investi pour renoncer. Il viendrait. Mais elle avait faim. Soif. Froid. Mal. À ses jambes trop longtemps immobiles, à ses mains aux jointures trop blanches, à ses yeux trop usés de fixer, à sa tête enfin, martelée.

Indifférents à sa quête comme ils l'avaient été à celle de son Jaufré, les badauds badaient, Notre-Dame priait, les bateaux-mouches croisaient. Maud faisait corps avec ce pont. Elle se devinait souriante. De ce sourire qu'ont les fous avant d'enjamber les barrières et de sauter dans le vide. Elle était une suicidée de l'attente. Comme dans un rêve, les voix mortes des personnages de ses romans chuchotaient dans sa tête : « Courage, Maud ! Ne faillis pas, Maud ! » Elle se souvenait des scènes qu'elle leur avait fait vivre, des serments qu'à travers ses lèvres ils avaient échangés. Unis en une ronde infernale, ils la pressaient de saisir leurs mains tendues et de se laisser emporter. Tous, ils connaissaient Jaufré. Ils la mèneraient à lui, s'il refusait, lui, de revenir à elle. N'était-ce pas ce que Loanna de Grimwald, autrefois, avait fait ?

Elle chancela, sentit un bras se glisser derrière ses omoplates.

— Venez, murmura une voix d'homme.

Elle tourna la tête vers lui et fronça les sourcils. Ce regard derrière des lunettes. Où avait-elle pu le croiser ?

— Venez, Maud, vous êtes glacée.

Ses jambes étaient ankylosées. Elle gémit de devoir les forcer à bouger. Mais l'inconnu ne lui laissa pas le choix. Déjà il l'entraînait.

— Je ne veux pas boire un verre avec vous, dit-elle en se souvenant brusquement que c'était l'homme qui, la veille, avait tout gâché entre elle et Jaufré.

— Ça tombe bien, moi non plus, affirma-t-il en resserrant son étreinte.

Les personnages des romans de Maud avaient été avalés par la Seine. Devant ses yeux ne restait plus que le pont sur lequel ils avançaient en direction du café Notre-Dame, attirant quelques regards curieux.

— Je vous déteste, affirma-t-elle en titubant.

— C'est bon signe. Ça prouve que ça va mieux.

— Vous vous en fichez que je vous déteste ? demanda-t-elle avec l'impression d'être redevenue une enfant grondée.

— Oui, répondit-il en la guidant jusqu'à l'intérieur.

Il y faisait doux. Maud acheva de se liquéfier sur une banquette tout au fond de la salle, tandis qu'il l'abandonnait pour commander deux thés chauds

262

et des pâtisseries. Elle le regarda fixement revenir vers elle avec le sentiment de l'avoir déjà rencontré. Il était bel homme. Indiscutablement. Hier, elle n'avait pas remarqué. Ses pensées malgré sa migraine redevenaient coordonnées. Elle se mit à claquer des dents. Il ôta sa veste et la lui glissa autour des épaules, avant de la frictionner vigoureusement. Elle se laissa faire.

Étonnant, ce parfum de lys dans la salle.

— Vous pouvez me dire ce que vous faisiez plantée comme ça sur ce pont ?

Un sursaut de colère gagna Maud. Mais elle n'avait plus assez d'énergie pour la laisser s'installer. La chaleur revenait peu à peu en elle et elle se sentait bien. Triste mais bien.

— C'est votre faute, dit-elle simplement, face à cette tragique évidence.

— Voyez-moi ça !

Le thé atterrit devant eux et l'inconnu lui en versa une tasse.

— Avalez ça au lieu de dire des bêtises. Et gavez-vous de sucreries. J'ai dans l'idée que vous n'avez pas ingurgité grand-chose depuis ce matin.

— Oui, papa, répondit-elle en obtempérant.

Il changea de place pour s'asseoir en face d'elle dans un souffle excédé. Qu'est-ce qu'il croyait, cet emmerdeur, qu'elle allait lui sauter au cou parce qu'il l'avait sauvée de la congélation ?

— Je vous déteste, répéta-t-elle entre deux bouchées de tarte aux pommes.

Il ne répondit pas. Il avait croisé ses bras sur sa poitrine et calé son dos contre le dossier de la chaise. Il souriait. Maud avala une autre gorgée de thé. Ses forces revenaient.

— Pourquoi me persécutez-vous comme ça ? demanda-t-elle. Qu'est-ce que je vous ai fait ?

— Moi, je vous persécute ! s'étrangla-t-il. Parce que je vous invite à boire un verre, que je vous tire des griffes d'un clochard et que je vous empêche de basculer dans la Seine ?

— Parce que vous l'avez fait fuir et que ça vous fait rire.

— Je n'ai fait fuir personne et je souris parce que je vous trouve belle malgré votre mine de chat mouillé.

— J'ai une mine de chat mouillé, moi ? s'étonna Maud dans une moue enfantine.

— Vous êtes mouillée.

Elle n'avait rien à répondre à ce constat.

Elle vida la théière dans sa tasse, y ajouta trois sucres et avala le thé qui y restait, avant d'appuyer sa tête contre le dossier de la banquette sombre, sous la réplique en étain sur marbre de la cathédrale. Fermer les yeux. Apaiser la sensation d'oppression dans la partie gauche de sa tête. Une nouvelle brassée de fleurs de lys frôla ses narines, amenant de nouveau ce manque insidieux en elle. Elle murmura :

— Jaufré. C'est à cause de votre invitation imbécile qu'il est parti. Pour une fois que l'homme de ma vie était là si proche ! Vous avez tout gâché et maintenant, s'il revient, je ne serai plus sur le pont à l'attendre et tout sera à recommencer.

Elle porta une main à son crâne en grimaçant.

— Depuis quand avez-vous ces céphalées ?

— Qu'est-ce que ça peut vous faire ? rétorqua Maud.

— Répondez !

Elle sursauta sous l'autorité du ton. Rouvrit les yeux pour l'affronter.

— N'inversez pas les rôles, d'accord ! C'est moi qui suis en colère après vous. Un, deux mois peut-être. C'est de pire en pire. Mais ne vous inquiétez pas, c'est normal...

Elle ajouta, cynique.

– C'est parce que je suis cinglée.

Derrière les lunettes, les sourcils de l'inconnu se froncèrent :

– C'est plus fort le matin ou le soir ?

– Le matin.

– Vous avez des difficultés de concentration ? Des vertiges ?

– Vous allez m'emmerder encore longtemps ?

– Tant que vous n'aurez pas répondu.

– Pourquoi, vous êtes médecin ?

– Oui.

Elle arrondit sa bouche de surprise avant de se renfrogner sur son siège.

– Tout va très bien, merci. Enfin, tout irait très bien si vous n'aviez pas interrompu ma conversation hier sur le pont.

– Votre conversation avec qui ? s'étonna-t-il.

– Avec l'homme de ma vie, je vous l'ai dit. Ce n'est pas moi qui ai des problèmes de concentration apparemment.

– Il n'y avait personne avec vous sur ce pont.

Maud lâcha un petit rire sarcastique.

– Évidemment, puisque vous l'avez fait fuir.

– Je vous ai observée suffisamment longtemps avant de vous aborder pour pouvoir vous assurer qu'il n'y avait personne avec vous sur ce pont.

– Vous n'avez vu que ce que vous vouliez voir !

– Écoutez, céphalée, vertiges, hallucinations, tout cela peut être le signe d'une réelle pathologie, dit-il d'un ton grave.

Le visage, le regard l'étaient aussi. Maud détourna les yeux. Elle n'avait pas envie d'entendre. Elle était cinglée d'accord, mais pas folle. L'homme sur le pont n'avait rien d'une hallucination, elle savait faire la différence entre une hallucination et la réalité. Voire même entre une hallucination et un fantôme !

Elle repoussa la table, la lui bloquant sur les genoux, et reposa la veste sur la banquette.

— Merci pour le thé et pour la consultation, monsieur Je-sais-tout, mais tout cela ne vous concerne pas.

— Oh que si, insista l'inconnu.

Maud trouva en elle l'énergie suffisante pour se lever et regagner un peu de sa dignité perdue.

— Vous m'excuserez, mais je vais aller passer des vêtements secs. Et ce n'est pas la peine de m'accompagner, j'habite à côté.

Il sortit une carte de son portefeuille et la lui tendit.

— Appelez-moi et croyez-moi, il n'y avait personne sur ce pont.

— J'espère, moi, ne plus vous y croiser.

— Il le faudra bien pourtant. Nous avons des choses à nous dire.

Maud glissa la carte dans la poche trempée de son jean. Elle aurait pu tout aussi bien la jeter sur la table mais elle avait dans l'idée qu'il ne lâcherait pas facilement prise, celui-là. Or, vraiment, il l'agaçait avec ses insinuations stupides. Elle savait bien de qui elle parlait. Si Vincent Dutilleul était une hallucination maintenant, à qui pourrait-elle se fier ?

Elle offrit une révérence à l'inconnu et sortit du café sous les regards amusés des clients, droite et fière comme une reine outragée.

30

Maud se traîna jusqu'à son nouvel appartement. L'emmerdeur ne l'avait pas suivie. Tant mieux. De quel droit s'incrustait-il comme ça dans sa vie ?

Elle se déshabilla dans la salle de bains en claquant des dents. Pousse vint se frotter contre sa jambe en miaulant.

– Pas...pa...pa...main...te...tenant, bégaya-t-elle en le repoussant délicatement du pied.

Ses tennis s'étaient transformées en pataugeoire, quant à ses cheveux, la bruine semblait y avoir déposé toute la crasse visqueuse et polluée de Paris. Elle fourra ses vêtements par le hublot de la machine à laver et lança un programme, avant de se précipiter sous la douche.

Elle avait tant le sentiment d'être rouée de coups qu'elle se sentit défaillir sous la brûlure du jet. Elle s'assit à même le bac, pour laisser l'eau inonder sa tête et ses épaules. Si seulement cette migraine pouvait la laisser en paix. Une heure, juste une heure. Elle n'en pouvait plus de ces tambours qui martelaient en cadence. S'attarder ainsi sous ce crachin n'avait rien arrangé, au contraire. À défaut de retrouver Dutilleul sur ce pont, c'est probablement une sinusite qu'elle avait attrapée. Qu'est-ce qui lui avait pris ? Il aurait été si facile d'attendre que Véra lui donne ses coordonnées. Quelle idée stupide ! Sans doute les effets secondaires du Lexomil. Impossible de se souvenir de ce qui l'avait poussée à en prendre. Son esprit copinait avec Alzheimer.

Bon sang ce qu'elle avait mal ! Bon sang ce qu'elle avait froid !

Maud tourna le mitigeur pour augmenter la chaleur de l'eau. Elle s'inonda le visage, les yeux fermés, la nuque renversée contre le carrelage de la douche, jusqu'à se retrouver enveloppée de vapeur.

Véra ne tarderait plus à présent. Il allait falloir qu'elle s'arrache de ce hammam. De toute façon, elle était rouge comme les ballons de Serge Lama. Ou alors brûlée au troisième degré. Ce qui n'aurait vraiment rien d'érotique. Elle coupa le robinet. Elle débloquait complètement. Elle se releva en riant bêtement.

« Curieux vos vêtements, lui dirait Jaufré.

– Du pur lambeau de peau », répondrait-elle en lui tendant ses bras cloqués.

Ils feraient l'amour sur des cubes de glace. Elle serait gelée. Et cet emmerdeur reviendrait jouer les trouble-fêtes en insistant pour lui offrir un thé qui la réchaufferait.

Si elle ne prenait pas une dose massive de paracétamol, c'est en asile psychiatrique qu'elle finirait sa soirée.

Maud enfila un peignoir, attrapa Pousse qui l'attendait sagement sur le meuble du lavabo, les poils hérissés de brume, l'enveloppa dans une serviette et le frictionna malgré lui. Au troisième coup de griffe sur ses doigts, elle le reposa par terre, en conclut qu'il avait, comme elle tout à l'heure, parfaitement le droit de détester qu'on lui dise que c'était pour son bien et s'en fut avaler trois comprimés avant de s'allonger telle quelle sur le canapé.

C'est le carillon de l'entrée qui l'éveilla. Le bourdon dans sa tête s'était assourdi et il lui semblait avoir repris le contrôle de ses idées. Un œil par le judas, selon une antique règle de prudence. Véra. Tout était redevenu normal. Elle déverrouilla.

– Si madame veut bien se donner la peine d'entrer.

– T'es en peignoir ! s'étonna l'attachée de presse. Puis aussitôt.

– Je dérange ?

Et encore plus rapidement.

– Il est ici ?

Selon cette extraordinaire faculté d'analyse et de déduction qu'elle possédait. Maud était encore vaseuse quant à elle.

– Qui ça ? demanda-t-elle en réprimant un bâillement dans sa main.

Véra s'était déjà avancée au-delà des limites du vestibule, avec curiosité.

– Ton Jaufré, pardi, chuchota-t-elle tandis que Maud la rattrapait dans la cuisine.

– Hélas non.

Déception sur le visage de Véra.

Maud la laissa ouvrir les placards. Véra adorait jouer à « je visite comme si je voulais acheter, surtout quand j'ai aidé à acheter ». Maud s'adossa à l'encadrement de la porte, amusée.

– Il n'est pas revenu sur le pont ?

– Lui non, hélas, ce qui n'est pas le cas du casse-pieds qui m'a draguée hier.

– Celui qui a tout gâché, s'étonna Véra en faisant couler un peu d'eau dans l'évier, histoire de vérifier le bon fonctionnement de la tuyauterie.

– Lui-même.

– Tu sais qui c'est ?

– Un emmerdeur. Le reste de son CV tourne avec mon jean dans la machine à laver.

269

— Sympa ta cuisine. Encore trop bien rangée mais sympa.

À l'exemple de Pousse, Véra se faufila entre Maud et le chambranle, s'arrêta pour hésiter entre deux portes, une de chaque côté du corridor, avant de lui faire face.

— Qu'est-ce que tu comptes faire ?

— L'oublier. Très vite, assura Maud.

— Mais je croyais que c'était l'homme de ta vie !

— Je parlais du casse-pieds, la rassura Maud.

Optant pour la porte de droite, Véra en franchit allègrement le seuil avant de s'exclamer :

— Waouh ! elles avaient raison les filles. Magnifique ton canapé. J'A.D.O.R.E !

Elle l'adopta aussitôt et s'abandonna entre les voluptueux coussins prune et grenat qui égayaient la peau veloutée. Pousse, dans un miaulement ravi, lui sauta sur les genoux.

— On en était à l'homme de ta vie, non ? relança Véra, en caressant le chat.

— Je crois que c'est Dutilleul, lui assena Maud, certaine de son petit effet.

Véra immobilisa sa main.

— J'ai manqué un épisode ?

Pour toute réponse, Maud rebroussa chemin, un sourire énigmatique aux lèvres. Véra délaissa aussitôt fauteuil et caresse pour lui emboîter le pas jusqu'au bureau.

Maud saisit la carte que Victoria Gallagher lui avait envoyée avec le bouquet et la lui mit sous le nez.

— T'en penses quoi ? demanda-t-elle après quelques secondes en voyant Véra se mordre la lèvre inférieure sous le coup d'une réelle excitation.

— Que Victoria était aussi cinglée que toi ! Parce que pour t'imaginer en Loanna de Grimwald et lui en Jaufré Rudel ! Faut quand même...

– Pas du tout, s'offusqua faussement Maud. Je t'assure qu'il en est le portrait craché.

– Le voyais pas comme ça, moi, objecta Véra en affichant une moue sceptique. Enfin, si tu le dis. C'est pour ça que tu as essayé de me joindre ?

– Avant de me planter la moitié de la journée sur le Petit Pont en espérant qu'il reviendrait.

– Tu as fait ça ? Mais t'es...

Elle n'acheva pas. Maud sourit, piteuse.

– Cinglée ? Je crois que ce n'est pas un scoop. Mais cette fois c'est justifié, je te l'accorde.

Évitant d'en rajouter, Véra reporta son attention sur la carte de Victoria qu'elle n'avait pas lâchée. Visiblement son esprit galopait.

– En fait, je n'ai pas réussi à dénicher ton Dutilleul dans l'annuaire, relança Maud. J'ai même essayé d'avoir ton preux chevalier au téléphone puisque tu étais injoignable.

– Jean ? Il était au bloc toute la journée. Il doit être rentré, observa Véra en jetant un œil à sa montre-bracelet.

Elle décrocha le téléphone à portée.

– Évidemment tu ne dînes plus avec nous.

– Pourquoi, s'étonna Maud, tu as changé tes projets ?

– Non, idiote, c'est toi qui vas changer les tiens. Tu voulais l'adresse de Dutilleul, que je sache, c'est pas pour lui envoyer des fleurs.

– Tu ne trouves pas ça un peu prématuré ? hasarda Maud.

Elle se sentait une mine affreuse, les sinus encombrés, et là, à froid, se demandait si c'était une bonne idée.

Véra raccrocha avant d'avoir laissé sonner. Spontanément en colère.

– Mais c'est pas vrai, tu vas pas jouer les mijaurées ? Tu te pâmes sous la pluie comme une héroïne de Godard pour un type qui se meurt d'amour depuis des siècles et au moment où on peut faire un « happy end » à l'américaine, madame nous joue les timides ! Que tu aies beaucoup d'imagination passe, que tu sois un mélange entre E.T. et l'agent Mulder passe, mais que tu essaies de me faire croire que tu n'as pas envie de t'envoyer en l'air, faut pas déconner !

Lui tournant ostensiblement le dos, elle enfonça la touche « bis », tandis que Maud se résignait.

L'impulsivité de l'attachée de presse changea de registre dès lors que Jean décrocha. Maud s'avachit dans un fauteuil tandis que Véra se mettait à balancer des jambes comme une collégienne. L'écrivain laissa son regard errer sur le Petit Pont. Toujours personne. La bruine avait cessé mais sous son crâne le brouillard persistait. Il recommençait même à s'opacifier.

– Oui, tu me manques, glapissait Véra en sourdine. Oui... Oui... Oui, avec Maud. C'est pour ça que je t'appelle.

L'intéressée s'arracha de sa contemplation pour se tourner vers elle, amusée. C'était donc ça l'amour, ce petit truc qui donne des ailes et des étoiles dans les yeux ? Est-ce qu'elle ressemblerait à ça demain ?

– Meuh non... Meuh oui... Figure-toi qu'elle a décidé de se réconcilier avec Vincent. Meuh non... Meuh oui. Je te raconterai. Meuh non... Meuh oui.

« Non, c'est pas possible, pensa Maud consternée. Voilà qu'il la fait meugler à présent. »

– Meuh non, grand fou, insista Véra en pouffant comme une midinette.

« Pitié », songea Maud. Que Jaufré-Vincent l'étourdisse de vers, de musique et de tout ce qu'il voudrait, tout, mais qu'elle ne ressemble jamais à une vache avec un cerveau lobotomisé.

— D'accord. Je t'appelle ce soir. Moi aussi. Oh oui. Mais oui moi aussi... D'accord. Moi aussi. D'accord... Bisou... Bisou, bisou... Oui, oui. Bisou.

Véra raccrocha.

— C'était Jean, affirma-t-elle dans un sourire benêt. Pâmée.

— Sans blague ! se mit à rire Maud en récupérant des mains de son amie l'adresse griffonnée au dos du bristol envoyé par Victoria Gallagher.

— Tu dois me trouver puérile, rougit Véra, reprenant d'un coup sa lucidité. Mais j'ai l'impression d'avoir à nouveau quinze ans.

— Ce n'est pas qu'une impression. J'avoue que vu de l'extérieur, c'est un peu... surprenant, mais je vais m'y faire.

Véra s'arracha de son perchoir pour lui prendre la main et l'extirper résolument de son fauteuil.

— Viens, ordonna-t-elle.

— Où ça ?

— Dans la chambre, te choisir une tenue appropriée. Tu ne vas pas aller chez Dutilleul en peignoir, tout de même !

31

Un taxi plus tard, Maud franchissait le sas de la porte d'entrée de l'immeuble où habitait Vincent, après avoir tapé le code d'accès donné par Jean.

Elle s'était chamaillée une bonne heure avec Véra avant de céder à ses couplets sur la séduction, sur le goût prononcé de Vincent pour la féminité, sur le fait qu'une vraie première rencontre était un acte à part entière et qu'on ne commence pas une histoire d'amour avec un vieux jean et un gros pull.

Résultat, après avoir jugé de sa mise dans un miroir, et accordé à son amie que « Là tu vois, c'est quand même plus sensuel comme ça ! » elle se sentait mal à l'aise avec ses bottes de cuir noir à talons, ses jambes gainées de bas, sa jupe anthracite légèrement au-dessus du genou et son chemisier de soie sous un manteau long.

Pour ce qu'elle en avait vu, Dutilleul avait fait des efforts côté vestimentaire en se donnant une allure médiévale pour l'apprivoiser, sous-entendre qu'il savait leur lien au-delà du temps. Elle aurait été mieux assortie dans cette jupe longue et vaporeuse qui aurait donné du romantisme à leurs retrouvailles.

274

– Beurk ! avait plaidé Véra, intransigeante. On ne va pas dégouliner dans la mièvrerie, non !

Et si pour une fois Maud avait envie de jouer dans une de ces comédies romantiques que prétendument personne ne va voir mais qui s'arrachent en DVD et hantent le cœur de toute femme, juste parce que le monde est ainsi fait et qu'on peut se leurrer pour les siècles des siècles, il y a toujours en nous une Belle au Bois dormant qui sommeille ?

– Eh bien, justement, si tu veux qu'il t'embrasse, ton prince charmant, faut booster ses hormones, avait glapi Véra avant de la pousser sur le palier.

Maud inspira longuement. Plantée dans ce hall de marbre, elle eut soudain le sentiment d'être revenue seize ans en arrière, juste avant qu'elle n'atterrisse à Blaye. Juste avant qu'elle ne découvre l'existence médiévale de Jaufré Rudel. Tout était facile, alors.

Dans cet hier, elle aurait appuyé sur le bouton de l'interphone, aurait annoncé :

« C'est Sylvie Maréchal », comme elle se faisait appeler et une voix aurait déclaré :

« Cinquième étage, la porte à droite. » Elle n'aurait rien eu à dire à part un « bonsoir » enjôleur pour se retrouver dans les bras d'un homme choisi sur photo et CV.

Oui, facile. Mais là.

La porte de l'immeuble céda, amenant près d'elle une dame d'un certain âge, affublée d'un chihuahua qui se mit à grogner. Un regard hautain la couvrit avant de se détourner ostensiblement. La dame enfonça la clef dans la serrure et ouvrit la porte du sas. Maud la laissa passer puis lui emboîta le pas, chassant l'image. C'était un passé bien plus ancien qu'elle était venue retrouver.

Elle se secoua.

Véra avait raison pour sa tenue. Dutilleul avait beau cohabiter avec l'âme de Jaufré, il n'était pas un troubadour. Et elle, pas une damoiselle minaudant dans un cour d'amour. Elle était une femme du XXIe siècle. Qui désirait et était désirée. Il n'y avait aucune raison de ne pas l'assumer.

Elle enfonça le bouton de l'ascenseur, grimpa au cinquième, déboutonna son manteau, tira sur sa jupe, lissa ses cheveux, déglutit. Puisa dans tout ce qui lui restait de courage pour se composer une contenance. Ça, elle savait faire.

Elle se planta sur le palier, vérifia le nom sur la plaque et appuya sur la sonnette avant de changer d'idée. Tant pis si son cœur s'arrêtait après avoir dansé la gigue.

Des pas derrière la porte. Quatre, trois. Une inspiration. Elle était Maud Marquet, écrivain. Deux. Il était Vincent Dutilleul, neurologue. Un. Elle lui dirait :

« Bonsoir, je suis venue pour m'excuser. »

Clap.

Devant elle apparut un torse nu jusqu'à la serviette enroulée autour de la taille. Troublé, le regard de Maud remonta jusqu'au visage encadré par des cheveux encore humides avant de se figer :

– Encore vous ! Mais vous le faites exprès ! s'exclama-t-elle, excédée.

– Bonsoir, Maud, répondit Vincent en écartant la porte pour l'inviter à entrer.

Il sortait de la salle de bains et avait ouvert sans vérifier. N'ayant pas eu de sollicitation par l'interphone, il pensait ouvrir à son voisin de palier, lequel était régulièrement en manque de pain, de vin, de moutarde, de sel.

Il s'attendait au possible, pas à l'impossible. D'autant qu'elle demeurait là, entre la colère et l'incrédulité, évitant de porter son regard sur sa presque nudité, et il se dit qu'elle n'était pas venue à cause de sa carte et que visiblement le Vincent Dutilleul qu'il était n'était pas celui qu'elle cherchait. Il la devina prête à s'enfuir.

– Entrez, supplia-t-il. Je vais tout vous expliquer. Je vous en prie, Maud. Entrez.

Maud ne parvenait pas à coordonner ses pensées. Il était là devant elle, l'homme du Petit Pont. Mais c'était l'emmerdeur et pas Jaufré. Bien sûr, sans ses lunettes, il faisait un peu moins emmerdeur, un peu moins médecin, mais pas vraiment l'homme de sa vie. Alors pourquoi son cœur refusait-il de se calmer ? Pourquoi dans ce regard-là, qui l'implorait de rester, une telle souffrance brillait-elle soudain ? Sa colère retomba.

– Je vous donne deux minutes, dit-elle pour se justifier.

Mais elle franchit la porte, passa à ses côtés et s'immobilisa dans un parfum de lys qui la fit chanceler.

Vincent la vit chercher un appui imaginaire. Il se précipita pour lui tenir le bras, la guider vers le canapé.

– Non, ne me touchez pas, allez vous habiller, exigea Maud d'une voix morte.

– Si vous me promettez de ne pas vous enfuir encore. De ne pas hurler, de ne pas...

– Habillez-vous s'il vous plaît, le coupa Maud en avançant résolument vers un fauteuil.

Elle se planta devant la tour Eiffel illuminée.

Vincent hésita un instant entre le besoin de l'étreindre, de la forcer à admettre cet inéluctable qui les unissait, et celui de se plier à ses caprices, ses désirs, ses silences. Il était bouleversé. Par cet appel charnel que la serviette ne dissimulerait plus bien longtemps. Par la fragilité de cette femme qui renforçait encore l'inquiétude qu'il portait en lui depuis qu'elle l'avait quitté dans le café. Était-elle malade ? Il avait eu envie de courir derrière elle, mais il s'y était refusé. Il s'était promis de ne pas forcer le destin. Par deux fois, il l'avait fait. Par deux fois, elle l'avait repoussé. Il n'avait pas eu le courage d'une troisième rebuffade. Il était rentré chez lui, sous le choc de sa souffrance, empli de questions sans réponse, qui toutes le renvoyaient à une certitude. Victoria Gallagher avait souhaité qu'il la sauve. Était-ce à cause du château de V., ou en lien direct avec son métier ? Il ne pouvait imaginer de la perdre comme il avait perdu sa mère. Il était plus confus et perturbé que jamais. Plus amoureux aussi.

Il se précipita dans sa chambre, enfila un jean et une chemise en dressant l'oreille, prêt à courir jusqu'au bout de la nuit pour la rattraper. Puisqu'elle était venue à lui, cette fois, il ne la laisserait pas s'échapper.

Maud essayait en vain d'assembler les morceaux du puzzle. Le parfum de lys transpirait en fragrance de parfumeur sur la peau de Vincent, car il était évident qu'un homme à demi nu dans l'appartement de Vincent Dutilleul ne pouvait être que Vincent Dutilleul. C'était son parfum à lui qu'elle avait respiré dans le café cet après-midi. Était-il possible qu'il lui soit parvenu aussi, alors qu'elle s'imaginait aux côtés de son Jaufré, la veille, sur le

278

Petit Pont ? Elle avait beau revoir la scène, les scènes, elle gardait en elle la sensation que son troubadour était bel et bien réel. Hallucination ? Ou nouvelle ruse de la dame rousse pour les faire, elle et lui, se rencontrer. Cela expliquerait le fait que Jaufré ait disparu et qu'elle ne l'ait pas retrouvé. Son rêve lui revint en mémoire. Jaufré s'était penché vers elle, et à sa place c'était l'emmerdeur qui s'était révélé avant de devenir le démon de V. Elle était à côté d'un clochard qui voulait à tout prix la faire boire. Clochard. Dans leur conversation cet après-midi, Dutilleul avait évoqué l'avoir tirée des mains d'un clochard.

Elle se leva. Il fut devant elle, achevant fébrilement de boutonner sa chemise de toile blanche. Elle se mit à trembler. Le sentiment d'une certitude.

– Le Lexomil, c'était vous ?

– Vous étiez paniquée, incohérente, confirma-t-il. Vous vous êtes laissé emmener jusque chez vous et là, vous vous êtes mise à hurler et à vous débattre. Vous prononciez des phrases sans suite. J'en avais dans ma poche. Je suis navré. J'ai agi en médecin.

– Quelles phrases sans suite ? interrogea Maud.

Remplir le vide dans sa tête.

– Vous invoquiez la déesse mère, la priant d'écarter de vous et de celles de votre race ce démon qui vous pourchassait, vous me preniez pour lui, par intermittence, avant de vous blottir dans mes bras en me suppliant de vous enfermer pour l'empêcher d'approcher.

Maud se souvenait à présent. De ces images, de sa crainte. Cette crainte qui était celle de Loanna de Grimwald, en entendant les incantations que sa mère, la dame rousse, avait prononcées dans le cercle druidique en 1124, au moment de l'attaque du donjon. Ces mots qu'à son tour, Maud avait fait siens pour tenter d'échapper au danger.

— Il ne s'est rien passé, ajouta Vincent, les bras ballants, son regard toujours sans lunettes cherchant le sien. Je vous ai veillée jusqu'à ce que cela s'apaise et que vous acceptiez d'avaler le Lexomil. Ensuite vous vous êtes déshabillée et couchée en me demandant de rester à vos côtés. Ce que j'ai fait. Vous vous êtes endormie et je suis rentré.

Maud se sentit stupide. Des larmes amères lui piquèrent les yeux.

Vincent ouvrit ses bras et l'attira contre lui, dans un champ de lys. Elle ne se déroba pas. Et si ce n'était pas le fantôme du pont qui avait fui devant Vincent Dutilleul, mais elle, elle seule ? Pour échapper à l'évidence de son contact, dans cette peur qui demeurait enfouie en elle de s'attacher. C'était tellement plus facile d'aimer quelqu'un qui ne risquerait pas de la rejeter, de l'abandonner, un être sans consistance, éthéré. Et si le dernier deuil qui lui restait à faire était celui de la petite fille d'hier ? Celle qui s'était persuadée de ne pouvoir être aimée ? N'avait-elle pas voulu tant et tant de fois déjà lui prouver qu'elle en était digne, sans y parvenir, quittant ses amants successifs dès lors qu'une vraie relation s'installait ? N'était-il pas temps de grandir vraiment, de quitter ces oripeaux de misère et d'accepter la femme qu'elle était ?

Le visage enfoui dans la chemise de Vincent, elle laissa les sanglots la broyer tandis qu'il caressait ses cheveux. Elle se rappelait sa douceur, sa tendresse la veille, juste avant que le Lexomil ne fasse son effet, juste avant que le cavalier noir dans son rêve ne se dresse devant elle et la réveille. Elle ne voulait pas. Elle ne voulait plus qu'il vienne, qu'il l'obsède, qu'il les sépare. Ni maintenant, ni jamais.

Vincent protégeait Maud de la cuirasse de ses bras Pour la première fois de sa vie, il se sentit enfin à sa place. Depuis deux jours, plus encore que ces dernières semaines, il ne vivait plus, ne respirait plus, n'existait plus que pour elle, que par elle. La veille, lorsqu'il l'avait raccompagnée dans sa chambre, le portrait de cette dame rousse l'avait saisi. Il l'avait reconnue sans hésiter. C'était celle qui se trouvait dans son rêve récurrent, la mère de la petite fille qu'il avait emmenée pour la sauver du cavalier noir. Épilepsie partielle, lui avait crié sa raison. Il l'avait fait taire. Il ne voulait pas savoir. Il ne voulait pas expliquer. Il s'en moquait. Peu importait la science, peu importait ce qu'il avait appris. Quel que soit le nom qu'on lui donne, il y avait de la magie dans l'amour. Quelque chose de plus fort que tout ce qui avait existé, existait, et existerait. Cela seul comptait. Rien n'avait de raison que cette vérité : Maud Marquet était venue à lui.

Le reste, elle le lui raconterait.

Le front de Maud quitta le refuge de la chemise de Vincent, chercha son menton. Une ébauche de tendresse pour réveiller en elle, en eux, des gestes oubliés. Un frémissement, puis un gémissement jailli d'une terre lointaine par la bouche de Maud :

– Aime-moi.

– Je t'ai toujours aimée.

Et sous leurs lèvres jointes, la rivière des âmes qui emportait au loin les démons du passé.

Vincent défit lentement les boutons de nacre du chemisier, sans hâte, soucieux de prolonger cet instant dont il avait tant rêvé, étouffant en lui l'avidité du manque charnel de ces derniers jours. Étouffant en lui le manque d'elle.

Elle garda les yeux baissés sur une pudeur inconnue. Combien de fois l'avait-elle offert, provocant, ce corps sépulture, pour se prouver qu'il était désirable ? Sous la caresse légère des doigts de Vincent, elle le découvrait pour la première fois.

Il dénuda ses épaules, fit courir ses lèvres du bras jusqu'à la nuque, contourna l'oreille, revint vers la joue, y promena la sienne, tandis qu'il l'enlaçait et que le chemisier s'effondrait dans un bruissement soyeux. Leurs lèvres se joignirent.

Les doigts de Maud enlacèrent la nuque de Vincent, pour le maintenir contre elle, essoufflée d'un désir qui l'étourdissait. Sous leurs langues mêlées, s'échangeaient des serments sans âge, des phrases écrites, imaginées, prononcées puis oubliées. Emportée par la fulgurance de cette passion qui renaissait en elle, Maud déboutonna la chemise de Vincent, avide de sa peau nue contre la sienne. Maintenant elle savait. Elle avait eu envie que ce fût lui, dans ce café cet après-midi. Elle avait espéré que ce fût lui. Sans qu'elle veuille l'admettre. Tant de temps perdu. Ses doigts griffèrent les omoplates. Besoin de laisser une marque d'elle sur sa réalité de chair.

Sous leurs brûlures, il fouilla son regard qui n'était que promesse. Les mains de Vincent emprisonnèrent les joues de Maud dans leurs paumes

282

ouvertes, les pouces scellèrent délicatement cette bouche qu'il avait embrassée, pour qu'elle ne les prononce pas, pas encore, tous ces mots qu'il lisait en elle. Il avait besoin de se repaître d'elle, d'abord, de la reconnaître dans sa chair comme il l'avait reconnue dans son âme. Il promena ses doigts jusqu'à la gorge palpitante. Avança un pied entre ses jambes, puis l'autre, la forçant à reculer contre le dossier du canapé, tandis qu'il la pliait sous lui. Maud étendit ses bras vers l'arrière, accrocha ses mains écartelées au tissu, renversa la tête et les yeux. Il s'écarta d'elle pour la respirer, voluptueusement, fléchissant lentement des genoux pour s'enivrer du velouté de la poitrine tendue, puis du ventre.

La fermeture éclair de la jupe descendit et Maud s'excita du froissement de la viscose sur ses cuisses gainées de soie. De nouveau ces lèvres sur sa peau, longeant le tissu léger du string. Cette langue humidifiant le voile sur son pubis. Ses mains quittèrent le dossier pour chercher la nuque, l'attirer en ses monts exacerbés de désir.

Les doigts de Vincent se nouèrent aux siens. Rester le maître. Se gorger d'elle. La retenir sous ses lèvres, l'apprivoiser, l'écouter gémir, la sentir s'arquer sous la caresse. Il lâcha ses doigts serrés à en blanchir les jointures, acheva de l'effeuiller pour étancher son besoin d'elle, jusqu'à plus soif.

Maud s'abandonna. De nouveau elle se crucifia contre le dossier, confiante en ce ballet vertigineux qui enflammait son bas-ventre, l'entraînant dans une ronde sans fin.

Et ce fut comme ces scènes qu'elle écrivait, ces étreintes qu'elle avait ébauchées de sa plume et

dont lui s'était inspiré, le corps en suspens et le
souffle court.

Elle jouit dans un gémissement long, sauvage,
surprise d'autant d'intensité, inondée plus encore
d'un besoin de lui.

Le jean de Vincent tomba à ses pieds.

Et lorsque dans un cri elle le reçut en elle,
Oubliant sous son joug tous ses amants passés,
Elle s'offrit enfin aux danses éternelles
Qui de deux corps défunts, en font un qui renaît.

32

– Tu crois à la réincarnation, Vincent ? demanda Maud, alors qu'épuisés de s'être aimés encore et encore, ils avaient finalement échoué dans le lit.

– Je crois en toi.

– Élégante façon d'éluder le sujet, se moqua-t-elle en se pelotonnant davantage contre lui. À son tour, il resserra son étreinte.

– Disons que, depuis quelque temps, j'admets tous les impossibles, puisqu'ils me mènent à toi. J'ai besoin que tu me racontes ce que tu sais, pour comprendre ce que je vis. Pour te comprendre.

Maud ne se fit pas davantage prier.

– Moi aussi, j'en ai rêvé de ce cavalier noir et de son stylet. J'étais dans un château assiégé et j'emmenais une petite fille, lui confia Vincent lorsqu'elle eut achevé.

– Loanna de Grimwald, révéla Maud. Visiblement c'est Jaufré Rudel qui l'a sauvée en 1124. Quel lien l'unissait à la dame rousse je l'ignore, mais il fallait qu'elle ait une grande confiance en lui pour lui confier sa fille. Quoi qu'il en soit, Loanna n'a revu Jaufré qu'en 1137, alors qu'elle était au service d'Aliénor d'Aquitaine. Elle venait d'avoir quinze ans. Savait-il qui elle était lorsqu'ils se sont rencontrés à Bordeaux ? Je n'y fais pas allusion dans mon livre. Et pourtant il ne pouvait pas ne pas avoir été saisi par sa ressemblance avec la dame rousse. A-t-il aimé Loanna pour elle-même ou par procuration, obsédé par le souvenir de sa mère ? Tout ce que je sais, c'est que leur passion était hors du commun. Je finirai bien par trouver les réponses. Je les trouve toujours. Ce n'est qu'une question de temps.

— Il faut que je te montre quelque chose, décida Vincent.

Il se leva et s'en fut dans son bureau récupérer le dossier médical de Gallagher volé lors de son effraction, ainsi que le billet de Victoria et le cliché de l'arme.

— Cela t'aidera peut-être ?

Maud s'attarda sur la photo du Willimond d'aujourd'hui, tandis que Vincent se recouchait à ses côtés.

— C'est bien lui, cet homme dans l'avion et à V.

— En voici une autre, quinze ans plus tôt. Gallagher était un cas typique de débile mental avant d'être possédé par le cavalier noir.

— Pour quelqu'un qui ne croit pas à la réincarnation, je trouve que tu lui prêtes beaucoup d'arguments, se moqua Maud.

— Si je n'admets pas ce paramètre, rien de ce que nous vivons tous deux ne peut exister. Je te l'ai dit. J'ai décidé de croire en toi. Et puis, ce qui n'est pas explicable aujourd'hui le sera forcément demain, non ?

— C'est aussi mon avis, affirma-t-elle.

Maud fouilla les traits de l'homme-enfant, si différents du Gallagher qu'elle avait croisé, étrangement saisie par l'impression de le connaître, avant de se souvenir.

— Après le tétanos et les complications qu'il avait entraînées, j'étais devenue squelettique, confessa-t-elle. On se moquait de moi à l'école, on me rejetait. J'ai dû travailler dur pour me recomposer une image. De l'extérieur elle a fini par plaire, mais moi je la haïssais. Je la haïssais parce qu'elle cachait l'autre, cette petite fille décharnée que je ne cessais de voir, moi, dans le miroir. Je lui en voulais de tout ce qui avait précédé, tout en cherchant le moyen de me réconcilier avec elle. Désespérément. À dix-huit ans, j'ai servi de modèle à des peintres, des photographes. Je me suis exposée aux regards dans l'espoir, au travers des clichés, d'accepter enfin ce corps carapace. Mais ça n'a pas suffi. Alors, j'ai commencé à fréquenter le monde de la nuit. J'ai rencontré des gens. Jusqu'à intégrer un réseau de call-girls. Je me suis prostituée pendant deux ans, dans l'anonymat. Pense ce que tu veux mais chaque fois que ces hommes que je choisissais me payaient, et fort cher tu peux me croire, je me soignais un peu plus du dégoût de moi-même.

— Qu'est-ce qui t'a fait arrêter ? C'est une spirale dont on sort souvent difficilement.

— C'est le petit Gallagher qui a mis un terme à ma « carrière ». Il devait avoir une vingtaine d'années. Son père m'a demandé de le déniaiser, promis qu'il me paierait bien. Willimond m'est apparu si fragile. Il parlait, jouait comme un enfant.

— Tu as réussi à faire l'amour avec lui ?

— C'est lui qui m'a fait l'amour. Il y avait tellement de tendresse dans ses yeux, dans ses mains. Je n'avais rien connu de tel auparavant. Le lendemain, j'ai quitté Paris pour Blaye. Et l'écriture est entrée dans ma vie. En même temps que Jaufré Rudel.

— Il est dommage que le petit Gallagher n'ait pas gardé sa candeur d'antan, se durcit Vincent en la pressant contre lui dans un réflexe de protection avant d'ajouter :

— Le cavalier noir a de nouveau sévi, Maud, et toutes ses victimes, toutes sans exception, étaient ou avaient été des escort-girls. Rousses.

— Tu veux dire que le tueur en série de ces dernières semaines serait Gallagher ? Tu crois qu'inconsciemment il me cherche ? réagit Maud.

— Cela expliquerait la mise en garde de Victoria.

— J'ai connu Willimond avant qu'il ne subisse la domination du cavalier noir. Les crimes de ce dernier ne peuvent pas être liés à mon passé immédiat.

— L'amour que tu as donné au petit Gallagher cette fois-là est peut-être une quête qui leur est commune. Des femmes rousses pour le cavalier noir. Des prostituées pour Willimond. Loanna et toi. Imaginons : le château de la dame rousse est assiégé. Son époux tué. Jaufré s'enfuit avec Loanna. La dame rousse devient la prisonnière du seigneur de V. qui en est follement épris. Mais elle lui échappe. Il la cherche vainement jusqu'à rencontrer quelques années plus tard une jouvencelle qu'on lui ordonne d'assassiner. Or, elle ressemble à la dame qui hante ses pensées. Amour impossible, une fois encore. Qu'il traîne jusqu'à sa mort comme une malédiction.

— Si je te suis bien, alors Willimond tuerait parce que, comme le cavalier noir, il est en quête de cet amour qu'il n'a pu retrouver.

— C'est une hypothèse à retenir. Mais dans notre réalité, Gallagher est une menace et personne ne peut plus rien pour le sauver.

— Peut-être que moi, je pourrais, murmura Maud.

– Oublie cette idée. Je n'ai aucune envie que ce cinglé te fasse du mal. Ce n'est pas à lui que tu es destinée. C'est à moi.

– Tu crois au destin, toi-maintenant ?

– Surtout en celui sur lequel je peux influer, affirma-t-il en la couvrant de son cœur pour mieux s'en persuader.

– Comment sais-tu, gémit-elle, comment sais-tu ce qui me plaît ?

– Je vous caresse depuis des siècles paraît-il, et pour le cas où j'aurais oublié, il me suffit de lire vos romans, Maud Marquet.

Maud avait dormi d'un sommeil sans rêve. Mais à présent que le jour pointait par la porte de la chambre, ses pensées recommençaient à se cogner à sa migraine.

Vincent lui avait tout raconté, jusqu'au détective enquêtant sur elle. Sa crainte de Willimond, son mal-être à son contact, à sa vue devenait logique et cette fois raisonné. Elle ne parvenait pas pour autant à chasser de sa mémoire le souvenir de l'homme-enfant. Seize ans auparavant, Gallagher avait violemment poussé son fils dans la chambre en lui ordonnant de se déshabiller et de laisser la jolie pute lui faire son affaire. Aucun des « clients » de Maud ne l'avait jusque-là traitée de putain, aucun ne l'avait avilie. Elle en voyait peu, quatre, cinq par mois. Des réguliers, des hommes d'affaires, des ambassadeurs, un richissime héritier. Elle se donnait sans tricher. Ce jour-là, c'est Willimond qu'elle avait senti humilié. Pas elle. Elle avait tendu sa main, caressé sa joue pour le rassurer, lui faire oublier ce pervers qui avait déboutonné sa braguette pour jouir du spectacle et les salir de sa verve dégueulante d'insanités.

Lorsqu'ils étaient repartis, Maud s'était sentie vide et cependant apaisée. En lui offrant son innocence, le petit Gallagher lui avait rendu une partie de la sienne.

Maud s'attarda sur le profil ensommeillé de Vincent à ses côtés. Tout ce chemin sinueux pour en arriver là, à ce port tranquille. L'aurait-elle reconnu si elle l'avait croisé quelques mois plus tôt ?

Elle ne doutait pas qu'avant longtemps il l'entraînerait à la Salpêtrière, l'obligerait à pousser les portes d'un monde de raison et de technologie qui n'était pas adapté à son propre univers, aux règles qui le régissaient. Que verraient-ils dans sa tête ? Une tumeur ? Probablement, à en juger par l'angoisse qu'elle avait décelée dans les yeux de Vincent. La somme des déjections de son rejet d'elle-même ? Ou une bulle de lumière dans laquelle se seraient épanchées ses vies antérieures ? La machine saurait-elle faire la différence ? Maud en doutait.

Que serait leur amour sans la magie qui les avait réunis, elle et Vincent ? Et que deviendrait cette magie si avec cette tumeur, on lui enlevait la prescience qu'elle existe au-delà de tout ce qui est ? Maud avait passé tant d'années à se renier. Elle ne le pouvait plus aujourd'hui. Ses choix, ses actes manqués, ses faux pas, ses réussites, tout cela n'avait servi qu'à l'amener là, cette nuit. Bien sûr, elle pouvait se dire que le but de cette quête inconsciente n'était que sa rencontre avec Vincent, mais alors, à qui aurait servi tout le reste, ces fausses coïncidences, ces personnages masqués ? Vincent n'était-il pas plutôt sa récompense pour avoir rassemblé les éléments du puzzle et trouvé en elle le courage ou la foi de le recomposer ? Si c'était le cas, en abandonnant Willimond aux autorités comme n'importe quel criminel, emprisonné dans la mémoire d'un fou, ne risquait-elle pas de le perdre, cet amour que le temps avait porté ? Elle préférait risquer sa vie que cette éventualité.

Elle se leva sans bruit, et retourna dans le salon. Par la baie vitrée, la masse imposante de la tour Eiffel se dressait dans les vapeurs de l'aurore. Elle s'habilla devant elle. Elle n'avait pas le choix. L'aurait-elle eu qu'elle n'aurait rien changé.

Elle récupéra les clefs de la voiture de Vincent puis griffonna ce mot qu'elle posa sur la table :

« Pardon. Mais il y a en chacun de nous un enfant qui a le droit d'être sauvé. »

33

Vincent se retourna pour enlacer Maud, la tête encore emplie de leur béatitude jusqu'en des songes sensuels qui lui laissaient au ventre le désir de sa peau. Son bras s'enfonça dans le duvet de la couette. Il demeura ainsi quelques secondes, les yeux clos, un sourire sur les lèvres, avant de prendre conscience que son pied caressait le vide et qu'il ne retenait que du vent. Un sentiment de manque le dressa sur son lit.

— Maud ? appela-t-il les sens aux abois, avant de se laisser retomber sur l'oreiller et de s'étirer en se disant qu'elle avait dû s'éclipser pour faire quelques courses.

Il n'avait même pas un paquet de biscottes pour partager un petit déjeuner. Évidemment, étant donné le peu de temps qu'il avait passé dans son appartement, remplir son garde-manger n'avait pas constitué une priorité.

Il s'étira de nouveau, tourna les yeux vers son réveil. Neuf heures. Rien d'irréparable. Il pouvait flemmarder au lit à l'attendre. Il s'y essaya un moment, mais ne parvint pas à se rendormir. Quelque chose de diffus le perturbait. Il était pourtant en dette de sommeil. Le visage douloureux de

Maud dans le café, la veille, lui revint en mémoire. De nouveau cette angoisse en lui, sournoise. Il allait falloir lui en parler, la convaincre de passer des examens, d'agir. Vite. Sans l'effrayer pourtant. Il avait réussi à la protéger de Gallagher, il saurait bien la sauver d'elle-même. En espérant qu'il ne soit pas déjà trop tard.

Il refoula cette idée. Cette tumeur, s'il y avait tumeur, était bénigne. Forcément. Il ne perdrait pas Maud comme il avait perdu sa mère. Et puis Jean serait là pour l'opérer si nécessaire. Il avait confiance en lui. Il était inutile et prématuré de s'alarmer.

Neuf heures vingt-trois. Elle en mettait du temps pour acheter des croissants. Autant qu'il profite de son absence pour appeler l'hôpital et réserver un scanner en urgence. On lui rendrait bien ce service à la Salpêtrière. Ensuite, ils petit-déjeuneraient, feraient l'amour pour se donner du courage et vaincraient leurs phobies respectives ensemble.

Vincent se leva pour gagner le séjour.

Neuf heures trente, lui indiquèrent les cristaux liquides de la pendule du lecteur DVD. Seuls ses vêtements à lui traînaient encore sur le tapis, et le mobile de Maud qui avait dû tomber des siens.

Le manque, ourlé d'inquiétude, devenait tension. Il prit le téléphone sur sa fourche et s'avança jusqu'à la table pour attraper une bouteille d'eau. Sa gorge était si sèche qu'il aurait du mal à articuler pour expliquer à son confrère du scanner pourquoi il le pressait. Il s'apprêtait à étancher sa soif lorsque son regard accrocha les lignes tracées par Maud. Il prit la feuille et demeura un instant dubitatif devant elle, avant de comprendre ce qu'elles signifiaient. La bouteille qu'il avait en main s'écrasa sur le plancher dans un bruit mat tandis que ses pensées s'entrechoquaient dans sa tête. Les rassembler. Vite.

Il se précipita jusqu'à la console de l'entrée pour constater avec effroi que ses clefs de voiture avaient disparu. Son doute se fit certitude. Depuis combien de temps ? Il se tourna vers la pendule : neuf heures trente- quatre.

Quatre heures, il fallait quatre heures pour se rendre à V. en voiture. Peut-être n'était-il pas trop tard. Le détective sur place pouvait encore l'intercepter, lui donner du temps. Leur donner du temps.

Vincent arracha son téléphone portable du cordon qui en rechargeait la batterie, fit défiler les noms dans son répertoire et lança l'appel.

Sauver Gallagher ! Quelle folie ! Quelle absurdité ! Que pouvait-elle, pauvre petite fée Clochette face à ce capitaine Crochet ?

Répondeur. Il laissa dérouler l'annonce en martelant de ses pas impatients le parquet du séjour.

Bip.

— Maud est en route pour V., expliqua-t-il d'une voix hachée. Quelles que soient les raisons qu'elle invoque, ne la laissez pas approcher, vous m'entendez ! Je vous rejoins dès que possible.

Il raccrocha et appela la ligne directe que l'inspecteur leur avait donnée avec Jean au sortir de la morgue. Cette fois les dés étaient jetés. Lui seul pouvait véritablement tout empêcher.

— Marac j'écoute, répondit une voix blasée.

— C'est Dutilleul, lança Vincent dans l'air de cette panique qui, en lui, ne cessait d'enfler. Je sais qui est votre tueur en série et où il va frapper.

— C'est une blague ? s'étrangla son interlocuteur.

— La femme que j'aime est en danger, alors, croyez-moi, je n'ai aucune envie de plaisanter.

*

La bâtisse imposante du vieux château de V. se découpa dans le pare-brise. Maud se gara derrière la maison de sa mère, coupa le moteur et s'avança vers lui d'un pas décidé. La douleur dans sa tête la vrillait tant qu'elle ne savait plus vraiment comment elle avait réussi à parvenir jusque-là. Le visage de Vincent ne l'avait pas quittée durant la première partie du trajet, puis, peu à peu, il s'était estompé, et c'était l'image du donjon qui l'avait remplacé, comme s'il l'appelait. Elle s'était contentée de se laisser guider.

Elle n'avait plus peur. Elle savait que l'âme de la dame du portrait, elle aussi, l'attendait à V. Maud lui faisait confiance. Peu lui importait de ne pas en ressortir vivante. Aujourd'hui, plus tard. La mort n'était qu'un passage obligé vers un autre demain dans lequel peut-être une petite fille grandirait sans se cacher. Dans cet autre demain elle retrouverait Jaufré. Mais plus le cavalier noir si elle l'apaisait.

Elle poussa la porte et s'avança dans le corridor. Elle savait où trouver Gallagher. La dame rousse la guidait. Elle s'avança dans les décombres d'un parquet dévasté, creusé çà et là. Sans hésiter, elle atteignit la porte voûtée et s'engagea dans l'escalier.

Son premier regard lorsqu'elle pénétra dans la pièce du haut fut pour un homme ligoté à une chaise, les mains mutilées, les yeux clos sur sa souffrance. Mort peut-être. La tête abandonnée sur le côté pouvait le laisser supposer.

Le second fut pour lui, Willimond, adossé au mur sous une traînée sombre, un exemplaire de son premier roman à la main.

Une odeur âcre emplit les narines de Maud. Elle se mit à tousser.

Arraché à sa lecture, Willimond marqua un temps de surprise en levant les yeux sur elle. Il avait éprouvé du plaisir, un plaisir sauvage, bestial, à entendre les confessions du détective, tandis qu'il s'acharnait sur lui. Il en avait vite déduit que la femme aimée de Vincent ne pouvait être que la réincarnation de Loanna de Grimwald. En apprenant qu'elle était écrivain et que le détective lisait un de ses romans, il avait récupéré ce dernier dans les ruines de la chapelle où sa victime était précédemment cachée. Willimond espérait y trouver un indice qui lui permettrait de dénicher la lame brisée cherchée en vain. Il avait aussitôt reconnu la femme de l'avion sur la photographie au verso de l'ouvrage.

Un sourire pervers étira ses lèvres fines. Dans un geste un défi, il jeta le livre qui s'ouvrit en son milieu aux pieds de Maud.

Instinctivement le regard de celle-ci chercha les premières lignes. Elle reconnut aussitôt le passage : Loanna se trouvait au cœur de Paris, sous une porte cochère. Attaquée et blessée par Anselme de Corcheville, elle n'avait dû son salut qu'à deux yeux flottant dans la nuit qui avaient effrayé ses agresseurs. Maud avait alors imaginé qu'ils appartenaient à Merlin, l'aïeul de Loanna de Grimwald. Elle comprit aujourd'hui qu'il n'en était rien. Ce regard-là était celui de la dame rousse, qui, au-delà du temps, continuait de veiller sur sa fille.

Elle se rasséréna. Le livre ne s'était pas ouvert par hasard à cette page.

Elle y puisa un signe d'encouragement, tandis que Willimond se redressait pour lui faire face.

296

– Je ne m'expliquais pas pourquoi mon désir de te posséder était si grand alors que tu pleurais dans cet avion à mes côtés. Ton récit m'a éclairé. Mais je ne pensais pas que tu aurais le cran de m'affronter.

– Je viens t'apporter les réponses que tu cherches en vain depuis des siècles pour que tu rendes au petit Gallagher sa liberté, le toisa-t-elle, portée par l'évidence.

Willimond explosa d'un rire démoniaque.

– Et à qui crois-tu donc t'adresser, sorcière ? Imagines-tu que je ne sois pas conscient de ce que je fais ? Que je n'en sois pas complice ?

– Je crois que tu souffres de ce que le seigneur de ce lieu t'impose.

Le visage de Willimond se creusa dans un rictus de haine, tandis qu'une voix gutturale lui échappait :

– Alors c'est pour cela que tu viens me défier ? Pour essayer de le sauver ? Pauvre folle ! Il m'appartient. Tout comme toi.

Le démon s'approcha d'elle, jusqu'à ce que son souffle putride lui balaye le visage. Maud ne bougea pas d'un pouce. Un sursaut de conscience. L'envie de fuir. Celle de le braver. Elle darda sur lui ses yeux déterminés. Ne pas lui laisser voir son trouble. Jouer avec lui comme autrefois la dame rousse et Loanna l'avaient fait. Pour ne plus jamais laisser la peur décider.

Willimond recula, surpris, troublé. Ce visage d'aujourd'hui avait éveillé en lui quelque chose qui n'appartenait pas au passé médiéval du seigneur de V. Il refusa de se laisser distraire.

Victoria avait légué ce château à Vincent dans l'espoir qu'il le tuerait, comme Jaufré Rudel avait assassiné le cavalier noir sur le Petit Pont en 1160. Mais elle s'était fourvoyée, pensa-t-il.

Un nouveau rire jaillit de la gorge de Willimond, amenant un râle de conscience dans celle du prisonnier.

Maud s'agenouilla près de l'homme ligoté. Il ne pouvait s'agir que du détective que Vincent avait engagé. Ses doigts avaient été broyés.

– Vous n'auriez pas dû venir, murmura-t-il dans un éclair de lucidité. Je lui ai tout raconté. Vous n'auriez...

Il s'évanouit de nouveau. Dans la tête de Maud, le visage de Vincent s'interposa entre sa conscience et sa perception faussée de la réalité. Les battements de son cœur s'accélérèrent. Ce malheureux avait raison. Elle n'aurait pas dû venir. Les forces du mal l'avaient trompée. Il ne restait plus rien du petit Gallagher dans l'étalage de cette cruauté.

Une main empoigna ses cheveux par derrière et la força à se relever. Elle se retrouva plaquée contre le torse de Willimond, étouffant dans son orgueil un gémissement de douleur. Elle était déterminée à ne lui en concéder aucun.

– Allons-y, grinça-t-il contre son oreille. Mène-moi à la lame brisée.

Il pivota et la projeta avec violence devant lui, en direction de la porte. Maud se redressa puis descendit l'escalier en s'agrippant à la rampe, des étoiles de lumière devant les yeux tant la tumeur en son crâne semblait soudainement proliférer. Les images étaient là, d'une captivité passée, offertes par la dame rousse à Loanna à travers elle, pour la réconcilier avec son enfance, comme Maud l'avait été avec la sienne.

Traversant les pièces vides, vandalisées, elle se dirigea sans hésiter vers une cheminée massive dans l'âtre de laquelle elle s'avança pour presser un ergot de pierre.

298

« Mère », pensa-t-elle tandis que devant elle la dalle de cuisson basculait, révélant une volée de marches qui s'enfonçaient dans les profondeurs.

« Souviens-toi, Maud, de ce que tu lisais enfant, cette phrase de Saint-Exupéry : on ne voit bien qu'avec le cœur, l'essentiel est invisible pour les yeux », murmura la voix sépulcrale dans sa tête, mais cette fois elle avait pris les intonations de son défunt père.

– Descends, exigea Gallagher en éclairant ses pas d'une lampe torche.

Maud obéit sans discuter. Il était trop tard pour revenir en arrière.

Ils parvinrent l'un derrière l'autre dans une crypte voûtée, à peine plus grande qu'une chambre. Un crépitement la fit se retourner. Une flamme nauséabonde jaillit d'une torche que Willimond avait décrochée du mur pour l'enflammer.

– Avance, ordonna-t-il encore.

Peu à peu l'obscurité cédait sous le halo et elle fut là, devant elle, étendue au milieu d'un cercle d'opales dans une robe intacte de samit, ses longs cheveux épars comme une dentelle de cuivre autour d'un visage aux traits desséchés. Les doigts osseux croisés sur sa poitrine. La dame du portrait.

Le brouillard intensément douloureux sous le crâne de Maud lui fit oublier Gallagher et le cavalier noir. Elle s'agenouilla au chevet de sa prisonnière, fauchée par une tristesse sans âge. Rattrapée par le deuil de Loanna de Grimwald, et par celui qu'elle venait de porter. Elle se mit à pleurer.

Le cavalier noir en Willimond se sentit crucifié. Il s'était attendu à un passage qui ramenait à l'air libre. Il découvrait la vérité, qui lui était insupportable. La femme qu'il avait adorée s'était donné la mort plutôt que de l'aimer. Cela ranima en lui la haine. Une haine qu'il avait portée au fil des siècles par manque d'amour.

Qu'importe ! Aujourd'hui, il allait de nouveau pouvoir jouir de sa prisonnière à travers sa fille. Ensuite il tuerait Maud Marquet et serait délivré. Car la malédiction s'expliquait à présent. En s'immolant par la lame maudite, en brisant le stylet pour empêcher sa fille d'être tuée par lui, en devinant la mort du cavalier noir par la main de Jaufré, la dame rousse avait à jamais emprisonné leurs âmes à tous quatre en ce lieu.

Willimond s'excita plus encore de cette évidence. Le désir qu'il éprouvait pour Maud Marquet dardait son sexe telle une bannière triomphante. Il s'agenouilla derrière elle, encerclant ses cuisses des siennes, avide de son parfum. Il nicha ses lèvres dans ses cheveux tout en la ceinturant de ses bras. Puis il remonta lentement ses mains le long du chemisier. D'un geste brusque sur ses pans, il arracha les fins boutons, dénudant la poitrine de la jeune femme.

– Tu es venue à moi comme une putain cette fois, Maud.

Les mains fébriles remontèrent la jupe le long des cuisses, avant d'en fouiller l'intérieur, brutalement.

– Regarde, regarde ce que j'ai pour toi !

Il lui tira de nouveau les cheveux en arrière pour l'y contraindre.

Le pommeau du stylet apparut dans le poing de Gallagher, redonnant aussitôt à Maud conscience de sa sordide situation. Ces doigts à l'intérieur du voile léger de son string, ce sexe dressé coulissant lentement contre ses fesses lui firent horreur et tout à la fois pourtant son corps les réclamait. La lumière qui, peu à peu, gagnait en son crâne la soumettait à sa destinée.

– Récupère le morceau manquant, râla Willimond en s'excitant contre elle.

Maud avança le bras au-dessus du cercle d'opales et toucha le samit qui partit en poussière. Le stylet s'était brisé sur une côte lorsque la dame rousse s'en était frappée.

– Je ne peux pas l'atteindre.

Willimond écarta ses mains, ses cuisses, s'excitant plus encore de cette liberté fugace qu'il lui consentait. Il profita de ce qu'elle se penchait vers l'avant pour descendre le string sur ses genoux.

Maud fouilla la cage thoracique. Indifférente au souffle irrégulier de Willimond, à ses caresses brutales sur ses reins, ses hanches, ses fesses, elle retira la lame avec précaution. Aussitôt en elle une chaleur intense remonta de sa main à sa nuque et de sa nuque à son crâne tout entier. Les images d'hier mêlées à celles d'aujourd'hui recommencèrent à danser dans sa tête, tandis qu'une volonté au-delà de la sienne lui dictait ce qu'elle devait faire.

Elle pivota sur ses genoux et offrit à la luxure du démon son visage empli d'une tendresse sans âge.

– Aime-moi, murmura-t-elle avec douceur. Aime-moi, petit Gallagher. Comme cette fois, cette première fois où tu as caressé cette putain que j'étais. Comme cette fois où ton père t'a mené à moi pour t'apprendre le goût d'un baiser.

Et tout aussitôt, elle rapprocha la lame de sa partie brisée. Il y eut un scintillement d'étoiles au-dessus d'eux.

Fugitivement, Willimond chercha dans sa tête un souvenir perdu, le pressentant dans ce regard qui le couvrait. Il le trouva enfin, étonné en son âme que le cavalier noir avait tant malmenée.

Le stylet retomba sur le sol crayeux, recomposé, tel qu'il était autrefois. Et cependant auréolé de tout cet amour au nom duquel la dame rousse s'était sacrifiée.

Maud s'allongea dans la poussière, la main de Willimond dans la sienne.
– Viens, petit Gallagher, murmura-t-elle.

– Putain, grinça-t-il dans un sursaut de folie, rattrapé par l'envie de la briser.
Il se coucha sur elle, la pénétra avec force, mais ne trouva que douceur dans ce qu'elle lui offrait.

Maud s'abandonna au chaos dans sa tête. Jaillie du fond des âges, la lumière éclata en des milliers de faisceaux par son nez, sa bouche, ses oreilles, le rendant de cristal, ce crâne qu'elle transperçait.

Willimond en fut baigné, tandis qu'en lui le cavalier noir hurlait d'achever la sorcière, avant qu'elle ne l'emporte, ne les détruise l'un et l'autre.
Mais le petit Gallagher n'écoutait plus son maître. Il se gorgeait de Maud dans un plaisir candide, s'accordant au sien qu'elle lui offrait, avec toute cette magie blanche qui d'elle, à travers elle explosait.

Lorsque Maud ferma les yeux sur sa mémoire vide, un sourire léger à ses lèvres trop pâles, la lumière l'avait désertée au profit de Willimond.

Réalisant qu'elle s'était offerte pour le sauver, il se mit à pleurer comme un enfant sans mère, un

302

amant sans aimée. Il s'agenouilla entre les cuisses écartelées de Maud, tâtonna derrière lui pour récupérer la lame tandis que le cavalier noir s'ébrouait dans son cerveau, prêt à jubiler.

Le refoulant d'un coup dans son innocence retrouvée, le petit Gallagher se taillada les veines avant de plonger le stylet dans son cœur mutilé.

Épilogue

— Merci, docteur.

Vincent ponctua d'une poignée de main sa conversation avec son confrère de l'hôpital Laennec de Nantes. Malgré ce qu'il venait d'entendre, il ne parvenait pas à chasser de son esprit l'image qui s'y était imprimée.

Relayant les ordres reçus de Paris, le groupe d'intervention avait investi le château de V., passant la demeure au crible. Ses agents avaient trouvé le détective, appelé une ambulance. Ils avaient mis plus de temps pour découvrir le passage resté ouvert dans la cheminée. Ils venaient de visiter la crypte lorsque Vincent et Marac étaient arrivés par hélicoptère.

— Les corps sont en bas. Un homme, une femme et un squelette. Ce n'est pas beau à voir, les avait avertis le capitaine qui en remontait.

Vincent avait senti son cœur rétrécir. Incapable de se contrôler, il s'était précipité dans les profondeurs de son propre abîme et l'avait découverte, à demi nue, baignant dans le sang de Gallagher, la tête de celui-ci sur son bas-ventre offert. Maud, sa Maud, les yeux clos, un sourire aérien sur ses lèvres pâles et du sang caillé en de fins sillons sous ses narines. Blanche. Trop blanche. Il s'était jeté sur elle. Avait cherché son pouls. L'avait **trouvé**. Timide. Il avait hurlé :

– Une ambulance, vite ! Elle est vivante !

Pour Gallagher en revanche, il était trop tard. Les ambulanciers s'apprêtaient à étendre Maud sur un brancard, après l'avoir mise sous oxygène lorsque Marac l'avait trouvée dans les plis de la robe du squelette qui se désagrégeait lentement. L'enveloppe, scellée d'un cachet de cire. Un destinataire : Maud Marquet. Vincent l'avait récupérée, tandis que l'inspecteur lui posait une main fraternelle sur l'épaule. Hagard, le neurologue avait rejoint Maud dans l'ambulance, fait le trajet en lui tenant la main, rassuré par le mouvement régulier du masque sur son visage. Elle respirait, elle vivait, n'avait pas de blessure apparente. Mais elle n'était plus là. Il le sentait. Il le savait avec tout son savoir appris et cependant inutile. Il avait gardé la lettre dans sa poche. Il ne l'avait pas ouverte. Il le ferait. Si... Et seulement si...

Mais il n'y aurait pas de si.

Après six heures d'un coma étrange, Maud s'était réveillée et, contre toute attente, les résultats du scanner n'indiquaient rien de grave. Pas de lésion. Pas de trace d'un accident vasculaire cérébral. Pas d'activité anormale. Juste un petit méningiome du lobe occipital gauche de la taille d'une tête d'épingle. Rien qui eût pu justifier son état, pas plus que les signes cliniques qu'elle lui avait confiés.

À défaut de comprendre, Vincent s'en réjouissait.

Maud, sa Maud vivrait.

Il se glissa dans sa chambre, refusant de la laisser seule plus longtemps. Il avait besoin de la voir, de la toucher, de lui parler. Il avait besoin de tous ses jours et ses nuits auprès d'elle. Victoria Gallagher s'était trompée. Lui aussi s'était trompé. Maud Marquet s'était sauvée toute seule. Mais peut-être lui restait-il malgré tout à la guérir de tout ce qui avait précédé.

– Comment te sens-tu ? demanda-t-il en s'approchant d'elle, perfusée.

– Comme une vieille, très vieille dame, reconnut-elle. Mais ça va passer.

Il se pencha sur ses lèvres, elles étaient de nouveau douces et rosées.

– Tu me raconteras ?

Elle caressa sa joue avec tendresse.

– Mieux que ça. Je l'écrirai.

– Ta migraine ?

– Envolée. Elle ne reviendra pas, Vincent. C'est terminé.

– Je suis prêt à te croire, vu les résultats du scanner. Mais le petit méningiome qui reste sera à traiter, chère madame.

Maud lui sourit. Elle avait tant à lui dire désormais. Tant d'amour en elle à partager. Tant de messages à faire passer pour alléger, apaiser le fardeau des jours de tous ceux et celles qui en étaient éreintés. Elle était une passeuse de mémoire, une fine poussière d'univers sans prétention, mais elle détenait sous sa plume le moyen de la leur léguer.

Ils ne comprendraient pas, bien sûr, qu'il n'y avait pas d'orgueil, de mérite, de gloire à semer de l'espoir comme on sème du blé.

Ils ne comprendraient pas qu'elle était différente. Ni gourou, ni devin, ni même un peu sorcière, mais qu'elle portait en elle tout le feu des bûchers, ceux d'hier, mais surtout ceux d'aujourd'hui où les enfants du monde demeurent attachés.

Ils ne comprendraient pas la folie dans sa tête.

Alors elle inventerait. Une histoire d'amour sur les marches du temps où un autre écrivain, une femme comme elle, rencontrerait sa muse, cette dame en portrait. Un roman comme un autre mais en forme de quête, qui leur chuchoterait qui elle est en secret, qui leur dirait aussi qu'ils peuvent avoir confiance, qu'aujourd'hui elle sait pourquoi dans son enfance, à l'instant de mourir, écrire l'a sauvée. Qu'elle sera toujours là pour ceux qui l'attendent, pour leur donner courage et envie de lutter. Et que peut-être enfin, comme elle avec patience, ils verront qu'un miracle, c'est en soi qu'on le crée.

Ils ne comprendront pas.

Mais après tout qu'importe ! Puisque lui était là pour l'aider à s'aimer.

– Il y avait ceci dans la crypte. Pour toi, lui dit Vincent en lui remettant la lettre. Je pense que c'est l'écriture de Victoria Gallagher.

Maud s'en emparait lorsqu'une infirmière passa sa tête dans l'encadrement de la porte.

– Monsieur, pouvez-vous venir un instant ? C'est pour la décharge, ensuite vous pourrez l'emmener.

– Je vous suis, assura-t-il en se levant.

Il se pencha encore vers elle pour lui voler un baiser.

– Quelques minutes, après je te délivre. Je t'aime.

– Moi aussi, je t'aime, Vincent. Bien plus que tu ne peux l'imaginer.

– Attention, Maud Marquet, la menaça-t-il, je suis prêt à tenir toutes les promesses que tu me fais.

Elle attendit qu'il soit sorti pour décacheter l'enveloppe, certaine de ce qu'elle y trouverait.

« *Elle s'appelait Aude de Grimwald, châtelaine de la colline du hêtre*, avait écrit Victoria Gallagher. *Elle fut et demeure à jamais de la race des fées.* »

Maud froissa le billet dans sa main pour en faire une boulette qu'elle envoya mourir dans la corbeille métallique, au moment où Vincent revenait.

— Qu'est-ce que c'était ? demanda-t-il en s'avançant vers elle, qui déjà tendait ses bras vers lui pour l'enlacer.

— Juste une petite, toute petite tumeur de papier.

Un immense merci...

À Jean Vincent, historien archéologue du centre de recherches historiques d'Ardelay, qui a mis son travail sur le château de V. à ma disposition. Les passages descriptifs du lieu sont empruntés à un article qu'il a publié.

À Michel Logak, neurologue, praticien rattaché aux hôpitaux de Paris, pour avoir si gentiment répondu à mes questions.

À mon ami François Claret qui a prêté à son homonyme un peu de sa personnalité si attachante, et à moi, son club « La Mascotte » à Saint-Savin-de-Blaye, pour y chanter.

À ma Babeth préférée.

Au sympathique patron du café Notre-Dame pour m'avoir permis d'abriter chez lui quelques-unes des scènes de ce livre.

Aux propriétaires du restaurant « La Chaumière » boulevard Félix-Faure, pour tous les bons moments qui y sont rattachés.

À Dan Chartier, pour le plaisir de lecture qu'il m'apporte et qui m'a donné envie de lui emprunter l'inspecteur Marac, héros de ses polars.

À Mrs Rahbari et Surdeau, médecins anesthésistes, pour m'avoir ramenée...

Au professeur Mage, aux docteurs Richette, Sézille et Sanchez, parce que les intuitions ne sont pas tout...

Au personnel médical et hospitalier de la clinique Saint-Antoine-de-Padoue à Bordeaux pour m'avoir réconciliée avec mon passé.

À Florence Thomas et son équipe du centre Bergonié à Bordeaux.

À Jacqueline Monsigny, Frédérique Hébrard, Françoise Dorin, Janine Boissard, Ysabelle Lacamp, Michelle Khan, Danielle Pampuzac, qui me font rêver depuis toujours et qui, avec Martine Martine et Francine Legrand, m'ont offert depuis trois ans la plus belle des récompenses littéraires : me reconnaître comme une des leurs au sein du prix des Romancières. Elles sont telles que ma tendresse de lectrice les avait espérées.

À Thierry Wagner, Hubert Trémeau, Claude Derocher, Martine et Alice Giraud, qui ont lu ces pages en avant-première, me donnant leur sentiment à chaud, et leur affection surtout.

À toute l'équipe de XO Éditions.
À Caroline Lépée pour avoir compris l'essentiel et à Bernard Fixot pour l'avoir accepté.

À ma fidèle assistante et documentaliste, Régine Gonnet, indispensable pour que ma plume reste ce qu'elle est.

À mes enfants, Anaël et Maëva, mais aussi à mes adoptés, Alice, Christophe, Céline, Richard, Corinne, Antoine, Daniel, Sabine, Jade, Noa, Evan, Evolene, Claire et Kevin, pour leur belle lumière et ce qu'ils en ont fait.

À ma famille si unie, et à ma mère en particulier.

À vous qui étiez présents le 11 décembre 2004.

À mon Jaufré... Sans lequel rien n'aurait de sens. Aujourd'hui comme hier.

Cette histoire n'est pas la mienne, même si mes émotions et mes intuitions l'ont habitée. Aussi, toute ressemblance avec des situations ou des personnages actuels, autres que ceux cités plus haut, serait purement fortuite.

Je ne suis pas Maud Marquet.

Toutefois, le château de V. existe, tout comme Loanna de Grimwald a existé. Il appartient aujourd'hui à des particuliers, bien différents de ceux qui ont hanté ces pages.

En aucune manière, ils ne sauraient être apparentés ou identifiés aux Gallagher.

Leur travail de réhabilitation du lieu est remarquable, pourtant, si j'ai choisi d'en taire le nom, c'est parce que je continue de croire qu'un tombeau ne doit pas être profané...

À vous tous lecteurs qui le comprendrez, je vous promets de bientôt, très bientôt, vous raconter ce qui s'y est passé entre 1121 et 1133....

Le destin d'une reine

Le lit d'Aliénor
Mireille Calmel

Aliénor n'a que douze ans, mais son avenir est écrit : elle épousera le jeune Henri, prétendant légitime au trône vacant d'Angleterre. Par cette union, la duchesse d'Aquitaine apportera à l'ennemi juré de la France l'une des plus riches régions du royaume. Le roi Louis VI est prêt à tout pour empêcher cette alliance, tandis que Mathilde de Grimwald, descendante de Merlin, veille aux intérêts de l'Angleterre. Désormais, c'est autour du lit d'Aliénor que vont se jouer les destinées des deux puissants royaumes.

Les deux tomes du
Lit d'Aliénor
sont disponibles chez Pocket

Il y a toujours un Pocket à découvrir

La belle et les bêtes

Le bal des louves
Mireille Calmel

Hiver 1500. Au pied des remparts du château de Montguerlhe gît une jeune femme. Parce qu'elle s'est refusée à son maître, le seigneur François de Chazeron, celui-ci a mis un point d'honneur à faire de l'existence de la belle un supplice : son mari a été pendu puis elle a été violée avant d'être jetée aux loups. Erreur… Car Isabeau, dotée, comme ses sœurs, de pouvoirs occultes, n'est pas une femme ordinaire.
Alors que tout le monde la croit morte, elle vit cachée dans la forêt à la tête de sa meute et n'a plus qu'un mot à l'esprit : vengeance !

t. 1 *La chambre maudite*
(Pocket n° 12183)
t. 2 *La vengeance d'Isabeau*
(Pocket n° 12184)

Il y a toujours un Pocket à découvrir

Achevé d'imprimer sur les presses de

BUSSIÈRE
GROUPE CPI

*à Saint-Amand-Montrond (Cher)
en mai 2008*

POCKET - 12, avenue d'Italie - 75627 Paris Cedex 13

— N° d'imp. : 80883. —
Dépôt légal : juin 2008.

Imprimé en France